Angélique Cauchy

Si un jour quelqu'un te fait du mal

Stock

Couverture : Julia Bourdet et Le Petit Atelier

Photographie : © Catherine Cabrol

ISBN : 978-2-234-09728-5

À toi Milo, mon fils, ce livre que j'ai écrit pour te protéger,
mais aussi pour que tu protèges…

Préambule

Dans le TGV qui me ramène vers ma vie présente, assise à contresens de la marche, je vois défiler le paysage à l'envers presque aussi vite que je remonte le fil de mes souvenirs.

Il a fallu quinze ans pour que sortent les mots. Dix de plus pour prendre la mesure et réparer les dégâts que cela m'a faits, à moi, mais aussi à mes proches. Mes parents, ma sœur, mes compagnes successives, mes amis, les personnes qui n'ont pas vu, pas compris, pas osé parler et qui vivent avec cette culpabilité, ce sentiment tellement fort qu'il vous bouffe de l'intérieur. Et il faudra certainement une existence entière pour accepter que je ne serai jamais celle que j'aurais pu être. Je ne guérirai jamais. On ne guérit pas, on est ce qu'on a vécu.

Je reviens d'un après-midi à Roland-Garros avec la femme qui a entendu mes maux pour la première fois, la commandante Véronique Béchu. Cette grande dame, cette héroïne qui sauve des enfants au quotidien, c'est ma Simone Veil.

Je sortirai tout, comme je l'ai fait en 2014, dans ce bureau sous les toits de Paris, à la brigade des mineurs.

Je n'oublie rien de ce que je traverse et encore moins de ce que j'ai traversé. Les odeurs, les sons, l'intensité de la lumière, les couleurs, la température, l'humidité, le vent, les paroles, les expressions de visage, les gestes… Mon cerveau est comme une banque de données gigantesque. C'est à la fois ce qui m'a sauvée et ce qui m'a perdue, mon atout et mon talon d'Achille.

Première partie

J'ai 2 ans

Cela fait quinze jours que je suis chez la Yaya, Papa et Maman m'ont laissée chez elle, tu vas bientôt naître donc elle me garde. Tout ça, je te le raconte parce que Maman me l'a dit. La Yaya m'a enseigné à être propre. Maman dit que je suis malléable parce que j'apprends vite et que je veux faire plaisir. Mon premier souvenir c'est toi, toi toute petite dans les bras de Maman, elle dans son pyjama blanc à pois roses. Quand je te vois, je suis remplie d'amour, c'est la première émotion que je ressens. Je me promets de toujours te protéger. Petite sœur... C'est comme si ma vie avait commencé quand tu es née. Avant toi, j'ai peut-être vécu, mais rien n'est gravé dans mon cerveau. C'est toi, le 2 mai 1989, qui a allumé mon ordinateur et enclenché ma mémoire vive.

Je n'ai même pas le temps de profiter de toi que déjà je repars avec Tina, Nicolas, Consuelo et la Yaya. C'est bizarre, mais eux aussi c'est comme si je les voyais pour la première fois. Alors je te les présente : Yaya c'est la maman de Maman, notre grand-mère espagnole. Tina c'est la grande sœur de Maman, et Nicolas c'est son mari. Consuelo c'est la petite sœur de Maman. Comme toi qui est la mienne. Je le répète encore dans ma tête parce que c'est fou… Maman m'a dit que je t'attendais avec tellement d'impatience que je touchais son ventre, que je te parlais. On doit partir, mais pourquoi je ne peux pas rester avec toi, avec Maman ? La 205 rouge de Nicolas s'en va. Je suis assise à l'arrière, je me retourne. C'était un monde sans siège auto, 1989, et je te vois rétrécir avec Maman. Tu m'as remplacée ? Ils m'ont abandonnée ? Je ne te reverrai plus, petite sœur ?

Dix ans plus tard, j'ai douze ans et ma vie bascule

Nous sommes en juillet 1999. Demain, je pars à Blois pour les championnats de France. C'est la deuxième année que je m'y rends. Joueuse numéro 1 de l'équipe, je dois assumer ce que ce statut implique : être un modèle, irréprochable et solide. Pendant l'un de mes matchs, les responsables de ma catégorie d'âge à la FFT, Lionel F. et Anne-Marie R., me regardent jouer. Je veux tellement bien faire que je me tends, mes jambes sont en coton, ma main n'arrive plus à tenir la raquette, mais je prends sur moi, je fais un bon match. À la fin de la partie, ils m'apprennent qu'à la rentrée je ferai partie du Programme avenir national, un petit groupe de filles parmi les meilleures de France qui recevront des aides de la FFT ainsi qu'un suivi rapproché. Je sors de cette semaine épuisée physiquement et psychologiquement. Trop de pression, trop d'excitation, d'euphorie même. Je commence à saigner du nez, ce qui m'arrive dans ces cas-là.

Nous partons en vacances en Espagne au début du mois d'août, toi, Papa, Maman et moi. Je quitte pour quinze jours le club d'Eaubonne, mes amis, mes « rivales » Mylène et Laura, et surtout Morgan. J'aime beaucoup Morgan, je l'ai toujours bien aimé. Il a deux ans de plus que moi, c'est un minime deuxième année, et quand je suis à côté de lui je me sens bizarre, je flotte, ça me donne un peu mal au ventre. Parfois, on se donne la main quand on se promène dans le club. On s'est promis de s'écrire des cartes postales, alors j'en cherche dans chaque boutique pour choisir celles que je vais lui envoyer. Tous les matins, je fixe la boîte aux lettres de l'immeuble depuis le balcon du cinquième étage, mais elle reste désespérément vide. Un jour, alors que je n'y crois presque plus, elle est là... Une photo de surf avec, au dos, l'écriture de Morgan. Peut-être qu'il m'aime lui aussi.

Au moment du retour, je suis contente. Je lis tous les panneaux, les pubs, les écrans... Le français m'a manqué, je suis heureuse de partir autant que de revenir. Je me jette dans un jogging, j'adore la sensation d'avoir les jambes couvertes après un mois passé en short et maillot de bain. Au supermarché, je traîne dans les rayons surgelés pour ressentir le froid.

Lorsque je retrouve Morgan, il est différent, tout est différent et ça me brise le cœur. Je maudis ces vacances qui ont tout cassé. Je ne t'en parle pas, mais tu dois voir que je suis triste…

Il a fallu que je choisisse un nouveau club, avec un niveau plus élevé. Ça n'a pas été facile, je ne l'ai pas fait à pile ou face mais presque. Un presque qui a changé ma vie.

J'ai longtemps réfléchi parce que je ne prends aucune décision à la légère.

Dans ma tête je fais deux colonnes. À gauche, Eaubonne.

À Eaubonne, il y a mes deux rivales, et quand on est petit on veut éviter de voir ses rivales. Au lieu de s'entraider, se motiver, s'épanouir ensemble, on se fuit.

À Eaubonne, il y a Morgan mais il ne veut plus vraiment me voir, j'ai l'impression qu'il est passé à autre chose.

À Eaubonne, il y a des terrains très rapides à l'intérieur, la balle fuse si vite qu'on ne peut pas la contrôler.

À droite, Sarcelles.

À Sarcelles, il y a des terrains en GreenSet et en terre battue, c'est bien pour se former.

À Sarcelles, il y a des grandes que je joue en tournoi et qui sont gentilles avec moi. Pamela par exemple.

À Sarcelles, j'ai gagné une PlayStation au tournoi de juin. On y a joué ensemble tout l'été, c'était génial.

À Sarcelles, il y a un entraîneur qui a l'air doux et compétent, j'aime bien son caractère, il s'appelle Patrick.

Pour tous ces petits détails, ça sera Sarcelles.

C'est la rentrée et lorsque nous arrivons à Sarcelles, Patrick est parti, il a obtenu un poste en Seine-Saint-Denis. C'est l'autre entraîneur, que je ne connais pas, Andrew, qui est devenu directeur sportif. La première fois que je le vois, il me fait peur. Il hurle sur certains élèves, mais avec moi il est très aimable, même s'il me met mal à l'aise quand il me regarde. De toute façon, je vais m'entraîner quatre fois par semaine à la Ligue à Sannois, je ne serai pas souvent à Sarcelles. Mais je sais qu'il va t'entraîner aussi, j'espère qu'il sera gentil avec toi.

Je m'entraîne avec lui le mercredi après-midi, juste après toi, avec une fille qui s'appelle Candice et qui est moins bien classée. Je ne me suis jamais entraînée avec des filles de mon âge alors je suis contente.

On s'entend bien mais elle est toute renfermée quand il est là. Il la rabaisse devant moi, ça me dérange.

Un mercredi du mois de septembre, il m'apprend à jongler avec ma raquette pendant que l'on ramasse les balles. J'y arrive tout de suite, il est content et moi je suis fière d'être à la hauteur. Au cours de l'entraînement, il nous fait asseoir sur un banc blanc en plastique recouvert de terre battue, cette terre battue qui vole inlassablement dans l'air. Il s'accroupit devant nous. J'ai un peu honte car il est au niveau de mes jambes et je ne me suis jamais épilée.

Sa posture, sa voix, son regard, il veut que ce moment soit important. Il commence par Candice : ses objectifs de saison, son potentiel à long terme. Il parle d'elle comme d'une joueuse de seconde série… Puis il se tourne vers moi :

— Tu te fixes quoi comme classement à la fin de la saison ?

— J'aimerais bien prendre trois classements et battre des filles à 2/6 d'ici la fin de l'année, gagner les championnats de Ligue et jouer au Championnat de France pour faire partie de l'équipe 1 femmes de Sarcelles qui joue en Nationale 2.

— Tu dois rêver plus grand. Tu n'as pas de limites. Tu as le potentiel pour être top 50 mondiale plus tard, un talent hors norme. Tu es un diamant brut de chez brut, et je vais te polir.

Je regarde par-delà la vitre du court, dans laquelle le soleil se reflète. Est-ce que je peux être une joueuse professionnelle ? Est-ce que j'ai envie de l'être ? Jusqu'à maintenant je voulais être écrivaine, journaliste ou archéologue. Réparer les injustices et rendre le monde meilleur.

La semaine suivante, on discute du PSG, il en est fan comme toi et moi. La veille, le club a gagné 2-0 contre Marseille au Parc des Princes. Nous n'y sommes encore jamais allées, mais Papa nous raconte l'ambiance chaque fois qu'il y va, même si ce n'est pas comme spectateur mais en tant que CRS chargé de la sécurité. Il passe la totalité du match à regarder les tribunes mais il nous entend les chants, les frissons, les olas et les scores… J'ai l'impression d'y être.

Quelques semaines plus tard, je monte en courant retrouver mes parents installés dans le club-house, mes pieds claquent sur les grilles, tu sais, celles qui étaient installées de travers dans le tunnel des courts couverts. Essoufflée, je leur dis d'une traite :

« Andrew me propose d'aller voir un match du PSG. Il veut aussi m'entraîner avec Ludwig et Alexandre parce qu'il fait un stage à La Celle-Saint-Cloud, il ne vous fera pas payer. Il dit qu'il faut que je continue à pratiquer pendant les vacances. »

J'ai ce sourire qui attend un oui, et ils me l'offrent. Je vais aller au Parc des Princes, puis je m'entraînerai avec des garçons très forts. Eux aussi viendront au match. À ce moment-là, je ne pense pas à toi. Je suis égoïste. Pourquoi n'ai-je pas demandé à ce que tu viennes avec nous ?

Le match, c'est PSG-Sedan. Ce n'est pas la plus grosse affiche mais je m'en moque, je verrai peut-être beaucoup de buts. Finalement, ses autres élèves ne sont pas venus. Nous arrivons tard aux abords du stade, il n'y a pas de place et il se gare n'importe comment avec sa Golf, sur un trottoir en face du lycée La Fontaine – douze ans plus tard j'y serais prof d'EPS. Il me dit qu'il n'a pas encore les places, qu'il va les acheter « à la sauvette ». Papa m'a toujours répété que c'est une bêtise, qu'on n'a pas le droit, alors je sais déjà que je ne le lui dirai pas.

Andrew réussit à avoir des places dans la tribune Paris, le match se passe bien, il y a beaucoup de monde. Il y a parfois une odeur bizarre, il me dit que c'est de l'herbe. Je sais que ce n'est pas du gazon, et encore une fois je me dis que c'est interdit. Je regarde autour de moi pour savoir qui commet cette faute, j'essaie de ne pas respirer pour ne pas que la drogue entre en moi mais au bout de quelques secondes je me dégonfle comme un ballon.

Je ne connais qu'un joueur de Sedan : Olivier Quint, il est blond avec les cheveux longs. J'ai de la chance car non seulement il y a beaucoup de buts, mais en plus le PSG l'emporte 3 à 2. C'est vraiment génial... On parle de l'école, des copains, du tennis, des tournois, mais je suis mal à l'aise d'être seule dans sa voiture la nuit.

Nos parents le remercient de m'avoir déposée, ils lui demandent s'il a besoin de quelque chose. Tu es déjà couchée, petite sœur, et moi je suis crevée. Je suis allée au Parc des Princes !

Il revient me chercher le lendemain, avant même que je puisse te raconter le match de la veille, mais peut-être m'en aurais-tu voulu de ne pas t'y avoir emmenée. Je rencontre enfin Ludwig, dont Andrew m'a tellement parlé. Il est plus petit que moi en âge et en taille. Il est de 1988, entre toi et moi. Il a les cheveux bouclés, il est mignon et il a l'air gentil, innocent mais craintif. J'ai envie de le protéger, quelque chose chez lui me fend le cœur. Alexandre est tout fin, assez pâle, gaucher comme moi, plutôt réservé, mais extrêmement intelligent. Il comprend tout, on parle facilement de plein de choses. À la fin de l'entraînement, nous montons tous les trois dans la voiture d'Andrew, j'ai l'impression d'être en colonie de vacances. On écoute de la musique, on va au McDo.

Un jour, Papa ne peut pas venir me chercher à La Celle-Saint-Cloud après l'entraînement parce que tu es en tournoi. Andrew propose que je reste dormir chez lui, ça sera plus pratique car il habite à côté du club et qu'on s'entraîne à nouveau le lendemain.

Je suis déjà allée chez lui entre deux entraînements ou parce qu'il avait oublié quelque chose, parfois avec Ludwig, parfois seule. Mais cette fois-ci, c'est différent, je vais y dormir. Son appartement est sombre, les volets sont baissés. Après cette période, toutes les années qui ont suivi, j'ai eu peur quand Maman n'ouvrait pas le volet de la salle à manger.

Dès qu'il entre, il se dirige vers sa chaîne hi-fi, posée sur le sol, contre le mur du salon, à côté du canapé et met un disque d'Eros Ramazzotti. Ce disque, je l'entendrai tellement de fois que souvent encore, l'air s'invite dans ma tête. Pendant vingt ans, j'ai quitté mon corps chaque fois qu'elle passait. Et puis il y a un an, Milo, mon fils, est rentré à l'école. Son premier copain parle italien et connaît les paroles de la chanson « Se bastasse una canzone ». Depuis, Milo nous la chante à tue-tête à la maison, dans la voiture, dans le bain, comme s'il cherchait à me guérir. Maintenant, quand la musique démarre, c'est sa petite voix que j'entends et je ne veux plus fuir.

Il n'y a rien dans le frigo, il n'y a rien dans les placards, qu'est-ce qu'il mange ? Ça m'étonne, nos parents font les courses tous les lundis après-midi au Leclerc, il y a toujours deux étages de yaourts dans le frigo.

On va dîner dans une pizzeria à Croissy-sur-Seine, et il me dit que si on me demande, je dois répondre qu'il est mon père. Je déteste mentir, je ne mens jamais, je crois que je ne sais pas le faire. La pizza était super bonne, c'est dommage qu'on aille si peu au restaurant avec Papa et Maman.

En rentrant, je vais me coucher. Il me laisse son lit, me dit bonne nuit et s'installe sur le canapé. Ça m'ennuie parce qu'on ne doit pas bien dormir dans un canapé, mais il n'a pas de deuxième chambre.

Pendant la nuit, j'ai très soif, mais je n'ose pas me lever et j'attends, la gorge sèche, que le matin arrive. En plus, j'ai du mal à dormir sans mes doudous : j'en ai deux, l'un est gros et me sert d'oreiller, l'autre est maigre et je le serre dans mes bras. Papa les appelle Laurel et Hardy.

Quand il me réveille, il s'installe à côté de moi et discute. Je suis embarrassée dans mon pyjama, tu sais, celui en pilou que j'ai eu pour Noël avec des boutons comme une chemise et des petits chiens dessus, que je fais cramer en me collant trop à la cheminée l'hiver. Je reste sous le drap car il n'y a pas de couette.

Après quelques minutes, il va se raser, le crâne et la barbe, je n'ai jamais vu ça. C'est la première fois que je le vois sans sa casquette, ça fait bizarre. Il a un énorme grain de beauté au-dessus de l'oreille et, à la fin, il met un sparadrap dessus. On se demandait pourquoi il avait toujours un sparadrap à cet endroit-là, je me dis que ça ne doit pas être très bon de le camoufler comme ça. D'ailleurs, il a l'air de pendre un peu. C'est répugnant. Mais je m'en veux de penser ça parce qu'il n'y est pour rien… En tout cas, je suis contente d'avoir percé ce mystère.

Il me dit que je peux me doucher, mais il ne me donne pas de serviette et me dit de ne pas fermer la porte. À la maison non plus, on ne ferme jamais la porte, mais comme ce n'est pas la maison, je ne suis pas très à l'aise. Quand Maman entre dans la salle de bains ça va, mais là j'imagine que c'est lui et ça me fait peur. D'ailleurs, même Papa n'entre jamais. Je me douche en vitesse, en dix-sept secondes, j'ai compté ! Je suis obligée d'utiliser sa serviette déjà mouillée pour me sécher. Puis, on part à la boulangerie. Je me dis que ça doit coûter cher de toujours manger dehors.

Il arrête la voiture trois cents mètres plus loin, dans un centre commercial au milieu d'une résidence qui s'appelle Élysée 2, ça s'écrit comme dans les Champs-Élysées. Il achète *L'Équipe*, me demande ce que je veux manger, je n'ose pas répondre mais je finis par choisir un drop (c'est une viennoiserie avec de la crème pâtissière et des pépites de chocolat, dans notre boulangerie, on appelle ça un suisse) et un petit Danao pêche-abricot. Ça deviendra une routine à laquelle s'ajouteront d'autres routines. Après ça, chaque fois que tu buvais du Danao, les images défilaient dans ma tête. J'ouvrais le frigo et je voyais la bouteille ; soudain j'étais seule dans cette immensité glacée, j'espérais que le frigo m'engloutirait et me cryogéniserait pour engourdir ma souffrance.

Le mercredi de la rentrée, les responsables de la FFT viennent au club de Sarcelles, pour discuter entre autres de ma programmation de tournois. À l'issue de la réunion, Andrew décide que je dois faire plus de tournois dans les départements à l'ouest de Paris parce que le niveau y est plus élevé. Avant, Papa m'inscrivait plutôt dans le Val-d'Oise, la Seine-Saint-Denis et l'Oise. Maintenant, il va falloir que je joue dans les Yvelines, les Hauts-de-Seine et Paris. Je ne sais pas comment Papa va faire pour nous conduire toutes les deux à des endroits différents. Il faut que je fasse plus de quatre-vingts matchs cette année, c'est l'objectif qu'ils m'ont fixé. Andrew propose alors de m'accompagner aux tournois dans les Yvelines, Hauts-de-Seine et Paris, comme ça Papa pourra t'emmener à tes entraînements et tes matchs.

Ça commence comme ça. Pour les tournois, pour les entraînements du week-end à La Celle-Saint-Cloud ou pour les matchs du PSG, je reste dormir chez lui parce que ça lui évite les allers-retours pour me ramener. On fait beaucoup de voiture, R. Kelly passe souvent à la radio, il chante en anglais et me dit qu'il parle couramment, que son père vit à Key West, en Floride. Moi je suis nulle en anglais, tu as toujours été meilleure que moi.

En décembre, je joue bien en tournoi, je suis contente, je découvre de nouveaux clubs, je rencontre de nouvelles adversaires. Ensuite, on mange au restaurant. Un soir, on se rend dans une crêperie un peu avant le pont de Louveciennes. Pendant le repas, il me dit : « Quand tu seras pro, je prendrai vingt pour cent de tes gains ! » Je trouve cette phrase étrange, j'ai douze ans. Pour rigoler je lui réponds : « Non, quinze pour cent. » Il entre dans une fureur noire, me regarde avec des yeux que je n'avais jusque-là qu'entraperçus et me dit : « Je paye tous tes repas au restaurant, je t'entraîne gratuitement, je t'amène dans les tournois… Il faudra bien que tu me remercies. »

Ce soir-là, il reste un peu dans la chambre quand je suis couchée, il s'allonge à côté et me fait un câlin pour s'excuser de s'être emporté. Il me serre et me demande de le serrer le plus fort possible, mais je n'arrive pas à faire le tour de son torse avec mes bras. Puis il part et je me dis qu'il ne m'en veut plus. Je suis soulagée parce que tu sais que je ne supporte pas de me coucher fâchée avec quelqu'un.

Le lendemain matin, au réveil, il me dit que je suis comme sa fille. Il me le répète souvent depuis quelque temps... Papa ne nous fait pas de câlins et moi, ça me manque. Je sais qu'à toi aussi ça te manque, mais il est comme ça Papa, un homme du Nord, un peu rustre. Comme il n'a pas d'enfants, ça doit lui manquer aussi. C'est un peu bizarre parce que parfois il me demande de lui faire des câlins dans le lit et je n'aime pas. Mais peut-être que certains papas font ça.

Un jour, je vois une photo de moi sur sa table de chevet, à côté de celle de Sophie, sa copine. Je ne l'ai encore jamais rencontrée alors que je suis presque trois fois par semaine chez lui et qu'elle habite à trois cents mètres. Je ne sais pas où il a eu ma photo, il l'a peut-être prise au club. Ce soir-là, il me dit qu'il va rester dormir dans le lit parce qu'il dort mal sur le canapé, et je n'ose rien dire. Il dort en caleçon et tee-shirt, Papa ne met que des slips. Ça sert à quoi ? Tu crois qu'ils ouvrent les boutons pour faire pipi ?

Le lendemain matin, je ne traîne pas dans le lit, je prétexte de vouloir lire la biographie d'Ayrton Senna dans sa bibliothèque, chez nous il n'y a pas de livres et tu sais à quel point j'adore lire. Il me rejoint, son regard est un peu étrange et il me dit qu'on est pressés, que je dois vite me doucher. J'ai pris l'habitude de fermer mais pas à clé, et quand je vais sortir de la baignoire en faisant attention de ne pas glisser, je perçois un mouvement de la porte ou bien j'entends le bruit de sa main qui actionne la poignée, mais d'un coup il est là devant moi. Je récupère la serviette et je me cache mais c'est trop tard il a vu, il m'a vue. Il a oublié quelque chose dans la salle de bains et moi j'ai mal au ventre, je veux disparaître. On part et je ne parle pas, il n'en parle pas, il n'y a pas de sujet. La journée passe et je me dis qu'il ne l'a pas fait exprès, que ça n'arrivera plus.

Quelques jours plus tard, il m'offre un cadeau, une casquette Nike. J'ai toujours joué avec une casquette, même avant d'arriver à Sarcelles. Tout le monde à la Ligue m'appelle « Angélique avec sa casquette à l'envers », des entraîneurs aux juges arbitres, tu connais ma collection de casquettes de fou dans la corbeille à côté de mon armoire. Je suis contente qu'il ait pensé à moi, qu'il ait voulu me faire plaisir, c'est super gentil quand même, tous les entraîneurs ne font pas ça, les autres ne l'ont jamais fait en tout cas. Moi aussi je vais lui offrir quelque chose, il faut que je trouve un tee-shirt Nike, il ne s'habille qu'en Nike.

Aujourd'hui, on va au Leclerc avec Maman pour m'acheter un téléphone portable. C'est lui qui a décrété qu'il m'en fallait un pour le tenir informé de mes matchs quand il n'y vient pas. Papa et Maman se disent qu'au moins ils pourront me joindre directement quand je suis avec lui. Je choisis un téléphone jaune. Ce qui m'a décidé c'est qu'il a une fonction horoscope, tu rentres ta date de naissance et le jour que tu veux et ça te dit si c'est une bonne journée en amitié, en amour, en réussite, en santé et au travail. Pour moi, on dira que le travail c'est le tennis. Pour l'amour, je ne parle plus à Morgan alors je ne sais pas à qui penser.

Toutes les deux, on passe des heures à le faire pour toi, pour moi, pour Nena notre chienne, pour Papa, pour Maman, pour qui tu veux que je le fasse, tes copains, Papi, Mamie... Et parfois je le fais pour lui et je lui envoie un texto avec les résultats.

Il m'appelle souvent, tout le temps même. Ça énerve Papa, qui râle, alors je m'écarte pour mieux entendre. La dernière chose que je dois faire le soir en me couchant c'est lui envoyer un message, il me l'a demandé et je ne veux pas le décevoir, encore moins le mettre en colère, même si je ne sais pas trop quoi écrire. Au début, je lui écrivais que je lui souhaitais une bonne soirée, que j'espérais que sa journée s'était bien passée, je lui racontais la mienne, j'essayais de condenser pour ne pas dépasser le nombre de caractères autorisé. Pour l'instant le mot *illimité* n'existe pas pour les forfaits. J'ai soit 50 textos soit 30 minutes d'appel donc je ne lui téléphone jamais, il me dit de le biper et il me rappelle. Entre mes bips et ses coups de fil, il ne reste de place pour rien d'autre. Il n'y a plus que lui, l'école et lui, le tennis et lui.

Plus l'année avance et moins je passe de temps avec toi. On continue quand même nos parties de foot après les repas sur la terrasse, tellement endiablées que nos gants de gardienne commencent à se trouer ! Et puis les jours sont de plus en plus courts, il fait de plus en plus froid, la ville a installé les décorations de Noël dans les rues de Domont. Maintenant, je ne suis plus là le samedi matin, je suis chez lui, soit parce que j'ai tournoi, soit parce que je vais devoir m'entraîner.

Ce samedi matin-là, nous ne sommes pas scotchées devant la télé pour savoir si notre chanson préférée du moment est toujours Top 1. Non, ce matin-là je sors de sa chambre à lui, prête pour aller m'entraîner, il sort de la salle de bains au même moment, on est tous les deux dans ce couloir étroit… Il avance vers moi, je suis acculée contre le mur, il est tellement près, je n'ai jamais été si près de quelqu'un, il paraît immense d'un coup, il s'approche et il m'embrasse sur la bouche. À cet instant, je me brise entièrement. Son haleine sent mauvais, un mélange de café et de cigarette, deux trucs que je déteste. Ça dure une fraction de seconde mais le regard qu'il me jette après sera gravé dans ma mémoire pour l'éternité. Je reste rivée au mur, sinon je tomberais en arrière. Tout est flou, confus, irréel. Je suis tétanisée. La seule chose que je suis capable de dire c'est « C'est pas bien », « C'est pas bien il ne faut pas », « C'est pas bien il ne faut pas, j'ai pas envie ». J'ai réuni toutes les forces qu'il me restait pour vomir ces trois phrases… Sa réponse m'anéantit : « Il n'y a rien de mal, tu sais, ça arrive souvent, les entraîneurs et leurs joueuses, on passe tellement de temps ensemble… Tu n'as jamais embrassé de garçons ou quoi ? » Je ne suis pas nulle, j'ai déjà embrassé Yohan, Arthur et Léo sur la bouche à l'école primaire. Au collège, Julien et moi on s'est écrit qu'on sortait ensemble et une fois il m'a « fait du pied » au foyer en jouant aux jeux de société. Et Morgan m'a donné la main cet été. Mais je ne veux pas l'embrasser lui, c'est mon entraîneur, c'est mon confident, c'est mon deuxième père.

À peine cinq minutes plus tard, nous nous retrouvons dans l'ascenseur et il m'embrasse à nouveau. Je ne réagis plus, je suis paralysée, je ne parviens qu'à me concentrer sur le son de l'ascenseur qui annonce que nous sommes au rez-de-chaussée. Mon esprit, lui, continue de descendre…

On arrive à La Celle-Saint-Cloud pour jouer avec Ludwig et Alexandre, c'est bientôt Noël, il fait beau mais froid, quand on joue, de la fumée sort de nos bouches. Le soir, les parents de Ludwig nous invitent à manger chez eux et à la fin du repas sa maman dit : « De toute façon tous les yaourts sont les mêmes, ils sont fabriqués dans la même usine et après ils mettent des étiquettes différentes. » Ah bon ? Je n'avais jamais imaginé ça… Ludwig me sort de mes pensées quand il me propose de jouer avec lui à la PlayStation dans sa chambre. On rigole, on est contents, je lui offre une planche de surf en collier que j'avais rapportée d'Espagne pour mes amis cet été, puisque maintenant Ludwig est un copain. Souvent, il a l'air triste mais aujourd'hui c'est lui qui me demande si ça va. Je réponds oui, et on recommence à jouer, jusqu'à ce qu'il vienne me chercher.

On rentre, le trajet dure une minute et je me demande si je dois oublier ce qui s'est passé ce matin. Est-ce que lui a oublié ? En rentrant, il se dirige vers sa chaîne hi-fi et lance un disque de Barry White, qu'il écoute en boucle avec Eros Ramazzotti. Je mets mon pyjama puis je prépare un verre d'eau que je pose sur la table de chevet à gauche, c'est de ce côté du lit que je dors. À la maison le côté gauche c'est celui de Papa, nous on a toutes les deux des lits simples. Aujourd'hui encore je dors à gauche, comme si j'étais conditionnée depuis cette époque. Je dors mal, je me réveille très souvent, j'ai une boule au ventre, la lumière commence à passer entre les stores de sa chambre qui restent dans la même position nuit et jour. Soudain, je sens une grosse main me toucher le ventre, sous le pyjama. J'ai envie de vomir. Je veux que mon ventre rentre dans mon ventre, qu'il disparaisse, que cette sensation disparaisse. Il remonte sa main sur mes débuts de seins, je mets des brassières depuis la rentrée mais je ne dors pas avec alors il n'y a rien pour me protéger. Je me retiens de pleurer, ou peut-être que je n'ai pas la force de penser à pleurer. Sa respiration est tout d'un coup différente, plus rapide et plus forte, puis je ne sens plus rien, je n'ose pas me retourner. J'entends que sous le drap ça bouge. J'ai peur de voir, j'ai peur de ne pas voir... Je crois que j'ai encore plus peur de ne pas voir, alors je me retourne doucement. Il a descendu son caleçon à boutons, il tient son zizi, tout rouge et tout gonflé, il descend et monte sa main dessus. Je ne sais pas si je suis réellement ici ou si je rêve ou si je suis morte. Tout à coup il tire la langue et il crie, je vois quelque chose sortir de son zizi, ce n'est pas blanc mais pas jaune non plus, pas trop liquide mais pas trop solide non plus. On dirait du Yop, ça pue d'ici alors que je suis à cinquante centimètres. Il attrape son tee-shirt, essuie le Yop qui est tombé sur son ventre, puis le jette par terre. Ce geste, je le verrai des centaines de fois...

Je reste dans la même position sur le dos, sans réaction, inerte, une éternité ou peut-être juste quelques secondes, il ne dit rien, il se lève. Je ne sais pas ce que je viens de voir, de vivre. Je ne sais plus si j'ai encore douze ans, si dans quelques jours c'est bien Noël. Je l'entends se préparer, il se rase, il met de la musique... Je sens son parfum jusque dans la chambre. Clinic Happy for men, un flacon orange. Comme une décharge électrique, je bondis du lit, quand il met son parfum ça veut dire que nous partons. Il va arriver d'une seconde à l'autre, je dois vite m'habiller, mais j'entends la porte d'entrée claquer. Je reste seule. Je ne pense pas une seconde à m'enfuir, je ne vais même pas jusqu'à la porte pour voir si elle est fermée à clé. Et puis où est-ce que j'irais ? On habite à trente kilomètres. Je suis triste et je me sens sale. D'un coup, une urgence me dévore : il faut que j'enlève cette crasse, vite. Je suis sale à l'intérieur parce que dans le miroir je ne vois rien, je suis comme avant, mais plus exactement la même. Je fixe la pomme de douche pleine de calcaire, c'est la première fois que je m'assois dans sa baignoire, d'habitude elle est tellement dégoûtante que je reste debout, presque sur la pointe des pieds. Ce matin je m'en fiche, la baignoire est plus propre que moi. De toute façon, mes jambes n'ont pas la force de me maintenir debout. Je me mets en boule, j'ai froid, je suis seule, je suis vide.

Je finis par sortir, je sais qu'il est revenu parce que le disque a changé. Je m'habille et sors de la salle de bains, je le rejoins dans le salon. Mon drop, mon Danao, son café, son croissant et *L'Équipe*, nous prenons le petit-déjeuner tous les sept. Il me regarde, je lève les yeux parce que je sais que si je ne le regarde pas il va s'énerver, je l'ai déjà vu s'énerver contre des élèves, des parents, des adversaires, des conducteurs, tout sauf ça. Il me dit alors d'une voix très posée : « Les gens ne peuvent pas comprendre. Tu sais, c'est parce que c'est toi, tu es différente, extraordinaire, intelligente, mature... C'est la première fois que ça m'arrive d'être avec quelqu'un d'aussi jeune, tu sais. Tu m'aimes ? » Qu'est-ce que je dois répondre ? Si je dis non, est-ce qu'il va s'énerver et me tuer ? Et puis c'est vrai je l'aime, c'est la personne qui compte le plus dans ma vie, est-ce que c'est ça l'amour ?

Alors je réponds : « Oui bien sûr tu es la personne que j'aime le plus au monde, tu es le meilleur entraîneur du monde. »

Je passe le reste de la journée en dehors de mon corps, je ne sais pas si je guide vraiment mes gestes, en tout cas, mes pensées, je ne les contrôle plus. On est dans la voiture, il me ramène, il fait nuit déjà. Au moment où nous passons sur le pont de l'A15 il me dit : « Il ne faut pas que tu en parles, si tu en parles j'irai en prison parce que les gens ne comprendraient pas qu'on s'aime... Et si tu en parles je ne pourrai plus t'entraîner et tu ne deviendras jamais forte. »

Je ne veux pas qu'il aille en prison. J'ai mal mais il ne m'a pas fait de mal, il ne peut pas me vouloir du mal puisqu'il m'aime. Une phrase que Papa nous dit souvent se met à tourner en boucle dans ma tête : « Si un jour quelqu'un vous fait du mal, je n'attendrai pas que justice soit faite, je lui mettrai une balle entre les deux yeux quitte à prendre vingt ans de taule. » « Si un jour quelqu'un vous fait du mal... » « Si un jour quelqu'un... » « Si un jour... » « Si... » J'ai mal, Papa, mais j'aurais encore plus mal si tu allais en prison, si Maman n'y survivait pas et si toi, petite sœur, tu partais en foyer...

On s'arrête devant la maison, je descends tel un fantôme. Il entre comme chez lui, Papa est au travail, toi dans ta chambre. Maman lui propose à boire et à manger. Il demande le plus innocemment du monde un lait fraise, et je lui sers son lait fraise dans un verre Amora. Sa grosse main agrippe le verre, je retire ma petite main. Il m'impressionne, je l'admire et j'en ai peur, je ne sais plus, c'est confus. Il demande des Doliprane à Maman avant de partir, mais qu'est-ce qu'il fait avec tous ces Doliprane ? Je monte vite les escaliers, je dis que je suis fatiguée, Maman me demande si ça va, si ça s'est bien passé. Je ne dois pas éviter la question, sinon elle va remarquer que je suis bizarre, surtout ne pas être bizarre. Je suis une petite fille bavarde et enjouée. Alors je raconte le week-end, les entraînements, le repas chez Ludwig, la PlayStation, le petit-déjeuner... Tout, presque tout.

Finalement, je regarde la télévision pour ne pas que Maman reste seule. Je ne veux pas me retrouver dans le noir et penser, je ne veux pas te voir et te mentir. Quand je monte, tu dors déjà.

Demain, j'aurais oublié.

Le réveil sonne, comme n'importe quel jour. On prend le petit-déjeuner ensemble, toutes les deux, Papa dort depuis seulement une heure car il rentre du travail à 6 heures. Maman se lèvera juste avant notre départ pour l'école puis ira se recoucher. Je pars avant toi, le collège est plus loin. Sur le trajet, je compte les pas. Au moment de passer le portail j'en suis à 867... Et tous les jours, je me forcerai à en faire exactement 867, pour ne pas penser, pour qu'il ne m'arrive rien.

Les cours défilent. En histoire on parle de Louis XIV et son omnipotence, je viens de découvrir ce mot, ça veut dire avoir tous les pouvoirs. En français, je chuchote à l'oreille de ma voisine et on éclate de rire... La professeure me gronde et je rempile avec une blague. Nouvel éclat de rire, je me fais changer de place. Cours suivant : EPS, je me dépasse au-delà de ce que mon corps peut supporter pour être la meilleure, pour faire plaisir au professeur, mais aussi pour souffrir et ne plus penser.

J'essaye de ne pas être triste et je songe à Noël dans une semaine, j'adore les fêtes, les repas, les cadeaux, les décorations. On ne demande jamais trop de cadeaux parce qu'on n'ose pas et qu'on sait qu'on n'a pas beaucoup d'argent. Cette année, j'aimerais le CD de Billy Crawford pour qu'on chante ensemble en yaourt avec la musique à fond pendant que Maman repasse. J'aime bien ces moments toutes les trois. J'ai aussi demandé un tee-shirt de Tintin, il coûte 120 francs, c'est très cher mais ça fait plusieurs années que je rêve de l'avoir et Maman a dit oui. Je vais aussi avoir une paire de chaussures de tennis, je l'ai choisie à France Club, quand on y va c'est toujours Noël avant l'heure.

Et Noël arrive enfin, je suis excitée comme une puce, encore plus que toi, ça me met dans un état de transe... Papa travaille ce soir pour avoir sa soirée de nouvel an car c'est le passage à l'an 2000, est-ce que tu y crois, toi, à la fin du monde ?

J'aide Maman à préparer le repas pendant que tu regardes un bêtisier en jouant avec Nena, à qui on a mis un nœud de papier cadeau autour du cou. Elle déteste ça, elle veut à tout prix l'enlever, on le lui retirera après la photo traditionnelle devant la cheminée...

La sonnette retentit, on court ouvrir. Il y a un gros sac avec des cadeaux ! Ils nous font encore croire que le Père Noël est passé, c'est trop mignon. On déballe tout et même Nena a un cadeau, un nouveau jouet en forme de poulet puisqu'elle a cassé le précédent.

Papa, on lui a pris des slips et un parfum. Maman s'est choisi des habits. Je t'offre une boîte de Pyrénéens et toi du turrón, que je vais essayer de ne pas manger dans la soirée.

Papa part déjà et on reste toutes les trois, enfin toutes les quatre avec Nena, pour profiter de nos cadeaux et regarder Arthur à la télé. En deuxième partie il y a *Le Père Noël est une ordure*, on connaît toutes les répliques par cœur, il faut dire qu'on le regarde très régulièrement.

Le lendemain, on part chez nos grands-parents pour le déjeuner du 25. On passe notre temps à se pourchasser en trottinette autour de l'immense table de la salle à manger, on dirait une table de rois, et d'ailleurs on n'y mange qu'à Noël. J'aime bien quand on est chez Papi et Mamie, c'est simple mais reposant. Le temps n'est plus le même... Les parents de Papa n'ont pas eu une vie facile. Tous les deux enfants d'agriculteurs dans la Somme, ils ont vécu la Seconde Guerre mondiale cachés dans des caves, puis celle d'Algérie qui a privé Papi de la naissance de son fils unique, Papa, qu'il a vu pour la première fois lorsqu'il avait deux ans… Papi et Mamie étaient ouvriers à la chaîne. Mamie dans une usine de peinture, et des années après la retraite elle avait encore des rides sur la paume de ses mains à cause de la peinture qui s'était incrustée jusque dans sa chair. Papi, lui, travaillait dans une usine de plastique, de nuit, à dix kilomètres de leur maison en briques rouges du nord de la France. Le soir, après avoir débarrassé la table, Mamie mettait une petite tasse blanche sur la table de la cuisine, c'était du café pour quand Papi rentrerait, à 6 h 40.

J'aime Mamie plus que tout. Avant, on allait régulièrement chez eux, quand le tennis ne me prenait pas trop de temps. Une fois je suis même restée quinze jours chez eux, et je me souviens que je faisais attention à ne pas serrer trop fort Mamie dans les bras parce qu'elle a un pacemaker, une sorte de pile pour aider son cœur à battre, et que j'avais peur de l'abîmer et de tuer Mamie.

Je repense à ces moments avec nostalgie car nous ne venons plus que rarement les voir. D'ailleurs nous partons tôt ce jour-là car tu dois jouer le lendemain au tournoi du TCBB, le tournoi international à Boulogne-Billancourt…

Ton match sera finalement annulé, parce que cette nuit c'est la tempête. On reçoit un coup de téléphone du juge arbitre, les bulles qui recouvrent les terrains se sont envolées et sont parties dans la Seine. Andrew m'appelle et me dit que même des voitures sont dans le fleuve, et je pense à ces tornades où des vaches s'envolent, c'est fou quand même. Il me dit que c'est dommage parce qu'il voulait me donner mon cadeau de Noël, il a pensé à m'en prendre un et à toi aussi, petite sœur.

Il passe le lendemain à la maison pour nous les offrir, quand j'ouvre le paquet je n'y crois pas : c'est un atlas du monde. J'en rêvais, avec les capitales, les densités de population, les reliefs, les températures par pays selon le mois de l'année. Je vais pouvoir tout apprendre et je suis aux anges. Je lui fais un bisou pour le remercier, Maman est contente pour moi, Papa reste assis dans le canapé, il regarde avec un œil suspicieux.

Andrew leur annonce qu'il organise un stage à La Celle-Saint-Cloud et leur propose que j'y participe, pendant que tu en fais un avec Marc, l'autre entraîneur de Sarcelles. C'est gratuit pour moi car il croit en mon potentiel. Papa et Maman acceptent. Je prépare mon sac avec Maman, car je vais dormir chez lui, demain l'entraînement est tôt et avec les bouchons ça sera compliqué, c'est plus simple comme ça. Je suis contente de retrouver Alexandre et Ludwig.

Sur le trajet, on s'arrête à Nanterre, il fait nuit, il fait froid. On se gare dans une cité qui s'appelle Pablo Picasso, il doit récupérer quelque chose, il ne me dit pas quoi. Il me laisse dans la voiture, des gens rôdent, je suis toute seule, les immeubles sont bizarres, ils ont comme des hublots en fenêtre. Je regarde le rétroviseur droit, le rétroviseur gauche, le rétroviseur central, puis le droit, le gauche, le central… Encore et encore, ça me calme. Il arrive et je peux enfin souffler. Tu imagines si quelqu'un de méchant était arrivé ? On passe chez McDo, on commande les mêmes menus que d'habitude. On mange chez lui avec la musique, cette fois-ci il met un disque de Spooky, je ne connais pas c'est de l'électro, nous on appelle ça « house ». Il me dit qu'il a déjà vu un concert d'eux dans un volcan avec des serveuses en rollers qui distribuaient de l'« ecstasy », c'est de la drogue. Il me dit ce que ça fait, et les champignons, la cocaïne, l'héroïne… « Quand tu prends de la cocaïne ça rend invincible, tu te sens le roi du monde, si on te tire dessus tu continues quand même à avancer, tu ne sens rien. » Il connaît beaucoup de choses quand même.

On est dans son lit, normalement on dort assez vite après le câlin où il me demande de le serrer fort dans ses bras comme si j'étais sa fille. Mais cette fois-ci il me demande de lui masser les pieds avec de la crème, il a des croûtes aux pieds, c'est dégoûtant, j'ai envie de vomir. Je compte les secondes, quand j'arrive à soixante je recommence à zéro…

Après ça, il éteint la lumière et on dort. J'avais peur mais j'avais peur pour rien, finalement j'adore aller chez lui.

Mais le lendemain matin, alors que je suis encore dans le lit, à peine réveillée, il défait un à un les boutons de mon pyjama de Noël. Je ne sais pas si je dois faire semblant de dormir ou ouvrir les yeux. Je décide d'ouvrir les yeux, comme ça il va s'arrêter. Il ne s'arrête pas et me dit qu'il va m'apprendre, que je suis prête. Prête à quoi ? Il a une veine qui sort du crâne, il est tout rouge, presque violet par endroits. Il met la main sous ma culotte, personne n'a jamais touché ma bébette, je disparais, je ne veux pas vivre ça. Mon âme est au-dessus de moi, au-dessus de ce corps d'enfant presque adolescent allongé sur le lit, elle me dit courage ça va aller, ça va s'arrêter. Il me prend la main et me demande de descendre et monter autour de son zizi. Je ne sais pas si je dois serrer ou pas. Mais il faut que je m'applique, il ne faut pas qu'il se fâche, il faut que je lui fasse plaisir, sinon... Il met sa main sur la mienne et me guide, je ne respire plus lorsqu'il se cambre. Maintenant je sais que quand il fait ça, le Yop va sortir de son zizi par à-coups. En fait, le Yop c'est du sperme, on en a parlé en SVT. Il prend le tee-shirt au pied du lit et s'essuie avec. Il m'a offert le même tee-shirt que lui, il me l'a offert hier soir...

Il me dit de me lever pour aller prendre une douche avec lui. J'obéis, mon âme est toujours à l'extérieur de moi, je suis assise en face de lui dans la baignoire. On est serrés, il parle de tout et de rien, me dit que j'apprends vite, que je suis trop douée pour les jeunes de mon âge, ça serait du gâchis. Il sort et la vie reprend son cours, il quitte la salle de bains, l'eau est froide, sale, je dois sortir, il faut que je sorte, je ne veux plus me voir nue. Quand je suis nue, je suis tellement faible... Il faut que mon âme revienne, demain c'est l'anniversaire de Papa, demain Papa aura trente-neuf ans... Je dois être heureuse pour Papa.

Après ça il est super gentil, il m'emmène manger dans un restaurant chinois et on prend des brochettes caramélisées, je n'en ai jamais mangé parce que je prends toujours la même chose chez notre traiteur chinois, nouilles et vapeur. Toi aussi, quand tu y vas, tu ne changes jamais ta commande, tu prends toujours du riz cantonais.

On s'entraîne, et lorsqu'il rassemble tous les jeunes qui font le stage – il y a Ludwig et Alexandre, bien sûr, mais aussi d'autres que je ne connais pas et qui jouent moins bien, des joueurs qui n'ont pas un projet professionnel –, il me fait mettre à côté de lui, face à eux et me présente. Il leur dit : « Retenez son nom car un jour vous l'entendrez à la télé. » Je suis fière, il est si agréable quand il est comme ça.

Je retourne chez Papa, regonflée à bloc, je dois garder le secret, il me l'a redit, sinon il ne pourra plus m'entraîner… et qu'est-ce que je deviendrai ? Je ne saurai plus jouer au tennis sans lui.

Je suis joyeuse dès le réveil, j'adore aller chercher le gâteau, offrir les cadeaux, encore plus que les recevoir. Papa déballe mon cadeau, je l'ai choisi au magasin, je sais ce qu'il aime, j'ai trouvé un super bon whisky Glenfiddich je sais pas quoi qu'il aime bien, dans une bouteille avec des motifs de ballons de foot.

Il est super content, on dirait qu'il va pleurer, il ne pleure jamais Papa, sauf une seule fois. Papa voulait m'inscrire à une course, et pour ça, il fallait montrer la carte d'identité, mais je ne l'avais pas signée. Il m'avait fait signer en vitesse et j'avais un peu raté ma signature, en tout cas Maman trouvait que je l'avais ratée. Elle s'était énervée après Papa qui m'avait fait signer dans la précipitation « et du coup c'est moche c'est pas bien propre » comme elle aime… Elle avait déchiré ma carte d'identité de rage, et Papa avait pleuré. Finalement, on avait rescotché la carte et j'ai pu participer à la course, que j'ai gagnée. Papa était si fier, il m'a dit : « Bravo ma fille ! » J'étais si heureuse que je passe ma vie à attendre de nouveau ces trois petits mots.

J'adore le voir comme ça, presque ému aux larmes, notre Papa, puis un éclair passe devant mes yeux et m'électrise. Du whisky, l'autre, il boit du whisky, j'en vois sous son siège de voiture, parfois la petite bouteille glisse près des pédales, elle est mignonne la petite bouteille. Mais je n'aime pas quand il en boit, il pue après, et puis il est plus mou et moins gentil. Il me fait peur quand il en a bu, il conduit avec ses genoux dans les virages sur l'A86 au niveau de Nanterre, il me dit qu'il aurait pu être pilote, et à chaque fois je ferme les yeux en me disant que je vais mourir. Je ne raconte jamais ça à Papa, parce que je sais qu'il serait très fâché... Papa conduit toujours très lentement, il s'arrête au feu avant même qu'il passe à l'orange presque, ça nous énerve avec Maman.

Ce que j'adore avec la semaine de Noël, c'est que c'est la fête tous les jours. L'anniversaire de Mamie le 23, le réveillon et les cadeaux le 24, Noël et les chocolats le 25, l'anniversaire de Papa le 29 et le réveillon le 31 !

Cette année en plus c'est le passage à l'an 2000, on aura vécu ça, ça n'arrive qu'une fois tous les dix siècles, on est quand même chanceuses.

Attention trois, deux, un... Je prends vite mon téléphone, je lui écris un texto : « Bonne année... tu es le meilleur entraîneur du monde et la personne la plus importante de ma vie », ça affiche échec, c'est quoi ça ? Je n'ai jamais vu ça. Je réessaye, échec, j'éteins, je rallume, je renvoie, échec, non mais non il faut qu'il parte, je t'en supplie bon Dieu, envoie mon message.

Il faut que je sois la première à lui souhaiter, je ne dois pas le décevoir sinon peut-être qu'il se fâchera. Papa me voit, il fait une mauvaise tête, je me rassois. Il me demande à qui j'écris, je lui réponds « Personne » et je pars. Papa l'aime de moins en moins, je le sens… Du coup, je parle moins à Papa, ça me fait de la peine et à lui aussi je sais mais je ne supporte pas qu'il dise du mal de lui… Est-ce qu'il se rend compte de tout ce qu'il fait pour moi ?

On est le 1er janvier 2000, et finalement il n'y a pas eu de fin du monde. Mon texto est même parti, c'est bon il l'a reçu, j'espère qu'il ne m'en veut pas.

Quelques jours plus tard, il m'amène chez Sophie pour manger une galette des rois, je la rencontre enfin, elle est vieille, elle doit avoir au moins trente-cinq ans, mais elle est gentille avec moi. Ses deux fils sont à la maison, ils ne vivent pas toujours avec elle car elle est séparée de son ex-mari. Il m'a dit que l'ex-mari travaillait chez Disney, la chance, tu crois qu'il fait tous les jours Space Mountain ? Et qu'il gagnait 28 000 francs net par mois, et que net c'est moins que brut, une histoire d'impôts. Nous, Papa gagne 14 000 francs, leur père c'est le double. Pourtant ils habitent dans un appartement.

Il n'est pas pareil avec elle, enfin avec moi quand elle est là, je ne sais pas bien l'expliquer mais j'ai l'impression de ne pas avoir la même place.

En rentrant, il me dit que Sophie a quitté son mari pour lui. Il a l'air fier mais moi je me dis qu'il a cassé une famille, en plus il n'habite même pas avec eux alors je ne comprends pas à quoi ça sert.

Le lendemain matin, j'ai le pressentiment que ça va recommencer et c'est le cas, il me touche partout. Le ventre, les fesses, les cuisses, il retire ma culotte et me dit que c'est une culotte de petite fille, que maintenant que je suis grande, il me faut de la lingerie. Ce mot, « lingerie », je ne l'aime pas, lorsqu'on passe devant un magasin avec Maman où il y a écrit lingerie, je ne vois que des mannequins sans yeux, sans bouche, sans nez et sans cheveux avec des sous-vêtements en dentelle que je déteste. Maman dit que ça fait pute et moi les putes je suis triste pour elles parce qu'elles n'ont pas envie de faire ce qu'elles font. Moi non plus je n'ai pas envie de faire ce que je fais, est-ce que je suis une pute ?

Mon esprit commence une nouvelle fois à quitter mon corps lorsque je l'entends me dire « Touche-toi ». Je ne comprends pas ce qu'il me demande. « Masturbe-toi en même temps que moi. » Je connais ce mot parce que Minh m'a confié qu'il se masturbait trois fois par jour. J'étais choquée qu'il me balance ça, en plus en cours de maths avec Mme L. Je fais semblant de mettre ma main sur ma bébette, j'ai trop honte, mais je préfère ça à quand il me touchait. Il s'énerve sur son zizi, je ne vois presque plus sa main monter et descendre tellement elle va vite. Et là il se relève, se met à genoux au-dessus de moi et je vois le Yop sortir, atterrir sur mon ventre. Je n'ai pas anticipé cette sensation, ce liquide qui touche ma peau, mes abdos qui se contractent… Je la ressens tous les jours depuis vingt-cinq ans… Ce jour-là, son sperme c'est comme une balle que je reçois dans l'abdomen. Il me donne un tee-shirt, je sais ce que je dois faire, j'essuie et je le jette par terre.

« J'ai un cadeau pour toi, me dit-il. Tiens, je te donne un de mes sweats. » C'est la nouvelle collection Nike, ils sont super confortables, un peu comme la matière de mon pyjama. Il est beaucoup trop grand pour moi, je mets des habits larges mais tout de même… « Comme ça tu auras mon odeur tout le temps. » Je sais que Maman va le laver le soir même et Papa va me demander ce que je fais avec ce truc trop grand. Moi, je ne sais même pas ce que je pense.

Le mois de janvier passe, entre tournois, entraînements, textos que je dois lui envoyer le soir avant de dormir. Je m'entraîne à embrasser, il m'a dit qu'il fallait que je progresse parce que ce n'était pas terrible, il faut que je sois à la hauteur. Il m'a suggéré d'embrasser le miroir mais je n'en ai pas dans ma chambre. Alors j'embrasse mon armoire verte, je sors ma langue qui touche le bois et j'essaye de bien faire. L'armoire ne me rétorque rien.

Chaque fois que je vais chez lui, je me demande si je suis contente. Je ne sais plus… J'aime certains moments mais j'ai peur de certains autres. Il réclame que j'aille lui chercher un paquet de cigarettes à la station essence : « Dis que je suis ton père. » Oui, je sais, tu es mon père… Jamais personne ne refuse de me vendre le paquet, des Marlboro Light, le paquet est joli. J'aime bien quand il l'ouvre et qu'il est plein, comme c'est rangé.

Ce soir c'est match, on va voir PSG-Nancy, en plein mois de février, il fait froid, il ne trouve pas de place ailleurs que dans la tribune des supporteurs de

Nancy. Ils ne doivent pas avoir froid eux, ils ont l'habitude dans l'Est. Le match n'est pas terrible, je m'ennuie un peu, je regarde les supporters adverses, ils sont joyeux. Lui, il les insulte, leur crie qu'ils ont un club de merde. C'est bientôt la fin du match, il y a toujours 0-0 lorsque Nancy marque un but, les supporteurs nancéens sont en folie. Alors que je souris à mes voisins et vais pour les féliciter, il se lève, me tire le bras et me dit : « On se casse, c'est des pédés. » Les gens sont atterrés, moi aussi. Je vole presque derrière lui tellement il me tire fort. On se dépêche d'aller vers la voiture lorsqu'on entend le Parc des Princes exploser. « Oh non, ils viennent de marquer ! » Je le regarde, il est fou de rage d'être parti, d'avoir loupé le but. Il se mord le poing… Pitié que ça ne me retombe pas dessus.

Cette violence qu'il a par moments ce n'est pas sa faute, c'est parce qu'il a été abandonné par son père quand il avait deux ans. Moi aussi j'ai l'impression d'avoir de la violence au fond de moi maintenant. Ce matin, j'ai prêté ma carte téléphonique à deux filles de ma classe, tu sais les deux racailles qui me font peur parfois. Juste avant le cours d'EPS, je leur demande si elles peuvent me la rendre, l'une des deux me jette ma carte à la figure, je ne réagis pas. J'encaisse, je me baisse et la ramasse, elle a écrit « cochi » au Tipp-Ex dessus, elle ne sait même pas écrire mon nom, ça fait deux ans qu'on est dans la même classe. Je lui demande combien d'unités elle a utilisées, elle me répond qu'elle est vide. Je me contrôle, ça bout en moi et je sens que je vais éclater. Elle n'a aucune idée de ce que je suis capable de faire, même moi je n'arrive pas à mesurer l'intensité de mon tremblement de terre. Je respire et lui dis calmement que ce n'est pas correct, que je la lui ai prêtée, que je lui avais demandé de n'utiliser que cinq unités, que maintenant je ne peux même plus appeler ma mère si un prof est absent. Je ne peux même plus l'appeler lui si jamais quelqu'un m'embête. Je vois sa main se rapprocher de moi à une vitesse folle, j'ai à peine le temps de mettre mon bras en opposition que l'instant d'après je lui retourne une gifle qui saisit d'effroi toute la classe. Olivier arrive, c'est le plus vieux, il habite la cité, il est gentil avec moi depuis toujours, c'est mon rival en EPS mais on s'entend très bien, on veut toujours être dans la même équipe. Il va les voir et leur lâche : « Je vous préviens, c'est la dernière fois que vous l'embêtez, c'est clair ? »

Ce sont les vacances de février, je suis à La Celle-Saint-Cloud pour m'entraîner, Papa et Maman viennent parfois. Au début, Maman a voulu voir où j'allais dormir, et Papa où je m'entraînais, et avec qui. Ils sont assis sur les chaises à côté du terrain et il est très impliqué, il me donne plein de conseils, il reste toujours à côté de moi et surtout il n'est pas au téléphone, parce que d'habitude il passe beaucoup de temps en ligne à jongler avec une balle de tennis pendant les entraînements. Il a attaché les lacets de mes chaussures entre eux pour que je fasse des petits pas, c'est vrai que je ne suis pas très rigoureuse avec les jambes, je compte surtout sur ma main.

Je loupe souvent l'école, heureusement j'arrive toujours à avoir de bonnes notes, sinon nos parents ne me laisseront plus aller chez lui et m'entraîner. Ils m'ont prévenue. Et lui me répète souvent que c'est très important que je travaille bien, ou on ne pourra plus être ensemble, que c'est embêtant que je doive rentrer chez moi parce qu'on pourrait être tout le temps tous les deux. Mais aujourd'hui il me dit une phrase qu'il ne m'a jamais dite et qui me glace : « Ça serait bien que tes parents meurent, comme ça je t'aurais que pour moi. Un accident, c'est si vite arrivé… »

Après ça, on part en tournoi avec Alexandre, je suis à l'arrière en train de manger des Granola. Je suis folle de ces gâteaux, je les mange deux par deux comme un hamburger, ça croustille plus. Il demande à Alexandre : « Tu l'aimes bien, Angélique ? » Alexandre dit oui, il est mal à l'aise, je le vois. Moi j'adore Alexandre, il est doux, intelligent, drôle, et il est gaucher comme moi. Andrew insiste :

« Elle est mignonne, n'est-ce pas ? »

Alexandre ne dit rien.

« Bah, réponds !

— Oui, elle est gentille et elle est mignonne…

— Tu voudrais qu'elle soit ta petite copine ? »

J'ai arrêté de manger. La réponse d'Alexandre claque dans la voiture.

« Mais j'ai quatorze ans et elle en a douze… C'est une enfant. »

Les beaux jours reviennent, on va reprendre les parties de foot au club. J'aime quand tous les jeunes, Tom, Grégory, Jenna, Rudy, Jelissa, Kevin, Jonathan, Carole, Laurianne, Laurent, Guillaume, toi et moi on joue sur le carré de pelouse entre le central en terre battue et le mur d'entraînement. Je suis toujours cheffe d'équipe et c'est toi que je choisis en premier, ma petite sœur.

La partie se termine systématiquement par un but en or, même s'il y a 7-2. On est en sueur, on monte au club-house et on commande une grande bouteille de Cristalline dans laquelle Jean-Michel, le barman qui est presque plus petit que moi, nous ajoute pour deux francs de la grenadine ou de la menthe.

C'est vrai que j'ai beaucoup grandi depuis le début de l'année, j'ai dû prendre six centimètres déjà depuis septembre… J'ai souvent mal au genou, je prends des Doliprane régulièrement et Papa me masse devant *Les Guignols de l'info*. Qu'est-ce qu'il peut rire quand Jacques Chirac dit : « Écoutezzzzz… »

Dans moins d'un mois ça sera mon anniversaire. Papa et Maman nous mesureront contre le placard d'entrée pour voir notre croissance, on adore ce moment. Je suis toujours tentée de lever un peu les pieds mais il ne faut pas tricher, ça n'a aucun sens. En tout cas j'ai lu que le matin on est plus grand que le soir parce que, avec la pesanteur, une espèce de liquide entre les vertèbres part. L'être humain c'est quand même incroyable.

Les autres élèves de la classe partent en voyage à Madrid, enfin à Aranjuez exactement. Officiellement je ne pars pas parce que je vais tous les ans en Espagne et que je parle déjà la langue, mais en réalité c'est parce que ça coûte cher. Papa et Maman ne veulent pas payer et puis j'ai entraînement et tournois. De toute façon Maman refuse que j'aille dans une famille d'accueil, on ne sait jamais chez qui on va, dit-elle.

Pendant une semaine, ça sera école buissonnière. J'en profite pour faire un tournoi vers chez lui, à Bois-d'Arcy, le bout du monde. C'est juste avant mon anniversaire, il m'amène et le trajet dure longtemps. Arrivés sur le parking du club, je tourne la tête vers un mur tellement haut avec des barbelés que je me demande ce que c'est durant quelques secondes. Il m'explique que c'est la prison de Bois-d'Arcy et je suis choquée qu'il y ait une prison collée à un club de tennis, je ne sais pas si je vais réussir à me concentrer. Je commence le match et il se met juste derrière la bâche, dès qu'il peut le faire, il le fait, il se met le plus près possible du terrain. Debout les bras croisés, la casquette enfoncée, il me dit de dire faute sur certaines balles sur la ligne, d'effacer les marques avec le pied... Bref, de tricher. Je déteste faire ça. Au début je ne le faisais pas et après il me grondait dans la voiture, il était tellement fâché que parfois je le regarde, j'ai peur et je le fais. Je ne prends pas de plaisir à jouer mais je gagne et finalement le principal c'est ça, non ? J'essaie de m'en convaincre en tout cas.

En repartant, je regarde à nouveau ce mur géant devant moi. Il me demande :

« Tu m'aimes ?

— Oui.

— Comment ?

— Plus que tout au monde. »

Ma réponse est mécanique, je ne sais même pas si c'est vrai mais je sais que je dois répondre ça. Et puis je ne pense qu'à lui, alors ça doit être de l'amour. Pourtant j'ai peur et je n'ai pas les papillons comme j'avais avec Morgan.

« Tu sais, tu dis ça, mais un jour tu me haïras... »

On rentre, on dîne à la bonne pizzeria de Croissy, ça y est les gens doivent se dire que je suis vraiment sa fille. Je prends la pizza quatre fromages, comme lui, je ne mange pas la croûte, comme lui.

Sur le chemin, on s'arrête à une station essence, il me demande d'acheter une flache de Label 5. Label 5 c'est ce que j'ai vu écrit sur la petite bouteille sous son siège. Il me dit de prétendre une nouvelle fois qu'il est mon père et qu'il est en train de mettre de l'essence. Je reviens avec la petite bouteille emballée dans du carton et du plastique. Il l'ouvre, boit trois grandes gorgées, il a fini la moitié. Il me tend la bouteille et me propose de boire, je ne veux pas, il insiste : « Mais goûte enfin, tu vas pas mourir bête, tu vas voir ça réchauffe », je trempe les lèvres et ça me brûle la gorge et la poitrine, je tousse. C'est hyper fort... Je n'ai jamais bu d'alcool, même pas du cidre à la galette des rois.

Quelques secondes à peine après être arrivés, Barry White est à fond dans l'appartement. Il retire ses chaussures, ses chaussettes et me demande un massage des pieds, je déteste ça, c'est vraiment écœurant. Il a le regard et l'haleine des mauvais moments, je sais que c'est pour bientôt, que je ne vais pas pouvoir y échapper. Faites que ça passe vite, ou que la Terre s'arrête.

La Terre continue de tourner à son rythme pendant que ma bouche entre pour la première fois en contact avec son zizi. Il me tient l'arrière de la tête par les cheveux, par ma queue-de-cheval, parce qu'ils ont bien poussé en un an et demi, ça y est on a de nouveau les cheveux longs toi et moi, ma sœur. Il appuie pour que je m'approche encore plus, il me dit : « Fais attention de ne pas me faire mal avec tes bagues. » Je culpabilise, je ne suis pas à la hauteur. Le goût me donne envie de vomir… C'est tout le temps comme ça ou c'est juste lui qui pue ? Ça n'a pas l'air de le satisfaire car il me lève la tête et me soulève. Je suis à califourchon sur le canapé en cuir froid et craquelé avec sa tête sous moi, qui me lèche. Je fixe le mur blanc, mais qu'est-ce qui m'arrive, comment j'ai pu en arriver là ? Il me demande si j'aime et je ne réponds pas. Je finis par dire oui tout doucement, il éjacule, c'est le mot, je l'ai appris au collège, encore une fois à cause de Minh. C'est la première fois qu'il fait ça le soir, d'habitude c'est le matin. Je crois que je préfère le matin parce qu'au moins je n'ai pas à dormir à côté de lui après.

La prochaine fois, il faudra que je sois meilleure pour lui faire plaisir. Je sais maintenant qu'il y aura une prochaine fois, alors je préfère m'y préparer, pour que ça soit moins dur.

Le lendemain, c'est pire. En fait je ne préfère pas le matin, enfin ça dépend des matins… Il est comme un lion dans une cage. Je ne décide de rien, ça va trop vite, je n'ai même pas le temps de prendre conscience de ce qu'il fait qu'il passe à autre chose, j'ai le cerveau qui disjoncte, trop d'informations à gérer, ses mains sur mes seins, sa bouche qui pue, sa langue qui me lèche partout, son pénis dur contre ma cuisse frêle, ses yeux de fou, il me fait peur.

Il me dit que mes seins ont grossi, que je deviens une femme, il descend sa main entre mes jambes et enfonce un doigt. J'ai si mal mon Dieu, tuez-moi, je ne peux pas supporter une seconde de plus cette souffrance, il le voit, il arrête et se masturbe. Je ne bouge plus, je n'ai pas bougé depuis mon réveil, mais là c'est comme si je n'existais plus. Il éjacule, mais aujourd'hui il pose sa main sur son ventre et étale son sperme sur moi. Je suis figée, humide, sale, brisée.

Vendredi prochain j'aurai treize ans.

Je rentre chez moi, détruite mais entière. Je suis devenue experte dans ce rôle de composition, pas la peine de m'inscrire à l'atelier théâtre, ma vie est une pièce.

À la maison, je joue avec toi à la PlayStation, mais je ne suis présente que physiquement. Il va me falloir du temps pour me réveiller de mon cauchemar, et d'ailleurs tu as remarqué que je commence à en faire, la nuit je me réveille, je n'arrive plus à respirer parce que tout s'accélère, ou je rêve que les oiseaux tombent du ciel, que je perds mes dents, que je tombe d'une falaise… Parfois quand c'est insoutenable, je me lève et je vais le plus doucement possible voir Maman, elle me calme et ça passe. Elle me dit : « C'est encore le cauchemar de la boule qui grossit et qui t'écrase… »

Demain, on va à Saint-Germain-en-Laye boire un verre avec lui et Sophie, je n'ai pas du tout envie d'y aller, je ne veux pas le voir. Mais il a proposé que Papa et Maman rencontrent Sophie et ça rassure Maman. Ils s'entendent bien, discutent et rigolent ensemble. Est-ce que c'est faux ou est-ce qu'il est gentil ? Je ne sais plus.

Il fait un temps de chien, on s'ennuie toutes les deux. On finit par rentrer, pas trop tôt ! Puis mon téléphone sonne, c'est Consuelo, notre tante, elle me demande de lui passer Maman. Maman a une voix bizarre, elle dit : « C'est pas vrai, mais non, noooooon... » C'est grave, très grave. « Il est mort quand ? » Elle pleure. Mais bon sang qui est mort ? Elle raccroche. Joël est mort d'une crise cardiaque en allant faire un footing. Joël, c'est le papa de notre cousine Carole, elle a un an de moins que moi.

C'est une journée de merde. Le temps, lui que je commence à détester je crois, et Joël, c'est trop. Je veux mourir moi aussi, peut-être... Non, pas avant mes treize ans.

Le soir même, Maman part chez sa sœur pour l'épauler et l'accompagner à la morgue. C'est la première fois que la mort me frappe de près. Lorsque je me couche, j'ai trop peur, je vois des morts partout, je ne peux pas m'endormir. Je demande à Papa si je peux dormir avec lui. C'est la première fois que je dors avec Papa, ça me rassure, il me protège. C'est le deuxième homme à côté de qui je dors, mais Papa ne m'a pas retiré mon pyjama.

Joël est incinéré le 31 mars, le jour de mes treize ans.

Je ne me souviens plus de ce que j'ai eu pour mon anniversaire, enfin de votre part, à Papa, Maman et toi. Lui, en revanche, je sais qu'il m'a offert ma tournée à La Baule. Cet été il y fait une tournée du 15 au 30 juillet, quatre tournois, on dort au CREPS. On n'a jamais fait de colonies toi et moi parce que Maman ne veut pas qu'on parte dormir ailleurs avec des gens qu'on ne connaît pas. Il se passe des choses dans les colonies, selon elle.

J'avais trop envie d'y aller pour changer un peu de tournois et être avec les garçons, mais Papa et Maman ont refusé de payer les quatre mille francs. Alors, pour mon anniversaire, il vient leur annoncer que c'est gratuit pour moi, qu'il accepte de gagner moins d'argent pour que je vienne parce que ça va changer ma saison de faire quatre tournois là-bas et de vivre la vie de joueuse professionnelle en tournée. Je lui demande pour toi, il me dit qu'il peut pas, il faut bien qu'il gagne sa vie, c'est « pas l'abbé Pierre non plus ». Je suis triste que tu ne viennes pas mais bon, je m'amuserai avec Alex, Ludwig, Rudy et Nicolas. Nicolas, tu sais, le frère d'Anne-Gaëlle la championne. En contrepartie, Papa et Maman devront m'amener moi et un ou deux autres stagiaires à La Baule. Ils acceptent, je suis contente mais j'appréhende.

Cette semaine, il m'a déclaré que maintenant que j'ai treize ans, je vais devoir m'épiler, parce que les poils aux jambes c'est moche, ça fait garçon. J'ai honte, je ne suis pas un garçon. Je regarde mes jambes, j'ai des poils mais ils sont plutôt blonds. Je demande à Maman : « Dis, est-ce qu'on peut m'épiler ? J'aime pas mes poils… »

Quelques jours plus tard, on va chez Cathy, la parfumeuse-esthéticienne de la ville, sa boutique est à côté du Prisunic. Enfin du Leader Price maintenant. C'est nul Leader Price, vraiment on est des ploucs, il a raison quand il dit que Papa c'est un bouseux de la campagne qui n'a aucune ambition professionnelle. Et Maman, il dit qu'elle garde des enfants parce qu'elle ne veut plus travailler.

Je remercie Maman, Cathy en a profité pour m'épiler au milieu des sourcils parce que j'avais une barre comme Emmanuel Chain. Tu te souviens, chaque fois qu'on regardait *Capital* on s'écriait « Purée, les sourcils qu'il a »...

Il va être content, j'espère qu'il va remarquer, surtout qu'il m'a dit que les personnes jalouses avaient les sourcils qui se rejoignaient et moi je ne suis pas jalouse. Il me demande souvent si je suis jalouse de Sophie ou d'Isabelle, la mère de Tom, parce qu'elle n'attend que ça, de « monter sur sa bite ». Je déteste quand il parle comme ça. Elle est mariée et c'est la mère de Tom, en plus je m'en fiche totalement, Sophie c'est sa petite copine, moi je suis comme sa fille.

En avril, deux garçons du club me confient qu'ils se sont fait tailler une pipe par la mère d'une joueuse... Est-ce que toutes les personnes adultes ont des relations sexuelles avec des jeunes ?

À l'école, quand j'y vais, je continue de faire le pitre, ça me fait du bien d'être avec Cérélia et Marie-Line, en physique-chimie on est par groupes de trois sur les paillasses, c'est le seul cours de la semaine où on n'est pas séparées, c'est trop bien. Je passe l'heure à leur faire des blagues, elles ricanent en silence et ça me fait rire de les voir se retenir. Moi je rigole fort et Mme C. me note sur le tableau à gauche dans la colonne « comportement ». De toute façon, maintenant elle n'efface même plus mon nom, je passe la semaine inscrite sur le tableau de la salle 104... Heureusement, je me sens vite moins seule, la moitié de la classe m'y rejoint, on est encore cette année la pire classe du collège, paraît-il...

Ton anniversaire arrive avec le printemps, mais aussi le sien. Avec Maman, on est allé au Quai des Marques pour te trouver des habits.

Pour ton anniversaire, je suis rentrée à 20 h 45 de l'entraînement. Tu avais déjà mangé...

Pour son anniversaire, je lui offre des chaussures qu'on a trouvées avec Maman à la Nike Factory sur l'Île-Saint-Denis. Papa était resté dans la voiture, les magasins ça l'énerve et en plus on a mis des plombes, entre tes cadeaux, le sien et mes habits... Maintenant je choisis des vêtements qu'il a déjà pour être habillée pareil que lui.

C'est le jour des finales du championnat du Val-d'Oise, on y est toutes les deux, ça va être une super journée. Miguel, Valérie, tes parrain et marraine, Consuelo et la Yaya sont venus nous voir. Tu joues sur le terrain avec l'arbre qui gêne au fond du court tellement il est grand, tu te défends bien mais Shérazad te bat cette fois-ci. Vous aurez votre belle l'an prochain, l'année dernière c'est toi qui avais gagné à Taverny...

Moi, je suis contre Carly, elle est plus âgée, mieux classée, plus grande, je joue intelligemment pour lui faire faire des fautes, je varie plus. Sur certaines balles très liftées et un peu en cloche, il faut l'avouer, je la lobe du fond du court, ça la rend folle et lui il applaudit, elle est au bord du pétage de plombs. Tata Consu applaudit pendant que Carly court sur une amortie.

Elle lui lance un mauvais regard et Tata répond : « Oh, mais tu ne l'avais pas. » L'ambiance est tendue. J'ai mal au ventre tellement j'ai peur de ne pas gagner, tellement j'ai peur de le fâcher. Finalement je gagne en trois sets, je suis championne du Val-d'Oise, j'irai jouer à Roland-Garros dans un mois. Il est content et fier, moi aussi pour moi, pour lui, pour Papa et Maman, pour lui surtout.

Je ne sais pas si les gens remarquent que j'ai les mêmes chaussures que lui, que je le regarde à tous les points, que lorsque je souris mon sourire n'est plus aussi franc.

Pour fêter ma victoire, il nous invite à Roland-Garros, enfin ce n'est pas vraiment lui, ce sont les places que la Ligue donne au club pour les entraînés. C'est fou cette journée, on y est toutes les deux et pourtant on ne la passe pas ensemble. Tu es encadrée par Marc et tu traînes avec Jenna et Jelissa. Moi je suis seule avec lui dans les allées, on regarde peu de matchs parce qu'il aime bien croiser des gens, leur parler, il connaît tout le monde ou presque. Il me dit qu'il a entraîné un Argentin professionnel, il me parle de Jean-Christophe Faurel, un joueur plus âgé qui est sur le circuit pro aussi. Il me parle de Manu, son copain d'enfance, mais je ne le vois jamais avec des copains, il est en permanence avec des jeunes ou des gens du tennis, et seul, en fait, dès que l'on quitte les clubs.

Dimanche 11 juin 2000, le jour de la finale Kuerten-Norman à Roland-Garros, c'est la première fois que je vois sa télé allumée depuis presque un an que je vais chez lui. Rudy et Alexandre sont avec nous. Je suis la plus intéressée. Rudy se fiche des joueurs de haut niveau, ce qui l'intéresse c'est son jeu. Alexandre analyse tout mais il a cette sobriété des Polonais. Moi j'aime Kuerten, je suis latine, je suis passionnée, je vis chaque point. À un moment, alors que je suis très proche de lui, trop proche, il me prend la main et la met sous le coussin au-dessus de sa bite comme il l'appelle. Je suis surprise sans l'être, surprise parce que c'est la première fois qu'il le fait avec les garçons à deux mètres, j'ai bien compris que c'est tout le temps, sans répit, dans les toilettes des clubs, derrière les bâches du terrain, dans sa voiture... Je le masturbe machinalement en regardant le match, je n'ai même plus peur, j'ai presque envie que les garçons le remarquent, que quelque chose se passe. Depuis quelques semaines je sais que je sombre, la vie est moins belle, moins vive. Je ne vois plus les couleurs de la même façon, je n'entends plus aussi nettement, rien n'a la même saveur. Est-ce que c'est ça, grandir ?

Kuerten a onze balles de match, il n'arrive pas à conclure, je suis plus stressée par le match que par ce que je suis en train de faire. Il m'arrête avant d'avoir besoin du tee-shirt. Douzième balle de match, la balle est annoncée faute, Kuerten vient encore de perdre une occasion de gagner Roland-Garros. Norman regarde la marque et dit à l'arbitre qu'elle est bonne, il efface la marque et va vers le filet pour serrer la main de Kuerten, il lui a donné le point du titre. On peut être numéro 1 mondial en étant honnête, en ne trichant pas... Pourquoi lui me demande de tricher ?

Rudy et Alexandre disparaissent, je ne me souviens même plus quand. Ce soir, pour la première fois, il veut qu'on mange chez lui, enfin qu'on ne commande pas dans un restaurant. On part faire les courses au petit Casino d'Élysée 2, il dit qu'il veut me faire découvrir des choses. Il choisit des apéritifs de crêpes dentelle fourrées au roquefort, du surimi en tranche Coraya et de la salade piémontaise dans une barquette. À boire, du Canada Dry. Arrivés à la caisse, une mamie est devant nous, elle sort sa carte bancaire, il me lance : « Tu vois sa carte bancaire, c'est une black card, ça veut dire qu'elle est blindée. » Celle de Papa est marron et noire et je ne pensais pas que la couleur avait une importance et un rapport avec la classe sociale. Je n'aime pas qu'il réduise cette dame à l'argent qu'elle a. Il paraît envieux, jaloux même.

La soirée, finalement, se passe bien, il me raconte que son père lui avait laissé deux cent mille francs sur un compte pour ses dix-huit ans et qu'il les a dépensés en un été avec son copain Manu et un autre ami à Cannes en allant dormir au Martinez. Je me demande comment on peut dépenser autant d'argent en deux mois, c'est plus que le prix de la voiture de Papa.

Le lendemain matin, l'ambiance est celle des moments où ça arrive. Finalement, petite sœur, je crois que je préfère quand ça arrive, parce que c'est moins pire qu'attendre, ne pas savoir. Mon cerveau s'éteint et puis voilà. Comme notre ordinateur quand le logo Windows se balade aux quatre coins de l'écran. J'ai de la chance, ça ne dure jamais trop longtemps, enfin je crois. Je suis nue, lui aussi. Il se met souvent sur moi ces derniers temps, il m'écrase, je ne peux plus respirer. Il me dit qu'il veut m'apprendre. Aujourd'hui il y parvient, il est à l'intérieur de moi avec sa bite, je n'entends plus, je ne l'entends plus respirer fort, je n'entends plus le bruit du drap sous moi, j'essaye de penser à des choses que j'aime mais j'ai du mal à avoir des images... Je n'aime plus rien ?

J'ai mal, j'ai tellement mal, j'ai l'impression que mon corps s'écartèle, qu'il se fissure de l'intérieur. Est-ce que j'aurais plus mal si on me torturait ? Je préférerais qu'on me coupe la main gauche : je ne pourrais plus jouer au tennis mais j'aurais moins mal.

Mes larmes coulent. C'est la première fois. Il arrête, il sort, il finit tout seul. Le crâne rouge, la veine, la langue qui sort, le sperme qui gicle, le tee-shirt qui essuie... Voilà.

Quelques minutes passent, plus rien n'a d'importance, je pourrais mourir. Il me demande d'aller regarder si je saigne. Je sais ce qu'il veut dire, je l'ai appris en SVT cette année, il veut que j'aille voir s'il a percé mon hymen, cette fine membrane qui garantit que personne n'est jamais entré. Je cours dans les WC, il n'y a pas de papier toilette, souvent il n'en a pas. Pour vérifier, je n'ai pas d'autre solution, je passe ma main gauche sur ma bébette, ma chatte comme il dit. C'est humiliant, c'est sale, mais il n'y a pas de rouge sur ma main. Juste le néant, comme si ça n'avait pas existé.

Pourquoi j'y suis retournée, petite sœur ? Je ne sais pas. Mais j'y retourne et il me dit : « Ah bon, pourtant je suis allé plus loin que d'habitude. » Cette phrase... je vomis intérieurement mais rien ne sort. Rien ne sort plus de ma bouche.

Il m'emmène dans un nouveau restaurant sur les Champs-Élysées. On ne va pas souvent à Paris toi et moi, sauf pour aller voir la Yaya boulevard Bessières ou pour les tournois. Ce quartier-là, ce n'est pas boulevard Bessières, les bâtiments sont beaux, on ne voit pas le périph. Le restaurant est en sous-sol, il me dit que c'est une pizzeria américaine. Chicago Pizza Factory, ça s'appelle. On prend une pizza poulet sauce barbecue, une pizza quatre fromages, du pain à l'ail et deux Coca. La pizza est petite mais très haute dans un moule en fer. Le pain à l'ail je crois que c'est un de mes trucs préférés, finalement il y a encore des choses que j'aime.

On approche des jours les plus longs de l'année, c'est le tournoi de Dugny, Papa m'amène, mais il est là aussi. Mon match se passe mal, il parle à l'adversaire pour la déstabiliser quand elle passe près du grillage, il s'énerve, je suis déconcentrée. C'est compliqué, mais je parviens quand même à gagner. Alexandre est là mais je ne sais plus si c'est parce qu'il devait s'entraîner ou s'il était inscrit au tournoi aussi. Je rentre à Sarcelles dans la voiture d'Andrew, je m'assois à l'avant et Alexandre est à l'arrière, maintenant c'est toujours moi à l'avant, peu importe qui est dans la voiture avec nous. C'est ma place, personne ne la discute. Papa nous suit dans sa voiture, quand tout à coup une remorque de chantier se décroche en face de nous et nous percute. Nous ne sommes pas blessés mais la voiture est bien amochée... Je m'en réjouis presque et je me dis que j'ai vraiment un souci en ce moment, à vouloir le mal, à lui vouloir du mal. Mais quand Papa sort, il est furieux, il lui en veut, ou il s'en veut, il aurait pu m'arriver quelque chose sous ses yeux. Papa dit qu'il n'est pas soigneux, mais je le défends, ce n'est pas sa faute, la remorque s'est détachée, il n'a rien pu faire... mais je ne crois plus vraiment ce que je dis.

En ce moment, il m'offre des cartes téléphoniques toutes les semaines. Maman m'en donne une par mois et j'ai du mal à gérer alors il m'en achète et je recharge sans le dire à personne. Comme ça, il peut me joindre nuit et jour, peu importe ce que je fais, avec qui je suis, il est là, tout le temps. Pour la première fois j'ai cette sensation, comme Papa, qu'il est trop présent.

La semaine d'après, nous partons à Nîmes pour les phases finales du Challenge Pro Kennex. Nous avons toutes les deux gagné nos tickets il y a quelques mois, lors des phases régionales.

Comme sa voiture est toujours au garage, il part avec nous. On est toutes les trois à l'arrière avec Maman et le voyage est glacial, Papa et lui à l'avant. Tu te souviens, quelque temps avant, un mercredi pendant les matchs par équipes jeunes, il avait oublié son portefeuille sur une chaise, Maman l'avait trouvé et l'avait caché pour faire une blague, bon ce n'est pas particulièrement rigolo... Quand elle le lui a rendu, il est entré dans une fureur noire, il a jeté violemment sa cannette par terre, devant le club-house, dans la descente pour aller sur le court central. Je ne trouve pas qu'il était plus énervé que ça, je l'ai vu dans des états pires, mais ça a choqué Maman, ça l'a déçue, elle s'est mise à douter que c'était quelqu'un de bien. Depuis elle me demande souvent s'il est gentil avec moi. Je réponds que oui, évidemment, mais c'est trop tard.

Papa, lui, ne peut plus le voir. Il a beaucoup de mal à entendre son prénom, d'ailleurs il ne l'appelle plus Andrew mais le gourou ou Vox Populi.

À Nîmes, je me sens mal, il dort avec Papa dans une chambre et nous dans la chambre en face avec Maman. Il me répète dès qu'on est tous les deux qu'il aimerait qu'on soit dans la même chambre. Je ne veux pas, je ne veux plus, mais je ne dis rien. Je ne sais pas s'il serait capable de venir dans la chambre la nuit même si Maman est là.

Lors de mon premier match, je me bloque le genou, c'est la première fois que je me blesse, mon corps dit stop. Je gagne quand même en marchant. Pourquoi je continue malgré tout ? Le match suivant est un enfer, je souffre à chaque pas mais je ne veux pas abandonner, je n'abandonnerai jamais. Je perds mais j'ai lutté jusqu'au bout. Papa et Maman sont médusés, je ne les écoute pas, je continue à n'importe quel prix. Je peux supporter cette douleur, j'ai connu pire.

Dans une semaine, je dois jouer à Roland-Garros au championnat de France. Papa et Maman sont inquiets pour ma blessure, Andrew propose de m'amener chez un super kiné à Croissy-sur-Seine. À notre retour, j'y vais avec lui. C'est la première fois que Maman n'est pas là pour un rendez-vous médical. Le kiné ne sait pas si je pourrai jouer. Moi je sais que oui, j'irai en rampant s'il le faut.

Quelques jours plus tard, je suis sur les courts de Roland-Garros, je n'ai pas joué depuis ma blessure mais je suis là. Ça m'a permis d'aller à l'école pour cette dernière semaine de l'année. J'ai revu Cérélia et Marie-Line, on s'est souhaité bonnes vacances et on s'est promis qu'on s'écrirait des cartes postales.

À Roland-Garros, je suis debout, certes, mais je ne joue pas un match flamboyant, je perds contre une tête de série d'un an de plus qui est au Pôle France à Talence, ce qui permet au moins de ne pas remettre en cause mon niveau de jeu de ces derniers temps.

Il me reste un tournoi avant la tournée, celui de Saint-Germain-en-Laye. Je dors encore une fois chez lui car c'est à côté. J'ai envoyé un texto à Maman en lui disant que j'aimerais que vous veniez me voir. On arrive une heure avant mon match, et comme il pleut énormément, le club-house est inondé et vous avez dû vous arrêter sur le trajet. Vous serez en retard…

Il me demande de le suivre jusqu'aux toilettes, ferme la porte et tourne le loquet. Il baisse son pantalon et me fait mettre à genoux. Je lui fais une pipe lorsque tout à coup quelqu'un essaye d'ouvrir la porte. Je me pétrifie, je le regarde, il me fait chut avec le doigt sur sa bouche. La personne demande s'il y a quelqu'un. Nous attendons cinq minutes qui durent une vie. J'ai peur que la personne soit toujours derrière la porte quand on ouvrira. Au bout d'un moment, il colle son oreille contre la porte et la déverrouille, il me pousse dehors. Je reste là et je regarde le vieux lino abîmé, jusqu'à ce que j'entende la voix du juge arbitre. Le prochain match qui commence est le mien.

D'un tournoi sur terre battue extérieure, on se retrouve, à cause du temps, sur de la moquette intérieure. Je joue contre une dame d'une quarantaine d'années aux cheveux courts, je n'aime pas jouer des vieilles. Elle est à 30, c'est-à-dire six classements en dessous de moi, c'est la première fois de l'année que ça arrive. Il me dit : « Faut que ça dure trente minutes, tu me la démontes... »

Mon esprit est coincé dans ces toilettes, je suis toujours à genoux sur ce lino... J'ai toujours ma bouche ouverte remplie qui m'empêche de parler. Je viens de perdre le premier set quand vous arrivez avec Papa et Maman. Je pleure sur ma chaise... Maman est triste, elle pense que c'est à cause du match.

Je m'accroche de toutes les forces qui me restent, elle a un jeu que je déteste, je stresse parce que Papa est là, je ne veux pas le décevoir. Je perds 7-6 au troisième set après trois heures de match, et quand je sors du terrain intérieur il pleut des cordes. Au moins on ne voit pas mes larmes.

J'ai besoin d'une pause. Il m'engueule, me met sous terre, Papa est déçu de moi. Toi tu t'es embêtée toute une après-midi pour voir une horreur.

Mon prochain tournoi, c'est à La Baule...

On est sur le parking du club, prêts à partir. Je ne sais même pas où tu es tellement je suis à l'ouest... Chez Jenna, je crois. Papa et Maman vont faire l'aller-retour Sarcelles-La Baule dans la journée pour nous emmener avec Rudy et Alexandre. Je serai la seule fille du stage : il y a Nicolas, Rudy, Cyril, Ludwig et moi chez les grands, Grégory, Tom, un jeune de La Celle-Saint-Cloud, chez les petits. En encadrants, il y a lui, Isabelle la maman de Tom la première semaine, et Sophie les trois derniers jours. Au milieu, un trou de trois jours où il sera seul…

Maman est fâchée car il les a obligés à amener des jeunes mais il ne veut pas leur payer une nuit d'hôtel entre les deux trajets parce qu'il fait déjà le stage gratuitement pour moi. Maman rétorque que ce n'est pas à eux de payer la nuit d'hôtel. Je suis au milieu de cette ambiance glauque et je n'ai pas envie d'y aller. Mais il faut bien que je joue cet été, en plus il y a les garçons donc on va passer de bons moments, j'espère.

Arrivés sur place, le CREPS est un petit château, d'intérieur ce n'est pas terrible. Une dame nous montre les chambres, j'en ai une individuelle vu que je suis la seule fille, située entre le dortoir des grands et celui où il dormira. En face de sa chambre il y a celle des petits, et à l'opposé de notre aile, celle d'Isabelle. Maman est contente de m'installer, dès qu'on arrive quelque part elle range tout, tu es bien placée pour le savoir. Puis Papa et Maman reprennent la route parce qu'ils ont encore du chemin à faire. Je les regarde partir depuis ma fenêtre.

Le premier dîner est convivial, on est ensemble à une grande table ronde, il nous fait une réunion, évoque les tournois de chacun, les objectifs. Je ne joue pas demain, je l'accompagnerai voir les matchs des petits. Isabelle passe une partie de la soirée avec moi, elle me dit qu'elle sera là, qu'elle va s'occuper de moi. Elle sent que je suis triste, que je suis seule. Je la remercie et je rentre dans ma chambre, j'ai pris des livres pour m'occuper. Je ne lirai pas une page, je n'en ai pas la force. Il passe la tête dans ma chambre et me dit de le rejoindre dans la sienne dans dix minutes. Je sais ce qui va se passer, et je ne peux plus… je ne veux plus… je n'y vais pas. C'est la première fois que je lui désobéis, mais je ne suis pas seule chez lui, il y a du monde autour, je me sens plus forte.

Je regarde ma montre, ça fait plus de vingt minutes, il m'appelle, je ne réponds pas. Je fais celle qui dort. J'entends ma porte s'ouvrir. Il n'est pas content que je ne sois pas venue. Pourquoi je lui désobéis ?

C'est pire, c'est mille fois pire. Il est énervé, brutal, il me fait mal, je n'ai pas de repères, d'angle d'armoire à fixer, de drap qui pique mais qui m'est familier. Je crève… Je suis une merde, je ne dis pas un mot, il suffirait d'un cri pour que les garçons entendent, à côté ils font une bataille de polochons et je les écoute rire. Ici le polochon c'est moi… Il ne me souhaite même pas bonne nuit, ou alors je ne me suis pas encore reconnectée lorsqu'il le dit. Je reste seule. Je suis sale, le lit est sale, ma vie est sale. La vie est sale.

Le lendemain, je préfèrerais rester avec les grands au CREPS mais il veut que je vienne avec lui. On va à Pornichet voir les petits jouer, j'en profite pour demander au juge arbitre quand sera mon tour. Pas avant dix jours dans ce tournoi. Mais demain je joue au Sporting Club de La Baule, un autre tournoi. Je discute un peu avec des personnes mais je fais toujours attention à l'endroit où il se trouve, s'il me voit, si ça l'énerve. Il est très jaloux, il n'aime pas que je parle aux autres, il m'explique que l'amour c'est ça, qu'on ne veut pas partager, qu'on est exclusif, qu'on doit donner sa vie à l'autre. Je ne sais pas si j'y crois encore, parce que lui, il a Sophie, il me répète qu'Isabelle, il va coucher avec elle, qu'elle n'attend que ça, et il m'affirme qu'on est ensemble et qu'il m'aime.

Ce soir, il me dit de venir à 22 heures dans sa chambre. Et j'y vais, petite sœur, cette fois j'y vais. Il n'a même pas à venir me chercher. Je m'en veux tellement d'être aussi faible, d'être une marionnette... Je n'ai plus aucune estime de moi-même... Les gens disent que j'ai un fort caractère, toi aussi tu le dis, mais regarde, voilà ce que je suis vraiment. Une fille qui fait treize pas pour aller se faire violer par son entraîneur. Sans même avoir de pistolet sur la tempe...

Je me réveille après une nuit entrecoupée d'insomnie et de cauchemars. Je suis épuisée, vidée. Il me laisse le matin tôt dans le club, j'ai match dans une heure et demie seulement mais il doit accompagner les autres sur leurs tournois, je n'imaginais pas du tout la tournée comme ça. Le juge arbitre vient me voir pour me demander si ça va, si je suis seule. Je lui réponds que je suis en tournée, que mon entraîneur va arriver, que tout va bien. Il repart, mais il n'est pas totalement satisfait, je le sens. Et moi je ne sais plus si je ne préférerais pas être seule, justement.

Je perds mon deuxième match, c'est une catastrophe, je ne m'accroche pas, je ne sais même pas si je veux gagner. Ça ne m'est jamais arrivé... Est-ce que je vais continuer le tennis ? Est-ce que je vais continuer tout court ?

Au dîner, Cyril nous raconte ses aventures avec sa copine dont il est amoureux, il passe sa journée à la cabine téléphonique du CREPS parce qu'il a un problème de portable, il a quinze ans, ça a l'air compliqué sa vie mais il est sympa.

Lui m'ignore parce que j'ai perdu. Il me snobe et je me sens encore plus isolée. Puis d'un coup il me dit un truc gentil, je ne sais plus ce que je ressens, je me demande si j'ai encore envie d'être sa préférée. Oui, je le veux toujours mais pas pour ça.

Deuxième tournoi, deuxième naufrage, au Pouliguen cette fois-ci. On change le nom de la ville, la tête du juge arbitre, la surface du terrain mais le résultat est le même, affligeant. Je n'ose pas appeler Papa et Maman pour leur dire. Ils vont être tellement déçus du gâchis de cette tournée. Lui m'incendie. « Si c'est pour faire ça, je te remets dans un TGV, j'ai pas de temps à perdre avec ce genre de joueuses. » Je pleure, soudain je ne suis qu'une joueuse. Il me laisse une dernière chance, sur le prochain tournoi je n'ai pas le droit à l'erreur. À Saint-Nazaire, dans trois jours seulement. C'est son club d'enfance, il connaît la juge arbitre qui va me faire un bon tableau avec des adversaires « jouables », voilà à quoi j'en suis réduite. Qu'on arrange mes tableaux pour gagner un match.

Le lendemain matin, il y a du remue-ménage chez les garçons. Une chaise est posée au milieu du dortoir, il est là avec une tondeuse à la main. Rudy, Cyril, Alexandre et Nicolas se succèdent. Ils avaient des beaux cheveux, maintenant ils lui ressemblent tous. C'est le signe de reconnaissance et d'appartenance pour la tournée, dit-il.

Je pleure parfois et Isabelle vient me voir. Je lui dis que mes parents et ma sœur me manquent.

Durant ces trois jours, je vais un peu m'entraîner au Country Club de La Baule, le club est fou avec son jardin, sa piscine, tous ses terrains. Puis je rentre à pied au CREPS qui n'est pas très loin et je vais à la bibliothèque. Je lis, je m'évade, enfin j'essaye. J'y retrouve Alexandre, c'est le seul. Pour les autres, les livres ce n'est pas vraiment intéressant.

On aime bien parler ensemble, avec Alexandre, on se comprend. Il est aussi posé que je suis survoltée mais dans nos yeux brillent la même douceur et la même tristesse, la même intelligence et la même peur.

Ce soir, il nous a donné une mission à Rudy, Cyril et moi. On doit voler des enjoliveurs dans La Baule pour sa Golf qui n'en a plus. Mon rôle, c'est de repérer les Golf qui ont les mêmes enjoliveurs, parce que je vois tout, et de vérifier que des policiers ou passants ne nous remarquent pas. Je me méprise au point d'être devenue celle que Papa pourchasse la nuit, de faire partie de ceux qui enfreignent la loi.

Même cette soirée qui sort de l'ordinaire ne l'empêche pas de suivre son rituel. Je le rejoins une fois de plus dans sa chambre. Je n'ai même plus peur parce que je sais que ça va arriver et quand. Je me conditionne, je suis en pilote automatique.

Le lendemain, seul moment vraiment joyeux de cette tournée, on part tous manger une crêpe au bord de l'océan que je vois pour la première fois du séjour. Je choisis une crêpe au Nutella. Maman m'a donné deux cents francs d'argent de poche pour les quinze jours, je conserve cent francs pour vous faire des cadeaux et donc il m'en reste cent. Ça fait dix crêpes ou cinq crêpes et cinq glaces...

Finalement, le soir ne lui suffit pas. La journée aussi dans les clubs de tennis, dans sa voiture, devant chez sa grand-mère où on se rend pour que je la rencontre. Elle est vieille, grand-mère Gabrielle.

La musique des Nèg' Marrons passe à la radio, « On fait le bilan calmement, se remémorant chaque instant... » Moi aussi je fais mon bilan, le bilan de ma si courte et si longue vie. Je n'ai pas encore quatorze ans, l'âge que je rêvais d'avoir. Est-ce que je les aurai un jour ? C'est une question que je ne m'étais jamais posée. Mais depuis quelque temps, ma sœur, je pense à ça.

Je reprends les tournois, j'ai presque oublié que j'étais là pour jouer au tennis. Il faut absolument que je sauve cette tournée.

Je passe mon premier tour facilement à Saint-Nazaire, puis le deuxième. J'ai joué la moins bonne des filles qui entraient à ce tour du tournoi, je le sais. Je n'ose même plus servir en deuxième balle tellement mon bras tremble. J'ai du mal à respirer entre les points, c'est lamentable, je ne suis même plus l'ombre de mon ombre. Le match d'après est encore pire, comme quoi sœurette on peut toujours tomber plus bas. Il parle à l'adversaire, l'insulte, il n'y a plus aucune notion d'amusement ou de fair-play, ni pour elle ni pour moi. C'est de l'acharnement… Je gagne une nouvelle fois, ça ne me fait même pas plaisir. Lui fanfaronne au club, il est content de moi, de lui, ça en devient pathétique.

Ce tournoi se termine aussi mal qu'il a commencé. Ils ont tous fini leurs matchs, ils rentrent, moi il m'en reste un dernier, je reste seule avec lui.

Je suis contre une fille moins bien classée, plus vieille que moi mais pas encore adulte. Je gagne facilement, puis je rejoue l'après-midi, je suis épuisée, j'ai moins joué que d'habitude, mais je sens qu'il n'y a pas que mon corps qui lâche, il y a mon esprit aussi. Je n'ai plus envie. Je tente quand même de combattre jusqu'au bout, lui est collé au grillage, il me dit : « Si tu continues à jouer comme ça, je te sors du court. » Ça serait la pire humiliation qui soit, et comment l'expliquer à Papa et Maman, alors je pleure dans ma serviette au changement de côté, j'y hurle pour étouffer mon cri de désespoir, je pars aux toilettes à la fin du set me regarder dans la glace, je ne me reconnais même plus.

« Maria Maria » passe à la radio au retour, il se met le poing dans la bouche tellement il est énervé après moi. Le soleil m'éblouit, je trouve la chanson si triste.

Le paysage magnifique défile devant mes yeux, mais j'ai comme des verres sales qui rendent tout flou.

Je veux vous retrouver, je veux arrêter de jouer, je veux partir en vacances, m'éloigner de tout, de lui.

Papa et Maman me posent plein de questions sur La Baule, mais je suis passée maîtresse dans le mensonge, dans l'évitement, dans le travestissement de la réalité. Je ne peux pas vous faire de peine, ça serait la goutte d'eau pour moi. Je suis déjà à ras bord d'eau croupie.

Je suis contente de couper un peu, de partir en Espagne, loin, loin de ma vie. Maman dit qu'on n'emporte pas les raquettes, c'est la première année que je ne bataille pas. Déjà que je devrais aller faire des footings tous les soirs pour entretenir ma forme…

Trois jours avant le départ, les sacs de voyage sont déjà sortis, nos affaires sont prêtes. On prend nos Game Boy, les cartes Pokémon, un cahier de dessin, nos cahiers de vacances… Mon objectif : ne pas le finir en une journée. J'ai calculé, si je fais quatre pages et demie par jour, je tiendrai toutes les vacances. Mais ça va être dur, il y a des pages vraiment trop tentantes.

C'est le jour J, on décolle d'Orly. On a donné des gouttes à Nena parce qu'elle déteste les voyages, du coup elle est à moitié comateuse avec la queue entre les pattes, ça me rend triste de la voir dans cet état, pas maîtresse d'elle-même.

J'ai l'appréhension du décollage parce qu'il y a une semaine le Concorde s'est crashé, mais il paraît que statistiquement ça reste le moyen de transport le plus sûr du monde, et qu'en plus deux crashes en une semaine c'est peu probable.

On a pris nos Walkman. J'écoute la cassette d'Ace of Base et celle que Vicente nous a faite il y a quelques années, tu te souviens, la cassette house où il parle parfois entre les chansons.

J'essaie de me distraire de la peur, parce qu'il m'a dit que les accidents arrivent dans les deux premières minutes. Alors je décompte 120… 118, 117… 3, 2, 1… C'est bon !

Arrivés à Valence, on prend le taxi, puis le train, puis le bus. Devant l'immeuble de la Yaya, on sent la chaleur, les trottoirs en petits carrés, les gens parlent espagnol, reviennent de la plage avec leur serviette, leurs tongs. Je suis heureuse et c'est la première fois depuis… depuis quand ?

On prend un ascenseur tellement bizarre avec les portes vitrées qu'on doit fermer nous-même sinon il ne monte pas. *Primero, segundo… quinto…* Je file aux toilettes dès qu'on passe la porte, ma culotte est tachée. J'ai du sang dessus, j'appelle Maman. Je ne suis pas contente, fière ou joyeuse, je suis plutôt préoccupée, anxieuse. On est le 1er août 2000 et je me demande quelles vont être les conséquences de mes premières règles ?

Déjà, je dois mettre des serviettes et garder un short, je ne peux pas aller dans l'eau. C'est nul… mais ce n'est que le début des vacances, et comme on n'est pas encore très bronzés, on reste moins longtemps à la plage. Toi aussi tu gardes ton tee-shirt et tu te baignes moins. Comme ça on peut jouer au pendu dans le sable ensemble pendant des heures, on se fait deviner les Pokémon, je les ai tous appris par cœur. Carapuce, Carabaffe, Tortank. Salamèche, Reptincel, Dracofeu. Pikachu, Raichu. C'est la seule chose que j'ai faite pour toi ces derniers temps, le reste j'ai arrêté. Je suis devenue nulle, même à être une grande sœur.

On va réussir à se retrouver pendant ces vacances, peut-être, parce que tu me manques. Mais deux jours plus tard, en fin d'après-midi, Maman reçoit un appel. Il est en bas avec Sophie. Comment ça ? En bas de l'immeuble, il a fait une surprise, ils viennent une semaine. Non, pas ça, pas ici, même ici il ne me laisse pas vivre, pas respirer…

Papa et Maman leur disent qu'on n'a pas de place pour les héberger. Sophie comprend qu'ils n'étaient pas attendus. Je sens un premier conflit arriver, il ne parle pas espagnol, Sophie lui a fait une réflexion, sa riposte va être terrible.

Maman part avec eux leur trouver un hôtel, début août sans réservation, ce n'est pas gagné. Moi je reste avec toi et Papa, je n'ai aucune envie d'aller avec eux. On va jouer au flipper au Comecocos, la salle de jeux. Vingt-cinq pesetas la partie. J'en fais deux et je nous prends vingt-cinq pesetas de bonbons chacune. Moi j'aime les fraises, les doigts de sorcière et les mûres. Je n'aime pas trop les bonbons sauf ceux d'Espagne, c'est le rituel chaque soir de chaque été avec toi. Ces moments-là, je les adore.

Il ramène Maman longtemps après. Ils ont trouvé une chambre d'hôtel hors de prix à cinq kilomètres. Finalement on ne les verra peut-être pas si souvent, j'ai de la chance.

Le lendemain, ils sont à la plage avec nous. Ça me fait bizarre de le voir torse nu avec toi, Papa et Maman. Maman est plutôt contente, elle va avoir une copine à qui parler. Elles s'entendent bien, elles s'écrivent des textos parfois. Sophie lui demande pourquoi je ne me baigne pas et Maman lui dit que j'ai eu mes règles pour la première fois. Il est là, il a entendu, il me regarde, je creuse un trou avec toi. S'il te plaît petite sœur, enterre-moi en entier…

Mes règles ne durent pas très longtemps, enfin selon Maman. Comme ce sont mes premières, je n'ai pas trop saigné. Moi je trouve que c'est déjà beaucoup.

La bonne nouvelle c'est qu'on peut de nouveau s'éclater dans l'eau, courir le plus vite possible en essayant de ne pas tomber, mettre nos lunettes pour explorer les fonds, te faire monter sur mes épaules et te jeter en arrière, jouer au volley, faire des passes, en faire 97, 98, 99, 100, waaaaaouh on en a fait cent ! Maman, on a fait cent passes, tu te rends compte !

Puis d'un coup tu n'es plus dans l'eau, c'est lui qui est à côté de moi, c'est la première fois qu'on se retrouve dans l'eau seuls tous les deux, je regarde où vous êtes, tu es partie déposer le ballon près de nos affaires, Maman et Sophie discutent au bord de l'eau, Papa fait un jogging jusqu'à la Croix-Rouge. Il court un jour sur deux sur la plage, je ne sais pas comment il fait pieds nus avec le sol de travers, je n'aime pas du tout la sensation.

Il me dit : « Alors tu as eu tes règles… Tu deviens grande, c'est super on va pouvoir faire plus de choses, mais je vais devoir faire attention. » Je comprends mais je ne veux pas comprendre. Je veux lui sauter à la gorge et l'étrangler. Mais je ne bouge pas, je baisse la tête, je regarde le fond, je coule.

Un soir, il propose qu'on se voie, Papa n'a pas envie, il reste à l'appartement avec toi. Maman m'accompagne et on se retrouve dans un bar à jus. Je regarde la carte, je suis trop contente d'être dans un endroit comme ça avec Maman, c'est si rare. Cinq cent cinquante pesetas le jus, je suis beaucoup moins contente, ça fait plus de vingt francs, n'importe quoi ! Mais ils nous disent qu'ils nous invitent. Je sirote ma boisson sans écouter la conversation, je m'enferme dans une bulle où personne ne peut m'atteindre. Je rentre bras dessus bras dessous avec Maman, alors que toi tu dors déjà.

Ils doivent rester une semaine mais ça se passe mal avec Sophie, elle comprend qu'ils n'ont rien à faire là, elle lui dit que ce n'est pas sain sa relation avec moi. Ils se disputent souvent apparemment. À la plage, Sophie lâche à ma mère : « Si Angélique était plus grande, il voudrait être avec elle et pas avec moi. »

J'ai un pressentiment, ça va mal se terminer. Ils s'engueulent même devant nous, Papa ne le supporte pas, il rentre à la maison.

Ça s'envenime, je le connais, ça va péter, il jette des choses par terre, Maman est sidérée, il lève la main sur Sophie, il va la frapper. Je le savais, elle l'a poussé à bout. Moi je ne fais jamais ça, je sais de quoi il est capable.

Maman hurle, pleure et tombe dans les pommes dans le sable, tel un sac en plumes. Il la laisse comme ça, Sophie le suit en pleurant. Je hurle : « Réveille-toi, réveille-toi je t'en supplie ! » Je pars en courant à la Croix-Rouge, j'explique dans mon espagnol pas parfait que ma mère est par terre, qu'elle ne va pas bien, qu'elle a besoin d'aide. Les sauveteurs arrivent, puis les pompiers. Elle se réveille, elle ne se souvient de rien. Elle a oublié, pas moi, je n'oublie jamais rien. Ils la mettent sur un brancard. Elle ne veut pas aller à l'hôpital, que Papa soit au courant, je ne veux pas qu'elle parte, je vais faire quoi moi ?

On rentre ensemble à l'appartement de la Yaya, Sophie et Andrew sont partis, rentrés en France.

J'ai peur pour Maman, elle est fragile à cause de son enfance et de la violence qu'elle a vécue. Je dois la protéger, j'ai toujours dû la protéger : aller à l'école seule à quatre ans, lui dire de ne pas fumer à cinq ans, de ne pas voler à six ans… Il ne faut pas qu'elle sache, jamais, il faut que je m'en sorte par moi-même. Mais maintenant je sais, je sais qu'il est méchant.

Quelques jours plus tard, il appelle Maman, il s'excuse, il pleure au téléphone, il dit que c'est difficile car ils essayent d'avoir un enfant et que Sophie a fait une fausse couche, que leur couple a du mal à l'accepter. Maman le croit, elle est triste pour eux. Elle-même a avorté quand j'avais quatre ans et toi deux, elle y pensait souvent ensuite. Elle me disait : « Tu pourrais avoir un petit frère », elle vivait avec ce fantôme. Moi je ne savais pas qu'ils voulaient avoir un enfant, il ne m'en a jamais parlé.

Les vacances se terminent et une nouvelle année se profile. J'entre en troisième et toi en sixième, c'est la dernière fois de notre vie que nous serons dans la même école. Je veux être là pour toi, toi aussi je veux te protéger de tous les méchants.

Cette année, chaque semaine, je m'entraînerai une fois de moins à la Ligue et une fois de plus au club avec lui. Parce que le club a une bourse pour moi de la fédération, parce que avec les filles à la Ligue ça ne se passe pas toujours bien et parce qu'il a décidé que j'aurais plus de cours individuels. Comme toi aussi tu joues à Sarcelles, ça sera plus pratique pour Papa, il fera moins d'allers-retours. Tout le monde est gagnant, ou presque.

Je vais de plus en plus souvent au CDI pour lire et être seule. Je ne veux pas discuter, même avec Cérélia et Marie-Line, pour ne pas avoir à mentir. Dans la classe, il y a une fille qui s'appelle Diane, on s'entend bien, comme on est trois dans notre petite bande et qu'elles sont trois dans la sienne, je suis à côté d'elle dans certains cours, en histoire-géo et en français, premier rang, devant au milieu. On m'appelle souvent la fayote, la lèche-cul, l'intello, mais je m'en fiche complètement. Plus je passe du temps à côté de Diane et plus je l'aime bien, elle est jolie, j'aimerais bien qu'elle ne me voie pas seulement comme une copine, j'aimerais être plus. Mais quoi ? Elle sort avec Jonathan, le plus con de la classe, non seulement il est bête mais il est méchant, il fait peur à tout le monde. Je ne l'apprécie pas du tout, il le sent, et lui aussi il me déteste. Je crois qu'on est rivaux. En fait, sœurette, il me rappelle un peu l'autre avec ses yeux bleus perçants et son habitude d'imposer ses volontés à tous. J'ai mal pour Diane, est-ce qu'elle l'aime vraiment ? Est-ce qu'elle a peur de lui et elle lui a dit oui parce qu'elle n'a pas osé dire non ?

À la Ligue, je m'amuse pendant les entraînements de renforcement physique avec les garçons. Au tennis, je suis toujours seule, les filles ne me parlent pas trop... La dernière fois, pendant un match de foot, Jessica m'a poussée contre le filet, je ne sais pas si elle l'a fait exprès mais vu qu'elle n'est pas bonne au foot ça m'a étonnée qu'elle aille « au contact », je ne m'y attendais pas. En tombant, ma boucle d'oreille s'est prise dans le filet et m'a coupé l'oreille, depuis je n'en mets plus, de toute façon ça ne me plaisait pas trop.

La sonnerie du collège retentit, on ne rentre pas ensemble, tu ne finis pas à la même heure, je pars avec Marie-Line, elle habite à côté du lycée donc on fait une partie du trajet ensemble. Avec nous il y a Loïc, un garçon de ma classe qui a redoublé deux fois comme Jonathan, il sort un paquet de cigarettes et en allume une. Il nous propose d'essayer. Je déteste l'odeur, ça me rappelle l'autre, mais j'ai envie d'essayer, pour faire la grande, pour faire quelque chose de mal, pour me faire du mal.

Il m'en passe une, c'est l'interdit entre mes mains. Elle se consume peu à peu, tout le trajet j'hésite à la mettre à ma bouche. Je l'éteins sans avoir avalé de fumée dans mes poumons tout roses. Ils resteront vierges, eux.

À Sarcelles, je m'entraîne deux fois par semaine seule et le samedi matin avec Audrey. Elle a vingt-trois ans, elle était très forte jeune et elle a décidé de faire juge. Elle le voit mal me parler, me crier dessus, être dur avec moi, mais elle aussi est dure avec moi, elle ne me protège pas, au contraire, elle m'enfonce. Moi qui pensais que j'aurais une alliée, c'est loupé…

Janine, qui est derrière le bar du club et qui s'habille comme les chanteuses des années 80, me regarde gentiment, elle me fait des petits sourires, elle fronce les sourcils quand il parle mal, quand il insulte les garçons devant tout le monde. En ce moment, il me tire souvent par la queue-de-cheval en disant « gros cheveux »… Je n'aime pas ça, et en plus parfois les autres rigolent.

Il nous a proposé de nous emmener voir les joueurs du PSG s'entraîner au Camp des Loges. Tu viens avec moi chez lui, je ne voulais pas y aller seule, enfin je ne voulais pas y aller du tout, du coup il propose que tu viennes aussi et je me dis qu'au moins il ne me fera rien. On est assises toutes les deux dans son canapé en cuir que je connais bien. Ça me fait bizarre de ne pas être seule ici, j'avais presque l'impression que personne ne pouvait entrer chez lui à part moi. Il lève les stores et c'est la première fois que je vois le jardin avec les arbres derrière. Ça fait un an que je viens ici plusieurs fois par semaine et je ne savais pas qu'il avait un balcon…

Il a mis sa musique, je n'en peux plus de Barry White et d'Eros Ramazzotti. Je connais les enchaînements de chansons par cœur. Il se lève et lance qu'il faut aller chercher à manger, il te demande de rester là pendant que je l'accompagne. Je n'ai pas envie, je veux rester avec toi, je lui dis d'y aller seul. Il me lance un regard que je vois de plus en plus souvent, celui qui signifie que la limite n'est pas loin. Dans ce cas il te propose de venir avec lui, puisque je veux rester ici. Cette fois son regard change, je ne l'ai jamais vu celui-là. Il sourit mais un tout petit peu, c'est une provocation, un message. Je le comprends et je panique... Alors j'y vais et je sais ce qui va suivre. Je l'ai vécu des centaines de fois maintenant... Un parking, un coin à l'écart, il en connaît plein, on va souvent dans les mêmes. Je sais, je n'ai plus peur, je n'ai même plus mal. Je sais ce que je dois faire, lui faire, et je sais comment y survivre. Je me débranche...

Petit à petit, je prends conscience qu'il veut faire mal, qu'il veut détruire, qu'il veut me détruire et tout détruire... La scène avec toi a été un électrochoc. Je suis déjà perdue, ça y est, mais toi, petite sœur, je me battrai jusqu'à la mort pour que tu restes une enfant et que tu ne connaisses pas le mal.

La semaine qui suit, il me voit fixer le terrain d'à côté après l'entraînement. Je suis ailleurs, partie. Il me demande : « S'il te reste une semaine à vivre, tu fais quoi ? » Cette question me surprend mais en fait pas tant que ça. Je lui réponds que je la passerai avec les gens que j'aime et à faire ce que j'aime. Je pense, mais je ne lui dis pas : « Tu n'en fais plus partie. » Il me répond : « Moi j'achète une arme dans un magasin et je tire sur tout le monde. »

Au collège, le premier trimestre passe, je suis plus un fantôme qu'autre chose. Par moments je vis... avec Diane, avec Yann, Marie-Line, Cérélia et Vanessa. Yann est gay, c'est certain, il ne le sait pas mais moi je sais. Et moi je suis quoi ? Je ne regarde plus les garçons, j'en ai peur, je suis mal à l'aise avec eux. Plus je suis proche de Diane et plus Jonathan m'embête, il m'appelle la fouine devant tout le monde. Je l'appelle Jambon Beurre, parce qu'il est blond avec la peau toute rose. Je ne me laisserai plus faire... Pour l'instant je n'arrive pas à m'opposer vraiment à l'autre, mais je n'ai plus envie de passer du temps avec lui, de le voir, même à l'autre bout du club. Je commence même à adopter des stratégies, je parviens à l'éviter au maximum mais il est fort et parfois il me piège. Derrière une bâche, dans un vestiaire, sur la piste d'athlétisme, je ne peux pas gagner à chaque fois... Quand je perds, je fais une fellation, je le masturbe, c'est un peu ma punition.

Maintenant, Mme H., la documentaliste, m'attend presque à chaque récré, elle est très gentille, on s'entend bien. Elle me dit que je suis la meilleure lectrice du collège. Je lui demande quel est le plus gros livre du CDI. Elle trouve ma question rigolote, c'est la première fois qu'on la lui pose. Elle me répond : « Les *Mémoires d'outre-tombe.* » Ah, de Chateaubriand, j'énonce. Elle est surprise que je connaisse Chateaubriand. Je trouve le livre. Pourquoi je veux lire le plus gros livre ? Parce qu'il m'éloignera du monde plus longtemps.

C'est bientôt les élections aux États-Unis, l'autre adore étaler sa science dans le club house, il parle d'Al Gore et de Bush junior mais je connais mieux leurs programmes que lui. Une fois, je le reprends devant tout le monde… Il est fou de rage, je vais le payer cher mais je m'en fous, petite sœur… Je l'ai humilié devant tout le club et ça vaut largement une violence à subir.

Maintenant, j'ai une tactique qui marche bien. S'il m'attaque quand je suis seule et que personne ne peut le voir et venir me secourir, alors je fais bien ce qu'il attend de moi. Je le masturbe à la vitesse et à la force qu'il aime, je mets beaucoup d'attention à lui faire plaisir, comme ça, ça ne dure pas très longtemps. En revanche, quand je sens que j'ai une minichance de m'en sortir, je fais mal exprès. Ça l'énerve et il finit tout seul ou il abandonne… Je suis fière d'avoir trouvé ce stratagème.

Au club, il insulte les garçons, les filles, les adultes, il tape dans les murs, nous fait pleurer, fait courir les garçons derrière sa voiture, les enferme dans des endroits, leur dit qu'ils sont des tapettes, leur envoie des balles fort en les visant, mais aucun adulte ne dit rien. Qu'est-ce qu'il faudrait qu'il fasse pour qu'ils réagissent ? Qu'il me viole sur le court devant tout le monde ? Lui aussi, il a une nouvelle stratégie, plus ça va et plus on s'entraîne sur les terrains couverts au fond du club. Tu sais, ceux en dur où il fait froid. Avant il se moquait de Marc qui entraînait là-bas et il appelait ça « le frigo », et maintenant il veut y aller, moi je sais pourquoi. Là-bas, il n'y a même pas les yeux aveugles des adultes.

Il n'y a que Janine qui est allée voir Pierrot, le président, et qui lui a dit : « Andrew se comporte mal avec les jeunes, il est violent, il les humilie… » Je suis seule à une table haute en train de lancer les dés sur le tapis de jeu, comme on fait souvent avec Carole, Laurianne, Jenna et toi. Je m'immobilise et j'écoute, je me dis que c'est peut-être la fin, qu'il va se faire virer. Mais la réponse de Pierrot me foudroie : « Je sais, mais il nous ramène des titres… »

Je reprends mon jeu. Si je fais 421 sec, je vais m'en sortir. Depuis quelque temps, je n'arrête pas ces superstitions, si Rudy finit sa bouteille d'eau avant de se lever, je vais m'en sortir, si Marc tourne à gauche en sortant du club house, je vais m'en sortir, si on regarde TF1 ce soir, je vais m'en sortir, si j'ai plus de 16/20 au contrôle de maths, je vais m'en sortir, et parfois, souvent même, je m'en sors… C'est bon signe.

On a reçu nos nouveaux classements, on attend ce jour avec impatience chaque année. Tu es montée 15/5 et moi je suis 4/6, j'aurais pu être 3/6 ou 2/6 mais mon été catastrophique et ma rentrée moyenne ont plombé ma fin de saison. Avec mon classement, je vais jouer en équipe 1 femmes en Nationale 1B, l'équivalent de la Ligue 2 au football. Dans l'équipe, il y aura Veronika, une Russe qui s'entraîne en Espagne, Magalie une Française professionnelle, Solène notre préparatrice physique qui est aussi professeure d'EPS et Audrey avec qui je m'entraîne le samedi. Je serai la cinquième joueuse et la seule enfant. L'entraîneur et capitaine, forcément, c'est lui.

Les tournois vont recommencer, on repart pour une nouvelle saison. La FFT donne encore plus d'argent à la Ligue pour m'entraîner et m'amener dans les tournois nationaux et internationaux.

Aujourd'hui, c'est le jour de la remise des contrats Head, ma marque de raquette. Je pars avec lui les chercher aux Pyramides, un club des Yvelines juste à côté de chez lui. J'ai le droit à quatre raquettes, un sac Thermobag, un sac de voyage pour les tournois, une bobine de cordage. Anne-Gaëlle est là avec son frère Nicolas. Lui aussi est entraîné par l'autre tous les après-midi au club depuis la rentrée, il ne va plus à l'école, il est au CNED. Anne-Gaëlle demande au directeur de chez Head qu'il me donne des choses en plus, je repars avec une raquette et des tee-shirts supplémentaires. Je la remercie, je ne savais pas qu'elle me connaissait… C'est une championne !

Sur le trajet du retour, il me dit qu'elle veut sortir avec lui, elle a vingt et un ans, ça m'étonne, ils ont beaucoup de différence d'âge. Plus ça va et plus je prends conscience qu'il ment. En arrivant chez lui, il met un nouveau disque, « Streets of Philadelphia » de Bruce Springsteen, j'adore la mélodie du début, j'adore la chanson et j'adore que ça ne soit pas Eros Ramazzotti ou Barry White. Je ne sais pas si ça change quelque chose dans ma tête, mais comme c'est la première fois, mon cerveau refuse d'admettre ce qui va se passer. Et pour la première fois je lui dis non je ne veux pas, je n'aime pas, je ne veux plus ça, je veux que tu sois comme mon père. Il me regarde avec son regard noir malgré ses yeux bleus. Il se mord le poing, j'ai peur… Est-ce qu'il va me frapper ? Il se met à pleurer et je m'en veux. Il me dit qu'il est désolé et qu'il vient d'apprendre une très mauvaise nouvelle,

« Sophie a fait un test, elle a le sida et moi aussi… » Avant même qu'il me le dise, je comprends. Je sais comment ça se transmet, je l'ai appris en SVT et en cours d'éducation sexuelle, la fois où la prof avait pris une banane et mis un préservatif dessus. Toute la classe avait gloussé.

Après quelques secondes, il continue : « Je te l'ai donné aussi c'est sûr, je t'ai donné le sida. » Ma vie s'arrête là, à treize ans et demi, dans cet appartement sombre avec une odeur épouvantable qui vient de la cuisine, sur cette chanson. Des années plus tard, j'apprendrai que c'est la bande son du film *Philadelphia*, qui parle du sida…

Il part, il doit faire une course, il ne me dit pas quoi. Il claque la porte et me laisse là. Je vais mourir… mais quand ? Comment ? Je suis à la limite de ce que je peux supporter. Il faut que je fasse quelque chose pour ne pas penser. Et cette odeur insupportable mais qu'est-ce que c'est ? Je fais coulisser la porte de la cuisine et je vois de la vaisselle déborder de l'évier. Plus je m'approche et plus j'ai des renvois, je vais vomir, je me bouche le nez. Petite sœur, c'était horrible, on aurait dit du vomi partout dedans mélangé aux assiettes, aux verres et aux couverts… Ça me rappelle que je suis en train de pourrir de l'intérieur, il faut que je fasse quelque chose pour arrêter l'odeur, mais il y a trop de vaisselle. J'ai une idée, je transporte tout dans la baignoire, je me mets à genoux et je lave tout. J'essuie et je ramène, je rince l'évier, je rince la baignoire, j'ai tout lavé, je suis propre aussi de l'intérieur peut-être. Dis-moi bon Dieu, je ne croyais pas en toi… mais si tu existes, s'il te plaît sauve-moi…

En m'asseyant sur le sol à côté de la chaîne hi-fi en boucle – j'ai appuyé sur un petit bouton pour qu'elle recommence sans cesse –, je me rends compte que je suis devenue son esclave. Il revient et m'annonce qu'on va au Parc des Princes voir PSG-Rosenborg en Ligue des Champions, décidément cette année Paris ne joue que des clubs scandinaves.

On est encore en tribune Auteuil, il n'y a pas d'enfants, pas de femmes. Ça pousse trop, ils se bousculent, ça me fait peur. Je me demande ce qui est mieux entre finir écrasée par des centaines de supporters parisiens et mourir du sida dans d'atroces souffrances à dix-sept ans.

Sur le chemin du retour, comme d'habitude, il conduit comme un fou, sauf que maintenant je me dis que mourir dans un virage serait plus rapide, moins douloureux. Il me déclare que je deviens une femme, qu'il faut que je m'habille comme une femme. Que je change mes culottes, mes habits. Comme Sophie, « elle est classe, Sophie, c'est pour ça que je suis avec elle ». Cette phrase je la comprends différemment, je me dis qu'il n'est pas avec elle parce qu'il l'aime, mais parce qu'avec elle il se sent plus important.

Le lendemain, il m'amène dans les magasins et m'achète une chemise et un gilet Esprit. J'ai treize ans et demi et je m'habille en survêtement tous les jours, je joue au tennis en short avec une casquette à l'envers, alors quand je me regarde dans la glace j'ai l'impression d'être déguisée. Mais je ne dis rien, je ne peux pas me battre sur tout, je dois choisir mes combats.

On mange au Chicago Pizza sur les Champs, je suis contente d'y aller, aujourd'hui il est super gentil. Je me dis qu'il a compris et j'aime bien quand on est comme ça. Comme un entraîneur et sa joueuse, comme un père et sa fille.

Je ne vois plus Alex et Ludwig depuis la rentrée, il m'a expliqué qu'ils voulaient réduire le tennis et se concentrer sur l'école, ça me rend triste parce que maintenant je suis toujours toute seule. Quand je suis avec lui, je m'entraîne avec les hommes à qui il donne des cours individuels. Ils ont des postes importants, DG et compagnie. Il me déclare qu'ils ont fait HEC, Sciences Po, ce sont de grandes études, que moi je dois faire de grandes études si je ne veux pas finir plouc comme mon père.

Un matin, il me dit dans le lit : « Tu as vu j'ai fait des efforts, ça fait trois jours. » Je comprends tout de suite où il veut en venir, petite sœur. Il a fait des efforts, là c'est à moi d'en faire. Je n'ai aucun moyen de m'opposer sans m'exposer à un danger que je ne peux pas maîtriser. Il est sur moi, il se masturbe avec sa main droite et avec sa main gauche il me tient le cou. C'est la première fois qu'il fait ça, je n'ose pas bouger pour ne pas qu'il serre plus. Je prends conscience qu'il pourrait me tuer avec une seule main. J'ai beaucoup grandi pourtant cette année, de 1,56 m à 1,72 m, mais ce n'est pas encore assez pour gagner si on se bat…

Les vacances se passent entre efforts de sa part et efforts de ma part. On trouve un équilibre, un équilibre qui ne me convient pas.

À la rentrée, Diane m'invite chez elle, je dis oui tout de suite. J'y vais à pied, elle m'a donné l'adresse, mais quelques minutes plus tard, Jonathan arrive, il est énervé que je sois là, il me parle mal. Diane a peur de lui, elle n'ose pas lui répondre et ça me rend folle, je veux la protéger de ce monstre. Pourquoi elle reste avec lui ?

Le lendemain à l'école, il se venge, il dit à tout le monde que je suis une gouine, que je lèche des chattes, que j'ai voulu lécher la chatte de Diane, que je la dégoûte. Cette humiliation est celle de trop. Pourquoi celle-ci me touche plus que les autres ? Parce que c'est vrai que j'aime bien Diane ? Parce que j'aime les filles ? Parce que je couche avec un homme alors que j'aime les filles ?

Je sors en larmes du collège, et ce jour-là c'est lui qui vient me chercher. C'est rare mais ça arrive quelquefois. Il se met toujours loin du collège, comme s'il en avait peur, c'est bizarre... Je monte dans sa voiture et il remarque que je viens de pleurer. On se gare un peu plus bas que la maison, rue de l'Indépendance, et je lui raconte ce qu'a dit Jonathan. Il me dit que les jeunes de mon âge sont des cons, c'est pour ça qu'il ne faut pas que je leur parle, qu'il va aller lui casser la gueule. Je lui réponds que ce n'est pas la peine, et lui ajoute : « Mais tu sais, je pense que tu aimes les filles, j'en suis même sûr. Et si tu savais comme ça me fait plaisir de savoir que je suis le premier homme de ta vie mais surtout que je serai le seul… »

Je vais mourir combien de fois ?

Sur le court, je hurle sans arrêt, je pleure très souvent, je triche, je m'embrouille avec les adversaires. C'est une horreur absolue, je n'ai plus peur de personne sauf de lui. Je crie à une adversaire adulte qui me vole un point que la prochaine fois je lui colle ma raquette dans la bouche. Elle reste figée, j'ai treize ans et demi, personne ne voit que ce n'est pas normal que je devienne un monstre lorsque je joue, un monstre qui souffre. Je me hais d'être cette personne mais je me hais encore plus quand je ne m'oppose pas.

Avec Papa, c'est souvent glacial au retour des matchs parce que soit je sanglote, soit je lui ai mal parlé, soit je me suis mal comportée avec les autres.

Même avec tout ce que je pleure, je souffre encore. Comment faire en sorte que ça cesse ? Je ne vois que deux solutions pour l'instant : soit je meurs, soit il meurt. La première solution me paraît plus simple…

Quelques jours plus tard, il va chez notre dermatologue, Mme C., je ne l'aime pas trop, elle est sévère. Maman lui a pris un rendez-vous pour retirer son grain de beauté horrible qui pendouille, celui qu'il cache sous le sparadrap. Maman l'accompagne, comme s'il était de la famille. Elle nous raconte le soir avant le film que la dermato l'a engueulé parce qu'il a la peau cramée, toute rouge, à force de se mettre au soleil. C'est clair, on dirait qu'il est carbonisé, même sa bite est presque noire. Elle lui a dit qu'il allait mourir d'un cancer de la peau s'il ne faisait pas attention.

Demain, je regarderai sur l'ordinateur du CDI si on meurt vite d'un cancer de la peau. Mme H. me laissera regarder, en plus j'ai fini les *Mémoires d'outre-tombe*, enfin la première partie seulement, il m'en reste quatre…

En français, on lit *Boule de Suif* et *Le Horla*. On a une récitation cette semaine, j'adore ça, je lis trois fois la poésie et c'est bon. Je demande à passer la première, déjà parce que j'aime bien passer au tableau, ensuite plus vite je passe plus vite c'est fait, un peu comme les fellations. Je préfère ça à l'attente insoutenable. En plus je sais qu'elle est toujours plus clémente, Mme V., avec le premier. Je suis gagnante sur toute la ligne, j'ai 20/20.

En lisant d'autres poésies, je tombe sur « Liberté » de Paul Éluard. Moi aussi il faut que j'écrive, il faut que je crie quelque chose…

En rentrant à la maison, je m'enferme dans ma chambre, je n'ai pas de journal intime, je n'ai pas de cahier, je regarde partout. Ah, mon carnet d'autographes des joueurs du PSG. Je vais écrire, hurler, vomir ce que je vis dedans.

J'ai rédigé quatre pages, presque illisibles maintenant, et je ne peux pas les laisser dans le carnet, Maman passe son temps à ranger nos chambres. Je vais détacher ces pages et celles de l'autre côté, sinon ça va se voir. Je les déchire en petits morceaux que je fourre au fond de ma poche de survêtement. Je les jetterai en allant à l'école.

Je ne mets rien dans la première poubelle, trop proche de la maison… Au moment de me débarrasser des bouts de papier, je me retiens et ne jette pas tout dans la même, on ne sait jamais, puis j'en jette au niveau de la maison de retraite, puis de la gare. Voilà, en trois parties c'est bien, on ne pourra pas reconstituer mes pages.

Aujourd'hui on a EPS et on est en cycle gymnastique, je déteste, je ne suis pas souple, pas gracieuse et surtout je n'aime pas montrer mon corps, je me sens nue. Jonathan parle à Romain, son valet, ils me regardent et rigolent. J'essaye de travailler quand même mon ATR. Tout à coup, Romain passe derrière moi en courant et me baisse le pantalon, j'ai le pantalon aux chevilles, la culotte sur les cuisses en plein milieu du praticable. Bah voilà, ce n'est pas qu'une sensation, je suis nue.

Je ne veux pas me laisser faire, je ne veux plus me laisser faire. Soit je le frappe, soit je vais voir Monsieur D. Je ne veux pas être violente, alors je vais le voir. Je pense qu'il ne va rien en avoir à faire mais c'est tout le contraire, il est fou de rage. Il dit à Romain qu'on réglera ça chez le principal à la récré. Je ne suis jamais allée de ma vie dans le bureau de Monsieur B. Dans les vestiaires, ça ne parle que de ça, la plupart me défendent mais certaines me traitent de balance. Je suis mal, ça va me retomber dessus. M. B. prend sa décision, trois jours d'exclusion pour Romain. Jonathan n'a rien, son valet l'a protégé… Mais il sait que je parlerai s'il continue. C'est terminé, il ne m'embêtera plus de l'année.

En ce moment, je joue à enlever et remettre les bagues sur mes dents du fond, à force ça casse le fil, qui me rentre dans la gencive, je saigne, je coupe le fil avec ma pince à couper le cordage de mes raquettes. Je pourrais me trancher un doigt avec la pince, pour ne plus pouvoir m'entraîner, comme ça je ne le verrais plus.

En ce moment je casse aussi mon cordage quasiment à tous les entraînements, ça oblige Papa à aller les déposer chez Yannick, un copain de dix-neuf ans qui corde des raquettes pour se faire de l'argent de poche.

Nouveau match de foot, on va encore plus au Parc des Princes cette année, comme s'il voulait me faire plaisir, mais je suis saoulée. En rentrant, il boit pour se détendre et se préparer. Il veut une fellation. On est sur le canapé et ça me rappelle la première fois sur ce canapé, je repense à toute cette année, à où j'en suis maintenant, au bout d'une impasse. Alors je pense à Diane. Je ne pense plus qu'à Diane, je me force à ne penser qu'à elle. Soudain j'ai le ventre qui se contracte, j'ai comme des papillons dans la bébette. Après je suis toute molle, qu'est-ce qui m'est arrivé ? Il finit, prend son tee-shirt, pendant ce temps je prie pour que ça ne soit pas ça… Il me dit : « Je savais que tu étais clitoridienne, comme Sophie. » Et il continue de parler. Je me brise, je me hais, je le hais. J'ai eu un orgasme.

Je veux me frapper, je veux le frapper, et lui ne s'arrête pas de parler. « Je serai le premier à t'avoir fait jouir… »

Je veux me tuer, je veux le tuer.

Depuis, je ne me douche plus, je ne supporte plus de me toucher pour me laver, je ne mérite même pas d'essayer d'être propre. Je suis sale de l'intérieur puisque j'ai le sida et que j'ai eu du plaisir, alors je veux mourir. Je mérite de mourir, il faut que je meure. Tu ne m'en voudras pas petite sœur si je pars ?

Le lendemain, il est comme ceux qui prennent de la cocaïne, totalement survolté. D'un coup, il se calme et sourit. On est à un feu rouge, je n'aime pas ce sourire, qu'est-ce qu'il a comme idée ? « Et si je t'envoyais le même texto qu'à Sophie tu serais contente ? » Il me lit le message : « Le premier jour je t'embrasse sur la bouche, le deuxième jour je t'embrasse sur ta chatte, le troisième jour je te prends par-devant, le quatrième jour je te prends par-derrière... »

Je regarde par la vitre et je me dis dans ma tête : « Si tu fais ça, je me tue. »

Je rentre à la maison et j'écris sur mon carnet du PSG : « C'est trop, je n'en peux plus, j'essaye mais je n'y arrive plus... Je veux que ça s'arrête. » J'arrache les feuilles, je les mets dans mon pantalon de demain, je vais dans la salle de bains. Vous êtes tous en bas dans le salon, je sors les ciseaux, je m'assois par terre, sur le carrelage que Papa a posé quand on a acheté la maison en 1996.

Je fixe les joints marron, il est bien le carrelage de Papa, j'ai les ciseaux dans les mains. Est-ce qu'ils sont assez pointus ? Alors, qu'est-ce que je fais ? Je me coupe le poignet comme à la télé ou je me plante les ciseaux dans le cœur ? Mais je vois ton visage, je ne peux pas te laisser petite sœur, je ne peux pas t'abandonner. Je les range exactement au même endroit pour que Maman ne s'aperçoive de rien. Je respire...

Le lendemain matin, après avoir mangé mes Krisprolls interdits par l'orthodontiste, je pars me livrer à mon nouveau rituel. Je jette les petits bouts de papier devant l'immeuble de Jérémie, « il était mignon Jérémie, je l'aimais bien à l'école primaire avec sa coupe au bol blonde », devant la maison de retraite, « est-ce que je serai vieille un jour ? mais non, c'est sûr que non », devant la gare, « et si je tournais à gauche plutôt qu'à droite ? » À gauche le quai, à droite le collège, à gauche la fin de la souffrance, à droite le combat qui continue. Je tourne à droite, je vais au collège, je choisis de vivre et de me battre.

J'ai besoin de mes copines près de moi. Elles ne savent rien. Je ne leur parle pas de tennis, je ne leur en parle plus, et elles ne me demandent pas, parce que c'est toujours la même chose et en plus elles n'y connaissent rien. Yann n'arrive même pas à taper dans le volant en badminton, c'est dire. Je me retiens d'avoir un fou rire à chaque fois, le pauvre c'est tellement drôle on dirait qu'il chasse des papillons dans le gymnase.

On a une heure de permanence car Mme É. n'est pas là, je ne serai pas à côté de Diane aujourd'hui. J'ai tellement honte que je ne pourrais pas la regarder dans les yeux, ce n'est pas plus mal. Au lieu d'aller en permanence, je propose à ma bande d'aller au CDI, le CDI c'est mon refuge, il y a Mme H. et il n'y a pas

Jonathan, aucun risque de le voir s'approcher d'un livre.

On est assis à notre table, on a un truc à rendre en arts plastiques, je dois le terminer, je n'ai rien fait du week-end, enfin rien en rapport avec l'école. D'un coup, je mets un crayon dans mes cheveux, puis deux, puis trois, puis dix... Marie-Line et Cérélia commencent à rigoler, j'en ai vingt-trois, presque toute la boîte.

Cette semaine, j'ai un tournoi à Aulnay-sous-Bois et c'est Papa qui m'amène, je ne vais donc pas m'entraîner à Sarcelles et je ne vois pas l'autre de la semaine. Dimanche, on va chez la Yaya, j'aime quand on fait les choses qu'on faisait avant. J'aimais ma vie d'avant, je revois Yaya l'été à la plage avec le bob Perrier que je lui offre chaque année, on m'en donne aux championnats de France, vu que Perrier est le partenaire. Elle est si fière de son bob, ma toute petite Yaya.

Bien que je sois malade en voiture, j'adore passer devant les mêmes repères, j'adore les routines, même s'il y a maintenant des routines que je déteste. On part de la maison, Maman vérifie trois fois qu'elle a bien fermé les stores, les fenêtres, le gaz, la porte d'entrée... On attend dans la voiture tous les trois. La 2 CV est toujours suspendue dans les airs à Montmagny, puis la station essence à Pierrefitte, celle où je dois souvent descendre et traverser les quatre voies pour aller lui chercher son whisky, le Stade de France où les Bleus ont été champions du monde il y a deux ans. J'étais à Blois et avec Mylène et Laura, on était excitées comme des puces et on n'arrivait pas à s'endormir à cause des cris des entraîneurs à chaque but. Ça y est, on est boulevard Bessières. On se serre dans l'ascenseur, direction le septième étage, direction l'Espagne.

Yaya nous ouvre, elle ricane derrière la porte, elle est contente de nous recevoir, elle tape des pieds sur le sol. Je l'embrasse sur la tête car elle est trop petite malgré ses talons. Elle a une boule sur le front, c'est un kyste et son bout du nez est recousu à cause d'un caniche géant qui l'a mordue quand elle était jeune. Elle est toute rafistolée et abîmée Yaya mais elle est forte. Moi aussi je suis abîmée mais je suis forte.

Ça sent bon l'arroz al horno, un plat valencien : du riz jaune, de la morcilla, des pois chiches, des tomates et de l'ail. Le plat a vécu, le riz colle au fond et c'est ce qu'il y a de meilleur. Après le repas, je me lève et je regarde sa vitrine à souvenirs : il y a nos photos, les cousins, les oncles et tantes, des fèves, des dés à coudre, elle les collectionne et je lui en ramène un à chaque fois que je voyage. Il y a aussi nos cartes postales, ça me touche, j'ai envie de pleurer car je sais que je ne serai jamais vieille comme Yaya à cause du sida.

Ce soir, Papa travaille, toi tu vas te coucher tôt car tu es fatiguée. Avec Maman on regarde un documentaire sur Michel Berger, je ne le connais que de nom. Je sais qu'il est mort en jouant au tennis.

J'ai une révélation en regardant le documentaire. Lui, sa vie, sa musique, ses paroles, *pour me comprendre, il faudrait savoir qui je suis, pour me comprendre, il faudrait connaître ma vie*, au plus profond de moi ça me transperce, il me comprend, j'ai plein de points communs avec lui. Ses souffrances, son émotivité… Sa mort sur un terrain de tennis, assez jeune. Comme moi peut-être.

Je me réveille en sursaut, je transpire, mon cœur bat plus vite que pendant mes tours de piste de quatre cents mètres, il était là, dans mon rêve. Il me regardait avec ses yeux qui veulent dire tellement de choses, il me pourchassait, j'essayais de m'enfuir, je ne sais pas pourquoi je n'avançais pas, comme si j'étais sur un tapis roulant qui allait en sens inverse. Il m'a rattrapée, j'ai fermé les yeux, ouf, il n'était plus là… Où es-tu, petite sœur ? Je ne te vois plus. Tu as disparu, il t'a enlevée… Il a enlevé ma sœur… Depuis quelques semaines, je fais ce cauchemar toutes les nuits.

J'ai le tournoi du Bourget cette semaine, on est début décembre, le premier trimestre est passé. Plus que deux et je quitte ce collège. Plus que deux mais encore deux. Est-ce que je tiendrai jusqu'à la fin ? C'est Papa qui m'a amenée aux derniers tournois. Il ronchonne, bougonne sur le bord du court, parle à chaque point, compte le score sur ses doigts. Ça me stresse mais beaucoup moins que quand c'est l'autre. Papa ne me fait pas le signe qu'il va me couper la gorge, il ne me force pas à tricher. Il ne jette pas sa cannette sur le grillage si je perds un point important, il ne m'abandonne pas dans un club de Seine-Saint-Denis en hiver, la nuit, parce que je suis en train de perdre le match…

C'est décidé, pour m'en sortir, je dois participer à des tournois où Papa m'amène. Papa, il sera content en plus, parce qu'il était triste de ne plus choisir les tournois avec moi. On adorait le faire ensemble, attendre avec impatience que le *Tennis Magazine* spécial « tournois » sorte pour entourer ceux qui nous intéressaient. C'était notre rituel depuis des années. Pendant plus d'un an, c'est l'autre qui a choisi, il a tout choisi. C'est fini, je veux choisir ma vie.

Quelques jours plus tard, il découvre les tournois que j'ai programmés jusqu'en février. J'ai d'abord les championnats du monde à Tarbes fin janvier, évidemment, et un tournoi national à Dijon en février. Mes autres tournois, en revanche, je les ai pris dans le Val-d'Oise, la Seine-Saint-Denis et l'Oise. Il est fou de rage, je le vois. « Tu vas rester médiocre en restant avec des médiocres. Il faut que tu fasses des gros tournois dans les Hauts-de-Seine et les Yvelines », il faut que, il faut que, j'en ai assez de ses « il faut que ». Il faut que ça s'arrête.

Pour les tournois nationaux et internationaux, j'y vais avec la Ligue, au moins je serai tranquille ces deux semaines-là. Chaque moment passé sans lui est un temps où je respire, où je reprends des forces pour la bataille.

Il remarque que ça ne m'atteint plus, ses ordres. Alors, il se met à pleurer, me répète que je ne l'aime plus, que je le déteste, ça y est. Il l'avait dit, il le savait, il va se suicider. Je m'en veux, je n'y crois que moyennement mais on ne sait jamais. Je le hais, mais je ne veux pas qu'il se tue… Je le prends dans mes bras, il se calme et me caresse, c'est reparti, il respire fort, il devient rouge. C'est maintenant, maintenant que je dois quitter mon corps pendant quelques dizaines de minutes. Je peux le faire, je suis tellement bien entraînée à ça. Mieux entraînée qu'à taper dans une balle.

Après, mon esprit revient dans mon corps et je me dégoûte de ne pas avoir résisté, d'être encore tombée dans un de ses pièges. Je vais le tuer moi-même.

Comment le tuer ? Il se prépare dans la salle de bains et moi, encore allongée dans le lit, j'élabore mes plans. Dans la nuit avec un oreiller ? Non, je veux le faire de mes mains. Je vais l'étrangler dans son sommeil. Non, je n'ai pas assez de force, c'est lui qui va me tuer. Des médicaments dans la bouteille de whisky de sa voiture ? Non, il va peut-être tuer quelqu'un sur la route et je ne me le pardonnerai jamais. Un coup de raquette sur la tête ? Plusieurs coups de raquette sur la tête ? Des centaines ? Je ne veux pas être quelqu'un de mal, je veux rester quelqu'un de bien.

C'est bientôt Noël, Cérélia, Marie-Line, Yann et Vanessa me proposent d'aller au McDo puis de se promener au Leclerc pour voir les décos de Noël et les cadeaux dans les rayons. Je n'ai pas tournoi ce week-end, j'accepte. Ils sont surpris, je leur dis toujours que je ne peux pas, mais j'ai décidé que je voulais vivre comme une ado normale, passer des après-midi dans les centres commerciaux à rigoler avec mes copains, et faire des trucs bêtes.

Samedi, on se donne rendez-vous devant le collège. On passe un super après-midi ensemble, on écoute de la musique avec les écouteurs en libre-service du centre culturel. Je ne peux plus entendre Craig David, l'autre le chante à tue-tête chaque fois qu'il passe à la radio, c'est-à-dire toutes les quinze minutes. Sa prétention à avoir un bon accent anglais me révulse. Je déteste l'anglais, j'emmerde les verbes irréguliers. Si je rate mon bac ça sera à cause de l'anglais, c'est sûr.

J'écoute Michel Berger, ils se fichent de moi avec mes trucs de vieux. *Je veux chanter pour ceux qui sont loin de chez eux, et qui ont dans leurs yeux, quelque chose qui fait mal, qui fait mal...* Il chante pour moi, il me comprend.

Je retourne au club juste avant Noël, parce qu'il va entraîner Ludwig et Alexandre pendant les vacances et que je ne les ai quasiment pas vus depuis La Baule. Sur le trajet pour aller de chez nous à chez lui, je ne suis pas bien. Je connais chaque maison, chaque boutique, chaque feu, chaque station essence... J'ai horreur des stations essence.

On arrive. Cette fois, je ne veux pas être une lâche, s'il recommence, je refuse ! Parle bon sang, crie, hurle... Agis ! Lorsque « Una storia importante » envahit la pièce, il recommence. Je lui dis que je ne veux plus. Il me répond que toutes les filles en rêvent, qu'Isabelle en rêve, qu'elle veut sa bite, que même ma mère veut coucher avec lui, qu'elle le lui a demandé. Je suis morte, la toute petite étincelle vient de s'éteindre en moi. Je préfère avoir le sida plutôt que Maman couche avec lui. Alors je le laisse faire et ma tête tourne à force d'imaginer qu'il le fasse avec Maman et qu'elle aime ça... Bon Dieu, s'il te plaît, débranche-moi, comme dit Michel Berger.

En rentrant à la maison, je regarde Maman avec une rage que je ne soupçonnais pas. Je la fixe, elle me dégoûte, je me dégoûte, tout me dégoûte. Est-ce qu'elle peut tromper Papa ? Mon cerveau va exploser, je ne peux plus rien supporter. Je vous hais tous.

Je monte dans ma chambre et j'écris. J'écris et j'arrache, je répare le carnet, je rabats les agrafes, je le range, je mets les bouts dans mon jogging de demain. Tout m'épuise. Même ce rituel est devenu sans fin. Je suis un rat dans sa roue qui tourne à toute vitesse, je vais finir par m'envoler et m'écraser sur la grille de ma cage répugnante.

« Je couche avec ta mère. » Cette phrase me hante, je ne veux plus passer de temps avec Maman, c'était la dernière personne à qui je parlais encore, même si je ne lui disais pas l'essentiel de ma vie. Mais elle était là, maintenant je l'ai perdue aussi et je suis seule, vraiment seule… Petite sœur, si tu savais comme j'aimerais être sauvée.

C'est le réveillon, Papa ne travaille pas cette année, il travaillera pour le nouvel an, je suis toujours aussi contente de fêter Noël, je ne sais pas pourquoi j'y crois encore. À la fête, au bonheur, à la vie, mais je continue de m'accrocher.

On regarde *La vérité si je mens !*, j'adore ce film. Élie Kakou avait le sida mais il est mort d'un cancer je crois. Pourtant, en 1997, il avait l'air bien dans le film. Deux ans plus tard il est mort. Dans deux ans, je serai peut-être morte aussi… Ou avant si je me tue, à quoi ça sert de souffrir si longtemps ?

En cadeau, j'ai eu le double CD de Michel Berger. Après manger, je monte dans ma chambre, je mets les deux CD dans ma chaîne hi-fi, plus jamais Michel Berger ne la quittera. Il va m'aider à m'en sortir.

Je dois rire pour survivre, c'est ça ma solution.

Peu de temps après le nouvel an, je mets en pratique mes résolutions. Je ne fais que des bêtises en cours, mon objectif est de rire et faire rire. Je veux que Marie-Line se fasse pipi dessus, que Cérélia ait son nom écrit au tableau en physique-chimie parce qu'elle a gloussé trop fort.

Ça va bientôt être mon stage de troisième, je suis paumée, je ne sais plus ce que je veux faire. Je voulais être écrivain, architecte, je voulais faire Sciences Po, l'ENA, mais comme c'est ce que l'autre veut que je fasse, plus ça va et moins j'ai envie de l'écouter. Peut-être alors que j'irai à HEC, mais ça ne plaît pas trop à Maman. Il était prévu que je fasse mon stage de troisième au club de tennis, bien que cela ne m'intéresse pas du tout, comme ça je pourrais m'entraîner et être avec lui une semaine. Mais j'ai changé d'avis et je ne sais pas comment le dire à Papa et Maman, encore moins à lui. Je n'ai pas la force, je suis une nouvelle fois trop lâche.

Pendant le stage, je suis de 9 heures à 20 heures dans ce club de tennis, je dors chez lui parce que Papa ne peut pas m'amener à 9 heures à Sarcelles, sinon pendant une semaine il ne dormirait pas. C'est dangereux, je ne veux pas que Papa prenne des risques, il a un souffle au cœur, j'ai peur qu'un jour il fasse une crise cardiaque comme Michel Berger.

Le stage est nul, je n'apprends rien, je sais comment un club fonctionne et surtout je vois qu'il fait beaucoup semblant, qu'il brasse de l'air comme dirait Papa.

Il n'y a quasiment personne au club pendant la journée à part Jean-Michel le barman.

Un milieu d'après-midi, il me demande de venir avec lui trier le local technique. On entre et on commence à ranger le matériel, les balles dans les seaux, les cônes, les raquettes, il y a de la poussière de terre battue partout. Il ferme la porte de l'intérieur, je sais déjà la suite. Je crois que ce qu'il aime c'est ce que je sois à genoux sur le sol sale.

D'un coup la poignée bouge, il me met la main sur la bouche, je ne peux plus respirer, je vais mourir. Jean-Michel est derrière la porte, il demande s'il y a quelqu'un. Au bout de quelques secondes et quelques essais avec la poignée, il remonte. L'autre remet sa bite dans son caleçon, sort et me dit d'attendre cinq minutes. Je l'entends parler de tout et de rien avec Jean-Michel, comme si je n'étais pas là. Je pleure, c'est rare, mais un adulte était là et il ne m'a pas sauvée. Quand je remonte, Jean-Michel est derrière le bar, je baisse la tête, j'ai l'impression que mes yeux vont sortir de leurs orbites tellement j'ai pleuré, je sais qu'il les voit, mes yeux rouges, mais il ne dit rien et part corder une raquette à l'autre bout du club house. Vous les adultes, je le sais, vous êtes encore plus lâches que moi.

En rentrant à la maison, je joue à *Street Fighter* sur la PlayStation, je prends Ryu, le karatéka avec son bandana rouge, comme d'habitude, et je choisis le monde où il doit casser une voiture le plus vite possible en donnant des coups de pied et coups de poing. Je m'énerve sur les boutons à en avoir mal aux doigts, j'ai une crampe tellement j'ai appuyé. Je hurle dans le coussin, je voudrais faire la même chose à sa Golf verte de merde, l'éclater en mille morceaux sur le parking du club et voir sa tête quand il la découvre. Je veux lui faire mal.

Heureusement, les vacances de février arrivent, je ne peux plus voir sa tête. Papa m'amène au tournoi de Montrouge, je lui demande de m'y conduire même si on met une heure et demie et qu'il ne prend pas le bon côté du périphérique. J'ai envie de vomir en arrivant mais je préfère quand même. Je gagne mon premier match, il fait froid sur les courts, j'hésite presque à jouer en pantalon mais je me force à jouer en short pour bouger sinon je vais geler. Papa est en haut, il ne loupe pas un point, je pourrais jouer des heures que Papa ne bougerait pas d'un centimètre, c'est ça l'amour, le vrai, le pur.

Je ne rejoue qu'à 18 heures, on a beaucoup de temps mais on décide de ne pas rentrer à la maison sinon on va encore se taper trois heures de route. Il me propose d'aller dans le quatorzième arrondissement pour me montrer où on habitait quand j'étais petite, avant que tu naisses. On mange dans une crêperie, j'adore ce moment avec Papa, c'est la première fois qu'on mange tous les deux au restaurant. On passe devant la rue où était le petit studio, villa Cœur-de-Vey, entre Mouton-Duvernet et Alésia, sur la ligne 4, la rose-violet.

À côté, il y a un ciné, on regarde les films et on entre. Je ne peux pas être plus heureuse… *La vérité si je mens ! 2* vient de sortir, on va le voir, et je me dis que si le paradis existe sans qu'il soit blanc, c'est ici, dans ce cinéma avec mon père.

Je suis tellement contente que je gagne le match du soir, je joue relâchée, je ne sens même plus le froid parce que j'ai le cœur réchauffé.

Le mois de mars passe, je ne fais plus que des tournois avec Papa, je rate certains entraînements avec l'autre, je prétends que j'ai un peu mal, que je suis fatiguée, que je veux me reposer avant le prochain tournoi. J'ai plein d'idées maintenant pour éviter l'enfer. Parfois je n'y coupe pas, derrière une bâche, mais dans l'ensemble je suis fière de moi, je m'en sors mieux.

Côté école, ce n'est pas glorieux, mes notes sont en chute libre. Papa et Maman sont inquiets, je leur explique que j'ai une classe horrible et que j'ai hâte de partir du collège. Maman m'encourage, elle me répète : « Allez, plus qu'un trimestre et c'est fini »…

C'est le jour de mon anniversaire, je vais au CDI, Mme H. m'attend au comptoir. Elle me tend une petite boîte. « Joyeux anniversaire, Angélique ! » Je me retiens de pleurer. Ma mamie adoptive, elle a pensé à moi. Je l'ouvre, il y a des minicrayons, c'est trop mignon. C'est un clin d'œil au jour où je me suis mis les crayons dans les cheveux avec Marie-Line et Cérélia. Est-ce qu'elle sait que j'écris ? Non elle ne sait pas, mais c'était peut-être le destin qu'elle m'offre de quoi sortir toute la haine en moi. Je ne la remercierai jamais assez d'avoir été une adulte bienveillante dans mon univers de chaos.

J'ai quatorze ans aujourd'hui. J'ai toujours rêvé d'avoir quatorze ans, mais je ne pensais pas que j'en serais là de ma vie. Je pensais que ça serait le début de ma nouvelle vie, en fait c'est la fin de ma seule vie. J'essaye de ne pas y songer, peut-être que si je vis très fort je battrai le sida et je le battrai lui aussi.

Je souffle mes bougies, il n'y a que Papa, Maman et toi, ça m'aurait fait du bien pour une fois d'avoir mes copains à la maison, mais pour Maman moins on dérange la maison mieux c'est, et Papa il n'y réfléchit pas et il ne décide pas.

On est tous les cinq avec Nena. Je ferme les yeux, je fais un vœu, je voudrais que Diane me voie autrement que comme une copine, que comme la camarade sur qui on peut copier et qui ne dit rien. Je veux qu'elle me voie comme dans *Ghost*, je veux qu'elle pose ses mains sur les miennes pendant que je fais de la poterie. Bon, je suis nulle en poterie, j'en suis sûre, mais je nous imagine avec la chanson.

Je rouvre les yeux. Peut-être que mon vœu s'exaucera…

Les matchs par équipe vont bientôt commencer. Je fais partie de l'équipe 1 Seniors, on est donc en Nationale 1B, je suis la moins bien classée de l'équipe, la plus jeune, la plus fragile, mais aussi la plus forte. Ça ils ne le savent pas, que personne ne me détruira jamais.

On reçoit deux clubs du Val d'Oise pour des matchs de préparation. Il est là, c'est le capitaine, tout le club est là. C'est une catastrophe, je joue très mal. Au lieu de m'encourager, les autres filles rigolent, se moquent, m'engueulent. Elles ont la vingtaine, pourquoi elles sont méchantes comme ça ? Je suis punie, je dois passer le filet sur tous les terrains de la rencontre, je suis le larbin... Quand je serai grande, je serai gentille avec les jeunes. Quand je serai grande, je passerai le filet à leur place. Je les encouragerai, je leur sourirai, je ne les abandonnerai pas. Quand je serai grande, je serai quelqu'un de bien.

Demain, on part à Saint-Mandrier dans le Sud-Est pour un stage de préparation avec l'équipe 1 Hommes. Il y a Thierry et Max, Yohan le copain d'Audrey qui joue dans mon équipe, Nicolas son frère, Rudy, Solène, et lui.

On part en TGV et, arrivés sur place, on loue deux voitures, une Saxo et une Punto. On en aura besoin pour s'entraîner et pour le tournoi auquel on va participer.

Nous sommes dans un hôtel club avec deux appartements côte à côte. Audrey et Yohann sont dans la chambre double, lui est dans le canapé-lit et Solène et moi sommes dans des lits superposés à l'entrée de l'appartement. Ça sera mon refuge pendant la semaine, perchée au-dessus de celle que j'admire car elle a dix ans de plus que moi, elle est gauchère, elle est classée -15, elle est prof de tennis, préparatrice physique et prof d'EPS, sûrement ce que je vais faire plus tard. J'y pense de plus en plus en ce moment : j'aimerais être prof pour être quelqu'un de bien pour les jeunes. Quelqu'un qui les aide à s'élever plutôt que de les rabaisser, qui les aide à devenir autonomes plutôt que de leur apprendre à se soumettre. Mais elle, elle se fiche complètement de moi. Elle ne voit pas comment il me parle, comment il est avec moi. Elle ne voit pas à quel point je suis triste. Elle ne m'entend pas pleurer le soir dans le lit juste au-dessus d'elle ?

Le seul moment où j'oublie que je suis mal, c'est quand on fait des parties de foot. Pour la première fois, je ne suis pas dans son équipe. Ils ont fait PSG-Marseille et je suis allée avec Yohann et Rudy, du côté des Marseillais. Soi-disant pour équilibrer, mais en fait je ne veux pas être avec lui. Et je veux l'énerver, le défier, je me bats comme si ma vie en dépendait. On gagne au but en or, c'est moi qui marque, je cours tout autour du terrain, les bras ouverts comme un oiseau prêt à s'envoler. Il est rouge de colère, les garçons le chambrent. Il ne supporte pas ça et ne me parle pas sur le trajet du retour.

Le lendemain, je joue en tournoi à La Croix-Valmer, c'est un désastre, je perds au premier tour. Il n'y a pas une seule partie de mon cerveau capable de se concentrer sur cette balle jaune à mettre à l'intérieur de ces lignes blanches, ce jeu est débile. Avant le match, il m'a bloquée dans les vestiaires et m'a encore violée. Depuis quelque temps, il me dit que les entraîneurs est-allemands faisaient tomber enceintes leurs joueuses avant les grandes compétitions pour qu'elles aient plus d'hormones. Après, ils les faisaient avorter.

Il veut me faire tomber enceinte ? Il veut me faire avorter ? Est-ce que cela veut dire tuer mon bébé, son bébé à lui aussi ? Est-ce que je pourrais vivre avec, est-ce que je pourrais vivre sans ? Et si je voulais le garder, est-ce que je l'aimerais ou est-ce qu'il me rappellerait trop lui ? Je n'arrive même pas à visualiser ça, c'est au-dessus de mes forces.

Après le match, comme si de rien n'était, il nous amène jusqu'à Cannes, je vois le fameux Martinez, là où il a claqué deux cent mille francs en un été. Je suis à bout. Puis la semaine de stage se termine. Tout finit par passer.

Le soir, on fait parfois des parties de Scrabble avec Maman, je l'avais demandé pour mon anniversaire. J'adore les jeux de société et c'est un moyen de passer du temps ensemble. Il n'y a que les bruits des petites lettres que l'on pose sur le plateau. Je rêve de mettre espoir, dégoût, mort, fellation, torture, sida, mais je ne peux pas, j'ai peur de donner des indices.

Dernier tournoi avant les matchs par équipes, le tournoi de Gonesse, c'est à côté de la maison. Je joue contre Marianne, une adulte qui est super gentille, ça existe les adultes gentils. Mais je suis trop stressée, vraiment trop, Papa et Maman sont là et lui aussi, derrière la vitre, je le regarde à tous les points. D'un coup, je me mets à saigner du nez, très fort et très longtemps, c'est impressionnant. Je me vide de mon sang, Marianne court me chercher des mouchoirs, on arrête le match quinze minutes et je reprends. Je n'abandonne pas, je n'abandonne jamais. Jusqu'à la fin, en plus des points, du score, de la tactique, de mes émotions à gérer, je pense que c'est un symptôme du sida, que mon corps commence à lâcher. Je me dis que je n'en ai plus pour longtemps, que je n'aurai jamais mon bac. Mais je vivrai sûrement jusqu'à la fin du match, donc concentre-toi et gagne-le. Je suis à la limite de moi-même mais je finis par gagner en trois sets, après trois heures de jeu.

Je me bats aussi jusqu'au bout car je dois aller voir la finale PSG-Gueugnon avec lui au Stade de France. Plus le match dure, plus j'ai de chances de louper cette finale. J'ai réussi, quand je fais la bise à Marianne après ma victoire, le match de foot a déjà commencé, je l'entends à la télé dans le club house. Il a disparu, il est allé au stade avec quelqu'un d'autre. Sur le coup, je ne pense qu'à moi. C'est égoïste, pardon, je demande pardon à la personne qui a dû prendre ma place…

Les matchs par équipes commencent, la première rencontre a lieu à Ramonville, à côté de Toulouse. Magalie vient me parler, elle me conseille de penser à moi, le tennis ce n'est pas toute la vie, il faut que je vive. C'est une championne, elle a vingt-trois ans, je l'écoute. Ça me fait du bien que quelqu'un d'autre me le dise. Au pire si la solution pour lui échapper c'est d'arrêter, alors j'arrêterai, même si ça me ferait très mal d'arrêter ma passion. Ou est-ce que ça voudrait dire qu'il a gagné ? Je ne veux pas qu'il gagne, je veux gagner. Je vais trouver la solution, il existe toujours une solution.

Vient le tournoi international minimes d'Iteuil, à côté de Poitiers. Je le vois de moins en moins depuis quelque temps, j'ai trouvé des excuses pour ne pas m'entraîner. Je dois réviser le brevet blanc dans dix jours, même s'il ne me manque que quatre points pour le brevet.

Je remporte mes deux premières rencontres, je sors des qualifications et j'entre dans le tableau final. Les autres de la Ligue sont déjà rentrés dans le Val-d'Oise alors je change de chambre, je me retrouve avec d'autres ligues. Je gagne mon troisième match, les responsables de la fédération me félicitent au self. Demain c'est le brevet blanc et je suis toujours en tournoi, Michel l'entraîneur de la Ligue appelle Papa et Maman qui me demandent ce que je préfère. Je n'ai pas besoin du brevet blanc, j'ai l'habitude de gérer le stress. Je continue le tournoi et je ne perds qu'en quart de finale en trois sets contre une Belge désagréable qui m'a volé des points importants. Je ne trouve pas cela honnête mais j'ai triché moi aussi dans le passé alors je ne peux pas me plaindre. C'est le juste retour des choses.

Cette année, la finale du Val-d'Oise a lieu à Ermont. Je joue mieux quand il n'est pas là mais il va forcément venir, il faut que je m'y prépare, en plus de me préparer à affronter une adversaire dont je déteste le jeu. Cette fille, c'est Caroline, elle remet tout, je dois tout créer. J'ai l'impression qu'elle m'utilise et je ne supporte plus d'être utilisée. Elle utilise ma force pour contrer, mes angles pour s'ouvrir le terrain, je joue contre un mur, ça me fait péter un plomb. Et elle sourit en plus… Je me mets à hurler, je pleure, il fait ses yeux noirs. Un des joueurs du terrain à côté m'engueule : « Mais tu vas la fermer ta petite gueule, pauvre conne ! » Je l'insulte : « Me parle pas comme ça connard, sinon je te casse la bouche ! » Je ne suis plus moi-même. Je suis lui, sa violence, son langage, sa haine…

Je gagne quand même et ça tient soit du miracle, soit de ma capacité à supporter la douleur. Peut-être un mélange des deux.

À la remise des prix, je souris mais au fond de moi je sais que tout ça, c'est une mascarade. Papa et Maman sont contents, tu es avec moi sur la photo, tu étais contre Shérazad une nouvelle fois. Elle a encore gagné, mais je crois en toi petite sœur, tu as progressé, tu joues bien.

La fin d'année au collège est un supplice, je saigne du nez chaque jour, je vomis souvent. Je pleure tout le temps quand je suis seule. Un après-midi, on finit une heure plus tôt, je reste avec Vanessa, Marie-Line et Cérélia sur un banc près du collège, on discute. Ça me fait du bien. Vanessa nous parle de son copain Christophe, elle nous raconte qu'ils font l'amour. Avec Cérélia on est choquées. Elle a seize ans, c'est jeune… Elle nous pose la question et je dis non, je n'ai pas fait l'amour. Mais c'est quoi, moi, que j'ai fait ? Enfin qu'il m'a fait, parce que je n'ai pas l'impression de faire grand-chose moi dans ces moments-là…

Quelques jours plus tard, Maman m'amène chez une infirmière pour faire un nouveau vaccin qui vient de sortir, contre le papillomavirus. Elle assure que grâce à ça je n'aurai pas de cancer de la bébette. L'infirmière m'explique que c'est un vaccin préventif pour les jeunes filles avant leur premier rapport sexuel. Et pour les autres ça fait quoi ? Elle me dit que ça ne sert à rien. Elle me demande si c'est mon cas, je réponds non mais j'ai des copines, je pense à Vanessa mais en fait je pense à moi aussi. Un rapport sexuel ce n'est pas forcément faire l'amour.

Maman est contente de me protéger. C'est gentil, Maman, mais tu sais je ne mourrai pas d'un cancer de la bébette, je mourrai du sida. Maman, je ne serai jamais maman et tu ne seras pas mamie, tu me parles souvent de ça mais je n'ose rien avouer. Petite sœur, il faudra que tu aies un enfant, que tu sois mère. J'aurais tellement aimé voir naître ton enfant, être tata, mais je vous regarderai du ciel. Vous penserez à moi parfois, hein ? Vous ne m'oublierez pas ?

Je décide de ne pas aller à La Baule cet été, je ne survivrai pas deux fois à cet enfer. Je raconte aux parents que je préfère faire des tournois ici, que je n'ai pas très bien joué là-bas, que l'on attend beaucoup entre les matchs… Je trouve plein de justifications, mes professeurs au collège seraient contents, c'est toujours ça qu'ils demandent, des justifications à mes réponses.

Maman lui explique et il est comme fou. Heureusement que je suis à la maison, dans notre maison, sinon il me frapperait je pense. Il serre les poings, les mâchoires, ses yeux se rétrécissent, je sais qu'il fait un effort pour ne pas exploser, il n'a plus de dernière chance depuis la cannette lancée l'an dernier, Papa lui avait dit.

Alors il trouve une nouvelle idée, enfin même deux, il demande à venir voir ma chambre pour admirer mes nouvelles coupes, pendant que Maman prépare le goûter à la table du jardin. Ma chambre donne côté rue, pas côté jardin. Il n'est pas venu dans ma chambre depuis longtemps, et il ne m'y a jamais rien fait. Cet endroit c'est mon refuge avec Kuerten, Michel Berger et mes doudous.

Il regarde les posters au mur, mon bureau, les coupes, et il m'embrasse avec sa grosse langue qui sent la cigarette. Il pose ma main sur sa bite toute dure, il met la sienne dans ma culotte pendant une seconde, juste pour dire je l'ai fait ici, dans ta chambre. Il me dévisage et descend, moi je reste un peu là à fixer la pochette de Michel Berger.

Je finis par redescendre. Je vais lui montrer que ça ne m'atteint plus, que plus rien ne m'atteint.

Il est assis à la table du jardin et remplit mon rapport de stage de troisième. Il devait me le rendre la semaine dernière mais il ne l'avait pas complété, du coup je suis en retard et je vais avoir des points en moins. Je me demande s'il ne l'a pas fait exprès... Il me tend la feuille, les notes et commentaires sont moyens. Quel connard, il se venge.

Il faut que je vive plus longtemps avec le sida que lui avec le sida et son futur cancer de la peau. Il faut que je vive, il faut que je vive.

Quand je jouis, je me sens vivante. En ce moment, je me masturbe sans arrêt, on dirait Minh l'an dernier. Je le fais jusqu'à en avoir mal. J'essaye de désapprendre ce qu'il m'a appris, comment je dois faire, je veux l'éradiquer de mon existence. Mais c'est difficile, je finis toujours par penser à lui et ça me donne envie de mourir, pas de vivre. J'essaye avec la main droite, peut-être que de la main droite je pourrai apprendre par moi-même et ne pas avoir l'impression d'être sa marionnette.

Je pense un peu à Joey de *Dawson*, je l'ai bien aimée quand Yann, Cérélia et Vanessa me l'ont montrée en DVD la dernière fois. Je pense à tout sauf à lui.

Je compte combien de fois d'affilée je peux jouir, je compte même ça. Mes TOC de comptage n'ont plus de limites.

Ce soir, il fait beau, c'est une belle soirée de printemps. Après le barbecue que Papa a préparé et qu'on a mangé dans le jardin, on sort le ballon de foot et les gants de gardienne. Je suis contente de te retrouver, mais en même temps je n'arrive pas à m'enlever ce connard de la tête. Il est partout, dans le ballon de foot, dans le pot de fleurs, dans l'assiette…

Maman nous demande ce que l'on veut regarder à la télé, tu lui réponds quelque chose, je te dis non, petite sœur, ce n'est pas ce soir, ça. Tu me dis si, je te dis non, je pars vérifier dans le *Télé Poche*, je te montre et tu me dis tu vois je t'avais dit que ce n'était pas ce soir. Je deviens folle, je perds le contrôle, tu te fiches de moi, tu me mens, tu m'humilies, tu me provoques. Je te mets une balayette et tu voles, tes jambes sont au-dessus de ta tête, j'ai une peur panique que tu t'éclates au sol. J'arrive à te rattraper avant que tu t'écrases. Qu'est-ce que j'ai fait ? Mais qui je deviens ? Je m'enfuis en courant, j'ai honte, j'ai mal, je me sens mauvaise… C'est la première fois.

Je m'étais promis de ne jamais partir de la maison, faire peur à Papa et Maman, mais ce que j'ai fait c'est très grave, c'est trop grave, j'aurais pu te faire du mal alors que je me suis juré de te protéger. Je ne pourrai jamais revenir. Je suis assise sur un morceau de béton et je repense à ma violence, à ma vie. Je suis à cinquante mètres de la maison au cas où Papa et Maman me cherchent, je ne veux pas qu'ils s'inquiètent.

Je suis allée trop loin, tout est allé trop loin. Je vais mettre fin à tout ça, je te le promets. Juré craché, si je mens je vais en enfer, enfin en enfer pour toujours, car là j'y suis déjà.

En rentrant, je suis tellement mal que Papa et Maman ne me grondent pas plus que ça. J'aurais été beaucoup plus dure avec moi-même.

La semaine suivante, Maman me dit qu'elle va m'acheter un nouveau téléphone. On est en juin, il y a un nouveau forfait qui est sorti, pas le Millenium, celui-là coûte trop cher, il s'appelle le forfait MAXX chez SFR, il permet d'envoyer deux cents textos par mois. Tu imagines deux cents textos ? Plus de six par jour, c'est incroyable.

On arrive au magasin, je sais lequel je veux, j'en rêve depuis des mois, c'est le Nokia 3310 bleu ciel. On peut jouer au serpent dessus, on pourra jouer ensemble et redevenir des sœurs comme avant.

J'ai un nouveau numéro. Je dois rentrer tous mes contacts dans mon nouveau téléphone. J'envoie un texto à chacun d'eux, puis je finis par lui en envoyer un à lui aussi.

Je n'enregistre pas son contact parce que j'arrive plus à l'appeler Andrew. Je ne vais quand même pas mettre l'Autre, le Gourou, le Connard…

Je joue au championnat de France à la fin de la semaine, à Roland-Garros comme l'an dernier. Cette fois-ci j'ai quatorze ans et je suis donc tête de série. Une fille de 1988 de Bordeaux me demande de jouer avec elle le tournoi en double, je n'ai pas de partenaire puisque je suis la seule qualifiée du Val-d'Oise alors je lui dis d'accord, je ne sais même pas son classement. Les copines de 1987 me disent que je ne suis pas possible, de jouer avec quelqu'un sans connaître son niveau. Moi je m'en fiche, je veux juste une copine. Elle est gauchère et elle joue très bien.

En simple, c'est une autre histoire. Je ne veux pas qu'il vienne me voir, je demande à Papa de m'accompagner. Je l'entends au bout du fil avec Maman, il est fou de rage. Tu m'étonnes, s'il y a bien un tournoi dans l'année où il doit rouler des mécaniques dans les allées, c'est bien ici au championnat de France à Roland-Garros !

Je fais un match catastrophique, l'adjectif est faible, je fais vingt-quatre doubles fautes. Oui c'est possible, j'ai compté et Papa aussi. Je perds donc contre Louise, une copine de la Ligue des Flandres. Elle est prise pour aller au CNE à Roland-Garros s'entraîner l'an prochain. Le CNE, c'est le Centre national d'entraînement. Ils m'ont proposé l'an dernier, l'autre avait dit non parce qu'il voulait que je continue de « m'entraîner » avec lui.

Mais je me fiche royalement de perdre, je pose avec un énorme sourire sur la photo avec Louise et Catherine, l'entraîneuse de la Ligue qui était venue me voir. Je souris pour de vrai pour la première fois depuis un an et demi.

Je n'ai encore jamais répondu à son numéro quand il s'affiche. Je me suis juré de ne jamais lui répondre avec mon nouveau téléphone, je ne veux pas qu'il le salisse.

Quelques jours avant le brevet, on n'a plus cours, je dois réviser mais je ne révise pas. On est chez la Yaya avec Miguel, notre oncle, il mange chez elle tous les midis de la semaine car il travaille à côté et ça fait de la compagnie à la Yaya, ça lui donne un but aussi pour la journée. Aujourd'hui c'est mejillones, enfin moulos comme dit la Yaya puisqu'elle parle un mélange de français et d'espagnol que nous seuls comprenons.

Je suis plus légère. Puis le téléphone vibre, c'est lui, je stresse un peu mais ne décroche pas. Miguel demande qui c'est, je réponds Andrew mon entraîneur mais je ne veux plus lui parler. Ce n'est pas quelqu'un de bien, je vais changer d'entraîneur. Voilà, c'est sorti pour la première fois. Miguel répond que lui aussi il le trouvait louche ce type.

Maman me demande pourquoi, s'il m'a fait du mal. Je lui dis non mais ce n'est pas quelqu'un de bien, à la rentrée je change d'entraîneur. Ils sont contents, ils attendaient ça depuis longtemps.

J'allume ma chaîne hi-fi, je mets Michel Berger mais aussi d'autres chansons. « Mademoiselle Chang », *Son sourire c'est sa force immense, son sourire c'est son arme blanche.*

C'est un peu moi aussi. C'est moins triste et ça me fait voyager. Un jour, je voyagerai en Chine, mais d'abord au Pérou, je veux aller au Pérou pour voir le Machu Picchu. Si je vis jusque-là.

C'est le jour du brevet, on est assis derrière nos tables avec notre étiquette collée sur le coin. On est nerveux, même moi je le suis.

Français, dictée. Je n'ai besoin que de quatre points, alors je me détends. Mme H. commence à lire. Ça me relaxe, j'ai quatorze ans, je suis jeune et insouciante, je m'en fous de tout. Je rigole pendant toute la dictée parce qu'elle a un fort accent alsacien.

Le brevet passé, j'ai dit au revoir au collège et surtout à Cérélia, Yann, Vanessa et Marie-Line. Marie-Line redouble, on est six de la classe à passer en seconde générale, le niveau faisait peur.

Je leur souhaite bonnes vacances et on se dit qu'on se reverra plus tard, pas à la rentrée car eux vont au lycée et moi je suis les cours par correspondance au CNED. J'ai refusé le Centre national d'entraînement, j'ai peur qu'à Roland-Garros il m'arrive la même chose. Je ne veux plus dormir en dehors de mon lit. Je me suis quand même inscrite au lycée au cas où.

C'est dommage que je n'y aille pas, parce que le lycée est magnifique, tout neuf, avec des grandes vitres, plein de couleurs et une cour immense. En plus la proviseure c'est Mme A., la maman de Julien, mon copain d'enfance. Je le connais très bien, par cœur même, parce qu'on venait courir dans les couloirs avec Julien le week-end, jouer à cache-cache, faire des parties de ping-pong dans la salle des professeurs.

C'est le jour des résultats du brevet, c'est une soirée d'été. Il fait chaud, on promène Nena avec Maman et Papa, aujourd'hui j'ai gagné mon premier tour au tournoi international du Stade français, Papa m'a amenée, j'ai seulement joué au tennis. C'est une belle journée, j'espère que je vais avoir le brevet.

On se rapproche des feuilles affichées à l'entrée du collège. Je regarde mon nom, je suis admise avec mention.

Je lève les yeux au ciel et je remercie le bon Dieu, j'ai bien fait de me battre. Je suis en train de gagner. Papa et Maman sont fiers, et moi aussi, cette année a été dure, tellement dure. Personne ne s'imagine que j'ai failli à plusieurs reprises ne pas la finir. Mourir sans le brevet…

Je fais un super tournoi, je passe plein de tours. Les autres sont à La Baule, moi je suis avec toi, Papa et Maman dans les tournois du Val-d'Oise. Je suis à ma place.

Bientôt les vacances en Espagne. Je n'emporte même pas mes baskets pour faire des footings, je m'en fiche. Je veux juste faire des pendus avec toi et me jeter sur le matelas gonflable avec les cousins espagnols.

Plus l'été avance et plus je revis. Et plus je sens que pour survivre, il faut que je reprenne une vie normale.

Si je suis les cours par correspondance, ma vie ça ne sera que le tennis et les fausses copines de la Ligue.

La veille de la rentrée, j'écris un texto à Cérélia :

« Coucou, tes vacances se sont bien passées ? Demain c'est à quelle heure la rentrée des classes ? »

Elle me répond : « Oui super, et toi ? 10 h... mais je croyais que tu venais pas au lycée ? »

Voilà, je suis en 2nde E avec M. D. en professeur principal. Cérélia, Yann et Vanessa sont dans ma classe. J'ai trop de chance, je lève les yeux au ciel, merci.

Ce week-end, je vais à Enghien en bus voir *Absolument fabuleux* au cinéma avec Yann, Cérélia et Vanessa. C'est avec Josiane Balasko et je l'aime tellement, c'est la meilleure. On prend un paquet de pop-corn énorme, on rigole, on glousse, on jette des pop-corn en l'air, je suis presque aussi légère qu'eux.

C'est le 11 septembre 2001, je suis chez Cathy l'esthéticienne, les tours jumelles viennent de s'effondrer. Et moi, qui n'y croyais pas, je suis toujours debout.

Quatre ans plus tard

Je suis dans ma voiture Seat Ibiza que Papi et Mamie viennent de m'offrir. Je tiens l'enveloppe dans mes mains, elles tremblent. Je lève les yeux... Parking réservé à la clientèle. J'ai peur, tellement peur. Ça fait quatre ans que j'attends, quatre ans que je n'ai embrassé personne, encore moins fait l'amour. Quatre ans que je me dis que je ne peux pas donner mon sang. Quatre ans que j'ai peur quand je saigne du nez. Quatre ans que j'ai peur d'être un poison pour ceux que j'aime.

Je suis allée chez le médecin hier, toute seule pour la première fois. Je suis majeure, Maman ne m'a pas accompagnée. J'ai demandé des analyses sanguines, prétextant que je suis fatiguée avec le tennis et la fac. Et j'ai demandé le test HIV.

J'ouvre l'enveloppe, j'ai dix-huit ans et je ne suis toujours pas morte. J'ai eu mon bac, j'ai été championne de France universitaire, j'ai représenté la France aux Jeux olympiques universitaires. C'est déjà miraculeux. S'il te plaît, le ciel, fais-moi un dernier cadeau.

Je lis cette ligne.

HIV négatif.

Je suis négative. Je n'ai pas le sida, je ne l'ai jamais eu. Et finalement j'apprendrai que lui non plus.

J'ai dix-huit ans et je vais vivre encore, peut-être longtemps. Peut-être qu'un jour je serai vieille, peut-être qu'un jour je serai mère.

Le jour où je fermerai les yeux pour toujours, je serai morte deux fois. C'est une chance.

Deuxième partie

Décembre 2013

J'ai bientôt 27 ans. C'est le début de soirée, je prépare le repas dans notre petit appartement en rez-de-jardin. Les parents de Cécilia, ma petite amie depuis 2 ans, sont venus du Portugal pour Noël. Mon téléphone sonne, je ne connais pas le numéro. C'est Astrid. Je n'ai pas entendu sa voix depuis des années, depuis mon ancienne vie. Je me réfugie dans la chambre, j'ai un mauvais pressentiment. Elle m'annonce qu'elle a eu mon numéro par Mathilde qui, elle, l'a eu par toi. Astrid, Mathilde… Ces deux prénoms me font revenir quinze ans en arrière, à une époque que j'essaye d'oublier chaque jour. À la partie de moi qui est coincée en 1999.

Je ne dis rien, j'attends. Le couperet tombe : « Je vais déposer plainte contre Andrew pour ce qu'il m'a fait, je vais déposer plainte pour viol. Mathilde aussi. On pense qu'à toi aussi, il t'a fait ça. » Le mot est prononcé pour la première fois. Bien sûr que je le savais, mais jamais je ne l'avais associé à moi et jamais je ne l'avais dit à haute voix. Je réponds : « Oui, moi aussi, il m'a violée. »

À cette seconde, nous devenons sœurs. Nous ne sommes plus des copines d'enfance, des adultes qui parlent de leur passé commun. Nous sommes les victimes d'un même prédateur, des sœurs d'infortune, comme elle dit. Nous sommes liées pour toujours.

J'explique que je n'en ai jamais parlé à personne, qu'il me faut du temps pour savoir si je veux aussi déposer plainte. Il faut que je prenne en compte les répercussions qu'aurait cette décision sur ma vie et celle de mes proches.

Elle comprend, elle ne me presse pas. Mais je sens déjà l'urgence : enfin, on m'a tendu cette perche.

Lorsque je raccroche, je suis dans le noir, assise sur le lit. Je regarde le rai de lumière passer sous la porte. Je pense : C'est un signe, cet appel, c'est la lumière. La lumière au bout du tunnel.

Je ne me sens pas si mal dans ma vie. Je fais des cauchemars toutes les nuits, j'ai un problème de contrôle, j'ai peur de pas mal de trucs, je suis un peu coincée sexuellement, je n'arrive pas à accepter la pénétration, enfin je n'aime pas, mais je ne suis pas la seule, je vais bien.

Mais maintenant que je sais qu'il l'a fait à d'autres, peut-être à une autre petite fille en ce moment, je me déteste. Je suis une lâche.

C'est la rentrée. Je me fais inspecter avec ma classe de troisième prépa pro à l'EREA. Prof, c'est un métier où on ne peut rien prévoir, et avec ces élèves, on atteint un stade d'incertitude rare. Or je déteste ne pas contrôler, je veux tout contrôler, toujours.

Je fais l'appel, ils ont l'air en forme. Nous voilà partis : « Lofti et Rayan revenez ! » Ils ne reviendront pas... L'inspectrice a l'air surprise par mes élèves. Ici on n'est pas dans un collège classique. Dans ma classe, j'ai des migrants qui ont traversé seuls l'Afrique, l'Europe, des jeunes qui vivent en foyer ou qui sont placés, qui sortent d'hôpital psychiatrique ou de prison, des enfants abîmés. Je me reconnais en eux et ils se reconnaissent sans doute en moi. Voir que je suis prof leur donne peut-être de l'espoir pour leur avenir. Je veux les faire sourire, je veux être un repère stable et bienveillant pour eux. Je vis pour ça, et en pansant leurs plaies, je ne pense pas aux miennes. C'est aussi ma façon de me racheter de ne pas les avoir sauvées elles.

À l'entretien, l'inspectrice me dit que j'ai des élèves difficiles. Oui, j'avais remarqué.

Je rentre chez moi en somnambule.

Je fais quatre heures de transports en commun par jour. Une heure et demie le matin, puis trente minutes pour aller entraîner au club, puis une heure et demie pour rentrer, si tout va bien. Je suis boulimique de travail. Je suis toujours ce hamster dans sa roue qui tourne de plus en plus vite, pas encore expulsé contre la grille de la cage.

À chaque *bip* de chaque arrêt de métro, je pense à cette décision qui va changer ma vie. Je reprends mes superstitions que je n'ai jamais vraiment quittées : si la personne à lunettes devant moi se lève au métro

Convention, Maman encaissera le choc. Si je loupe mon train, Maman en mourra.

Trois mois passent, comme une vie entre deux vies. Il y avait l'avant, il y aura l'après. Je dois prendre une décision. Mathilde a été entendue par la capitaine de police de la brigade des mineurs, celle-ci attend mon coup de téléphone.

Je vois mes élèves tous les jours, ceux de l'EREA, puis les jeunes que j'entraîne au club, et je pense en particulier à Clara et Agnès, deux petites de bientôt treize ans. Je les entraîne depuis cinq ans, elles ont l'âge que j'avais. Elles sont mon reflet : tennis, envie de réussir, école, blagues.

Si je décide d'y aller, je pourrai me regarder dans une glace, mais personne ne me regardera plus de la même façon. Que verront-ils ? Une petite fille violée, une victime. Une menteuse, une pauvre fille qui se réveille quinze ans après. Papa, Maman, est-ce que dans vos yeux je serai toujours votre fille, ou je deviendrai la petite fille violée que vous n'avez pas pu protéger ? Et toi, petite sœur, comment me verras-tu ?

La question pour moi n'est pas de savoir ce que j'ai à perdre ou à gagner. Mais plutôt qui je suis, et qui je veux devenir. Parce que je n'ai rien dit pendant quinze ans, aujourd'hui, je vais le crier. Parce que j'ai tenté de digérer mais que j'ai toujours la nausée, je vais le vomir.

Je savais que ce jour viendrait, sans le savoir je m'y suis préparée.

Cette montée en puissance du « oui » se produit seule, dans ma tête. Personne n'est au courant à part les filles et Cécilia. Même elle ne sait pas grand-chose : « Abusée par mon entraîneur quand j'avais douze ans », voilà ce que je lui avais dit.

Aujourd'hui je suis prête parce que je pense que vous aussi vous êtes prêts. Papa, Maman, vous n'avez plus besoin de me protéger. Steph, surtout, tu es partie de la maison, tu es indépendante. Les secousses seront moindres pour toi... j'espère. Car ça va être un tremblement de terre. Je veux prouver que même des filles comme moi, souriantes, bavardes, blagueuses, leaders, peuvent vivre ça. Personne n'est à exclure.

Astrid, Mathilde et moi nous retrouvons sur une péniche pour un brunch. Elles n'ont pas changé, c'est tout juste si elles ont vieilli. Astrid, dont les beaux yeux verts tranchent avec sa peau bronzée, a pris du côté de son père et de l'Arménie. Mathilde est grande et fine, comme ses deux parents. Quelque chose les rapproche : leur joie de vivre, leur intelligence, leur envie de bien faire. Je comprends qu'il nous a choisies pour ces raisons-là. Nous avons le même profil.

On se voit pour être sûres qu'on existe bien, que ce n'est pas un mirage, qu'on va vraiment le faire. On se donne de la force et pourtant on ne prononce pas son nom de tout le brunch, on ne parle pas de notre vie sous sa coupe. Mathilde le vomit ouvertement. Son rire nerveux résonne dans la péniche. Astrid et moi sommes plus mesurées, cela ne veut pas dire qu'on ne souffre pas mais on le gère différemment. Ce moment à trois est essentiel, on s'assure qu'aucune de nous ne fera faux bond parce que, pour l'affronter, on doit faire corps. Il nous a tellement divisées qu'aujourd'hui on va presque fusionner. Ce n'est pas de la vengeance, c'est de l'instinct de protection.

Lorsque l'on se quitte, on ne sait pas encore dans quelles circonstances on va se recroiser. On ne sait pas dans quoi on s'embarque, mais même à l'aveugle, on est prêtes à demander justice. Peu importe le prix à payer.

C'est aujourd'hui. J'ai rendez-vous à la brigade des mineurs. Comment dois-je m'habiller pour déposer plainte ? Je veux être présentable, faire propre et crédible, pas paumée mais pas exubérante. J'ai peur qu'on me juge.

Je monte au dernier étage, sous les combles de ce bâtiment au cœur de Paris, il fait très chaud pour la mi-mars. La capitaine Béchu vient me chercher dans le hall. Elle est aussi grande que moi, c'est rare, elle m'impressionne mais elle m'inspire confiance. Elle sourit mais pas trop. Son regard est doux. Depuis lui, je fais très attention aux gens. J'ai développé mon instinct de survie, comme si j'étais un animal traqué en permanence.

On s'assoit. Elle me dit qu'elle va me laisser parler et qu'une fois que j'aurais fini, elle me posera peut-être des questions. Elle m'assure que je peux tout dire. C'était bien mon intention.

Je raconte mon histoire comme si c'était arrivé il y a cinq minutes, j'ai les odeurs en mémoire, les sons, la chaleur, l'humidité, les sols, le vent, mes émotions, les phrases dites… Tout est là. Je revis cette époque pendant les cinq heures que dure l'audition.

La capitaine Béchu ne prend aucune pause. Elle n'a pas mangé, n'est pas sortie. M'entendre est sa priorité et ça me donne une force terrible. Elle est surprise par la quantité de détails que je lui donne : qui a marqué à quelle minute, quelle musique passait, comment était la porte de sa cuisine, le lavabo de ma chambre à La Baule, les livres de sa bibliothèque, son parfum, son corps. Je peux tout décrire, je peux même dessiner.

Je signe. Ça y est, j'ai déposé plainte. Et vous, Papa, Maman, Steph, vous ne savez toujours rien. Maintenant je dois vous dire… Ce moment, je le redoute plus encore.

En sortant de la brigade des mineurs, il fait beau. Je suis devant la Seine, Paris est magnifique. J'ai l'impression de mieux voir, c'est presque imperceptible mais les couleurs sont plus vives, plus contrastées. Je me sens plus légère aussi, plus libre. Je suis fière de moi. Est-ce que les gens dans la rue me voient différemment ? Est-ce que toi, petite sœur, tu me trouveras changée la prochaine fois que tu me verras ?

Tu n'es pas là. Je suis à la maison avec Papa et Maman, je n'ai pas cours cet après-midi. On vient d'acheter notre maison avec Cécilia. Comme son père est malade, ses parents devront venir en France plus souvent pour les soins. On leur laisse l'appartement et on a trouvé une petite maison à Ézanville, quasiment neuve, très propre, dans laquelle on veut apporter pas mal de changements.

Cet après-midi, on est dans le jardin et je parle d'Astrid. Je leur dis que je l'ai revue, qu'elle a déposé plainte contre lui. La perche est immense. Une question, une seule question de Maman va tout changer : « Mais à toi, il ne t'a rien fait ? » Ma réponse, ces trois mots, je dois les dire… Je n'ai plus douze ans, je ne dois plus protéger personne, je ne dois pas mentir.

« Si, moi aussi… »

Silence d'une seconde qui dure une éternité. Maman ouvre la bouche. Que va-t-elle dire ?

« Oh non… J'espère qu'il n'a pas touché ta sœur… »

Cette phrase m'électrise, je n'en retiens que la fin. J'avais tellement imaginé ce moment pour me préparer, avec tellement de scénarios différents. Maman qui pleure, Maman qui tombe dans les pommes, Papa qui va chercher son arme, rien, aucune réaction de Maman, de Papa, de personne. Mais ce scénario-là, je n'y avais pas pensé.

Bien sûr que moi aussi j'espère qu'il ne t'a pas touchée, surtout que j'ai tout fait pour te protéger. Au point de me sacrifier et de sacrifier notre complicité. Mais pour une fois, j'avais envie d'être égoïste, juste une minute. Qu'ils pensent à moi, qu'ils me serrent dans leurs bras, me disent merci, que je suis forte, qu'ils m'aiment, qu'ils seront toujours là.

Je ne leur raconte pas grand-chose de plus. Ni quoi, ni comment, ni combien de fois. Je ne veux pas ajouter à leur souffrance. Maman pleure, je la prends dans mes bras, Papa l'engueule en lui disant de se ressaisir. Mais parle, Papa… D'un coup, il me serre contre lui. Ce n'est jamais arrivé, ou si rarement. « Merci d'avoir protégé la famille, d'avoir été si forte. Je suis fier de toi, de ce que tu es devenue, je t'aime. »

Je ne pensais pas les entendre, ces phrases que j'attendais tant. Je leur explique que maintenant que je suis grande, je vais me faire justice moi-même, légalement. Je ne veux pas qu'ils s'en mêlent. Peut-être qu'ils comprennent mal cette phrase, mais je n'ai pas le temps d'y penser, je dois calmer Maman. Au bout de longues minutes, elle se tranquillise, elle est épuisée, comme en état de choc.

Et je pense à toi. Pendant un quart de seconde j'en viens à t'en vouloir, à cause de la phrase de Maman. Mais je sais que tu n'y es pour rien, tu n'es même pas présente. C'était une erreur de ma part, de le leur dire alors que tu n'étais pas là. Je suis inquiète, comment vas-tu réagir ? Qu'est-ce que cela te fera, de l'apprendre après ?

Fin avril 2014

La capitaine Béchu vient de m'appeler, il y a une autre victime en ce moment, elle s'appelle Margaux. Ils l'ont découverte avec les écoutes. Elle est en danger, ils vont l'interpeller plus tôt que prévu. Je suis effondrée d'apprendre que j'aurais pu sauver cette fille si j'avais déposé plainte plus tôt.

Les jours s'étirent comme du chewing-gum. Depuis cet appel, je dors mal, je suis dans l'attente constante, j'ai peur qu'il arrive quelque chose à Margaux, je m'en voudrais toute ma vie.

Mon téléphone vibre, c'est la capitaine. Il est en garde à vue. Elle l'a interrogé une première fois.

Demain, je dois venir à la BPM pour une confrontation. Je vais le revoir, il sera à un mètre de moi… Je vais devoir dire devant lui ce qu'il m'a fait. Que va-t-il répondre ? Est-ce que je vais réussir à l'affronter ?

On est mardi 6 mai, Cécilia est avec moi dans le hall de la brigade des mineurs. J'ai encore minci depuis mon dépôt de plainte il y a deux mois. Je flotte dans mon 38. J'aime bien, je me sens plus légère, moins remplie, moins sale. Je voudrais retirer mes organes de mon corps. La mère d'Astrid est là, assise, désœuvrée au milieu des policiers qui vaquent à leurs occupations. Je l'aimais beaucoup, on ne s'est pas vues depuis quinze ans. Elle a les larmes aux yeux quand elle me voit : « Angélique ma toute petite, tu étais une enfant toi, comment il a pu te faire ça ? Tu étais si gentille, si innocente. Tu as toujours ce même sourire, un sourire d'ange… » Ça me touche mais je ne peux pas m'empêcher de tourner la tête vers Astrid. Elle aussi était une enfant, elle aussi elle était gentille et innocente. Pourquoi les mamans sont-elles toujours aussi maladroites ?

Impossible qu'il sente ma peur. Je n'ai plus douze ans, c'est lui qui a les menottes, je veux l'écraser. Il ne décide plus de rien.

Dans l'ascenseur, je croise une jeune qui était en troisième quand j'étais prof d'EPS à La Fontaine. Elle joue au tennis à Levallois, où il est entraîneur en ce moment. Elle ressemble à Astrid jeune, brune, yeux verts, très jolie… On l'a sauvée alors ? Elle semble perdue.

Les portes s'ouvrent, la capitaine est là. Je sens son adrénaline. Elle est encore plus impressionnante que la dernière fois, son arme accrochée à la ceinture. Elle me demande comment je vais, si je suis prête. Didier, mon avocat, m'attendait. Il m'explique comment ça va se dérouler. Nous serons tous alignés en rang d'oignons, moi à droite, l'autre à gauche, les avocats au centre. Il sera donc le plus éloigné de moi et ça me soulage. Je ne suis pas obligée de lui parler, ni même de le regarder, je raconte à la capitaine en face de moi qui écrit tout sur son ordinateur. Ça sera filmé.

Je m'installe en premier. La capitaine va le chercher dans sa cellule. J'attends en silence, les mains posées sur mes jambes. Elles sont moites.

Il arrive, menotté les bras devant. Il a vieilli, il semble fatigué et moins sûr de lui. Je le trouve petit, plus petit que moi. Ce mec n'a jamais fait 1,78 m comme il me le faisait croire, ou alors il est ratatiné par le poids de ses actes. Son avocat a l'air d'un adolescent. Il est maigre et porte des lunettes sous son front dégarni. Comment peut-il le défendre ? Je sais, c'est la loi, mais moi je n'aurais pas pu. C'est un violeur d'enfants…

Il n'a jamais été si proche depuis quinze ans. Je l'ai croisé plusieurs fois durant ce laps de temps. Mon esprit fait défiler les images de ces années où il me regardait jouer loin de lui, j'avais alors la sensation horrible d'être nue, d'avoir son sperme sur mes abdos. L'odeur de son parfum me ramène au présent. Où est la poubelle ? Il faut que je vomisse. Elle est là, à mes pieds. Didier voit que je la fixe. Il me rassure, me dit que si besoin, je pourrai sortir. Mais je ne veux pas m'enfuir, je veux l'affronter. Je ne quitterai pas cette chaise.

La capitaine reprend des passages de ma déposition et de la sienne. Elle nous confronte, le terme est bien choisi.

Elle : Tous les soirs à La Baule, vous vous rendez dans sa chambre ?

Moi : Oui tous les soirs, sauf le premier où c'est lui qui vient.

Lui : Non, pas tous les soirs, peut-être douze fois sur les quatorze jours.

Je regarde mon avocat, effarée.

Elle : Il vous demande de vous masturber, de le masturber, vous pénètre digitalement, puis avec son pénis ?

Moi : Oui. Le plus souvent il me demande de le masturber, de me masturber, ensuite viennent les fellations puis, plus rarement, les pénétrations vaginales.

Lui : Enfin c'était du touche-pipi, j'ai dérapé mais...

Elle : Vous niez les pénétrations et les fellations ?

Lui : Non, pour les fellations, je n'ai jamais...

Son avocat le coupe et lui murmure : Attention, monsieur, fellation implique viol.

Il se reprend : Non les fellations je ne me souviens pas. Je ne dis pas qu'elle ment mais je n'en ai pas le souvenir.

Elle : Votre sexe dans la bouche d'une petite fille de douze ans vous n'en avez pas le souvenir ?

Lui : Ce n'est pas la peine de me parler sur ce ton. J'ai pas dit qu'elle mentait. Pourquoi vous m'agressez comme ça ? Je vous réponds, je suis correct... Je vous respecte.

Elle le coupe : Répondez à ma question.

Lui : Non je n'en ai pas le souvenir. C'est flou…

Elle : Votre sexe dans sa bouche, c'est flou ?

Lui : Vous voyez que vous me jugez !

Elle : Et pour les pénétrations digitales ?

Lui : Non. Je la caressais mais je ne l'ai pas pénétrée…

Elle : Elle dit pourtant clairement que c'est arrivé, combien de fois, et comment. Pour elle ce n'est pas flou du tout.

Lui : Oh, mais enfin, je vais pas vous expliquer l'anatomie d'une femme…

Elle le coupe : D'une fillette.

Lui : Les lèvres, le vagin, c'est proche, elle a pu se tromper.

Elle : Je pense qu'elle sait faire la différence entre à l'intérieur et à l'extérieur.

Lui : J'ai pu déraper mais je ne crois pas… Je suis fatigué. Je peux avoir un verre d'eau ?

Elle : Bien sûr. Apportez-lui un verre d'eau s'il vous plaît. Vous voulez aussi un Doliprane pour votre dos ?

Mon avocat jubile, il me dit que sa défense est un carnage. Il s'enlise, se raccroche à des détails, c'est pire… Son avocat semble plus blanc que moi. Il est sonné par ce que dit la capitaine, par ses réponses…

Moi, je regarde ses chaussures. On lui a retiré ses lacets.

Parce qu'il ne se sent pas bien, elle lui donne la possibilité de faire une pause.

Je ne sors pas pendant, je reste clouée à ma chaise. La capitaine Béchu me demande si ça va, elle me sourit, me donne du courage. Cette femme va être une des personnes les plus importantes de ma vie. La première à avoir écouté mon histoire, la première à me protéger, à me comprendre.

On recommence.

Elle : Angélique Cauchy dit que les agressions sexuelles ont commencé en décembre 1999. Vous confirmez, madame Cauchy ?

Moi : Oui je confirme, ça a commencé avant l'an 2000. Je n'avais pas encore treize ans.

Lui : Non, ça a dû commencer en février ou en mars.

Elle : D'accord, donc selon vous, trois mois après. Elle n'avait toujours pas treize ans.

Lui : Mais elle avait beaucoup grandi…

Elle : En trois mois c'était devenu une femme ?

Lui : Ne me faites pas dire ce que je n'ai pas dit, madame la capitaine. Elle avait beaucoup grandi, elle avait pris des seins.

Elle : Voici la photo d'Angélique Cauchy en mai 2000. Vous la trouvez grande et femme ?

Lui : Il y a des femmes qui sont petites.

Elle : Et ses seins ?

Lui : Il y a aussi des femmes avec des petits seins.

Je n'arrive pas à comprendre ce que j'entends. Cela fait quinze ans que j'attends des réponses, et ses réponses c'est ça ?

Elle : Selon vous, elle avait envie, elle était d'accord avec les actes sexuels ?

Lui : Non, elle n'a jamais été en demande, elle ne voulait pas. Mais c'étaient des pulsions.

Elle lui demande s'il veut ajouter quelque chose.

Lui : Non. Enfin si, je voudrais lui demander pardon pour tout le mal que je lui ai fait. Elle ne le méritait pas, c'était une fille bien. Je lui ai brisé la vie. J'espère qu'elle sera heureuse dans le futur. En tous les cas, je voulais lui dire que moi aussi je suis heureux depuis quelques années…

Je me retiens de lui sauter dessus, mon avocat pose la main sur mon genou. Je souffle, je respire, je ventile.

Madame Cauchy, autre chose à ajouter ?

Non, ça sera tout.

Je ressors vidée, légère, fière, mais aussi désemparée. Je ne sais pas ce que je cherchais, peut-être les raisons de ce qu'il m'a fait, de ce que j'ai vécu, enduré.

Je n'ai plus mes règles depuis mon dépôt de plainte, il y a deux mois. Je devrais être soulagée, puisque ce sang qui coule chaque mois entre mes jambes me rappelle que je ne serai jamais mère génétiquement. Comment pourrais-je porter un enfant alors que je ne supporte déjà pas un minuscule tampon ? Et pourtant, ce que je ressens, c'est que ne plus avoir mes règles me retire une des dernières choses qui me font me sentir femme.

La capitaine m'appelle, il va être déféré, envoyé en détention provisoire. Alors on nous croit ? C'est fini, il ne fera plus de mal ? « Pour l'instant, il y a une instruction. Le juge décidera s'il sera poursuivi et pour quels chefs d'accusation. Il nie toujours les pénétrations vous concernant. Il sait qu'il risque trop gros, il essaye de sauver les meubles… Il a lâché les agressions sexuelles dès la garde à vue, c'est déjà bien. »

C'est bien, mais pas suffisant. Je veux la vérité, je veux qu'il avoue.

Margaux le protège, ce n'est pas étonnant, elle est sous emprise. Selon moi c'est même la preuve de ce qu'on a vécu, nous aussi on l'aurait sans doute protégé devant la police. Par peur des répercussions pour lui, pour nous, pour nos familles.

J'imagine son désarroi, son monde qui s'effondre si brutalement, le mur qu'elle vient de se prendre à pleine vitesse. Finalement, deux semaines plus tard, elle se joindra à la plainte. J'espère qu'elle est épaulée, que ses parents sauront s'y prendre...

Août 2014

Je suis au Portugal, mon téléphone sonne. C'est un texto de maman : « Tu as de la chance que j'aie raté ma tentative de suicide, sinon tu aurais bien pu culpabiliser toute ta vie. »

Je suis anéantie. Je savais qu'elle ne supporterait pas, qu'elle ne pourrait pas surmonter cette épreuve.

Qu'est-ce qui me fait le plus mal ? Son état ou le fait qu'elle me dise ouvertement que j'en suis responsable ? J'ai trop de culpabilité, tu m'étonnes que je ne mange plus rien.

Au début de l'été, j'avais reçu un autre coup de fil d'elle. J'avais été surprise car elle ne nous appelle jamais. Je décroche, c'est Papa, il pleure, me demande de venir vite à la maison. Maman a un couteau, elle hurle que sa fille est morte et qu'elle va se tuer.

J'ai peur. Quand j'arrive, elle est dans le salon. Elle a les yeux dans le vague, des yeux de folle. Elle est ailleurs, je le vois bien. Il faut que je la fasse revenir, je lui parle doucement. « Je suis là. C'est moi, Angélique, ta grande fille. Tu ne m'as pas perdue, regarde. Je suis vivante, je vais bien. Je suis adulte, je suis prof, je suis équilibrée. J'ai une vie de couple et j'essaie d'avoir un enfant.

— C'est toi Angélique ? Tu n'es pas morte ? »

Je récupère le couteau. Elle revient à elle, allongée dans le canapé rouge.

C'est la rentrée et l'anniversaire de Maman. Elle a fait un séjour en hôpital psychiatrique. Elle souffle son gâteau avec la force d'un enfant de deux ans. Elle est sous antidépresseurs, on dirait un légume.

La capitaine s'est rendue sur tous les lieux dont j'avais parlé, les clubs de tennis et son appartement. Elle me demande de venir pour voir les photos, en plus de faire une expertise psychiatrique.

En arrivant, je suis contente de la voir. On s'installe à son bureau « boutique de thé ». Les photos ne sont pas les bonnes. L'appartement n'était pas disposé comme ça, je ne reconnais rien. Je lui demande où ils sont allés. La concierge leur a dit qu'il était au premier étage gauche. « Non, il était au deuxième à gauche. » Elle va y retourner. Je lui dessine le plan de l'appartement pour qu'elle ne se trompe pas.

Elle m'amène un peu plus loin. Je m'assois sur une chaise, j'ai la sensation de passer un examen. Si on pense que je suis folle, on ne me croira pas ?

Le bureau de la psy est petit et sombre. Elle me demande de lui raconter mes relations avec ma famille, mes peurs, et les faits... Elle en conclut plusieurs choses. D'abord, que je n'ai aucune pathologie mentale, que j'ai une relation parentifiée à ma mère, une mémoire et un QI supérieurs à la moyenne. Ensuite, que j'ai des reviviscences, des cauchemars, un besoin de contrôle et une perte totale de contrôle par moments. Des conduites d'évitement, TOC, un sentiment de culpabilité envers les autres victimes, envers ma famille, une phobie des oiseaux. Que je ne ressens pas le besoin d'un suivi psychologique mais qu'il faudra que j'en aie un le jour où je le demanderai. Que j'étais vulnérable du fait de mon âge et de l'autorité qu'il avait sur moi.

Février 2015

Cela va faire un an que j'ai déposé plainte. L'enquête est finie, la capitaine a auditionné trois cents témoins. Je mesure notre chance, le dossier aurait pu être repris par quelqu'un de moins consciencieux, moins investi, moins opiniâtre. Parce qu'elle se bat pour nous, elle me donne la force de me battre.

Je compte tout obsessionnellement, ça me ronge. Mes pas quand je marche, le nombre de minutes de métro si j'ai 15 stations à 1 mn 20 par station, en comptant un aléa de 2 mn de régulation ou autre. Le nombre de personnes qui sortent, 4, qui montent, 7, leurs caractéristiques, 2 sont des hommes et 1 est chauve…

Il vient d'être libéré. Après un an de détention provisoire, il aura un bracelet électronique en attente du procès, s'il y en a un.

Mathilde est à Paris pour quelques jours, on se retrouve pour la première fois toutes les quatre. On parle de la capitaine qui nous répète qu'il ne faut jamais oublier que nous sommes quatre et que c'est une force pour s'épauler quand l'une sombre. Mais si les quatre sombrent, comment on fait ? On se regarde pour jauger notre état. Presque toutes dans le rouge, j'ai l'impression…

On va manger dans un restaurant. Le prix, les calories, l'endroit, je dois tout contrôler. Je fais rire Astrid, je la fais toujours rire, même quand je ne parle pas. Ça me fait du bien d'être un peu légère quelques minutes.

Je pèse 57 kg pour 1 m 78, mon IMC dit que je suis maigre. Cécilia me dit que je suis maigre, les photos me disent que je ne suis pas grosse. Moi, je ne veux surtout pas prendre un gramme.

Et parfois, quand c'est trop dur, je craque et je mange. Je me gave. Je prends 25 kg en deux mois. Puis je m'en veux, je me hais, je réfléchis à des solutions. Je pourrais faire une liposuccion, ou me trouer le ventre avec des ciseaux pour retirer moi-même la graisse. Si je saigne, je perdrai aussi du poids. Ou je peux m'arracher une dent et me couper les cheveux.

Pour la première fois j'ai les ciseaux dans les mains. Je me regarde dans le miroir de la salle de bains, nue, je ne veux pas me voir nue, je me rhabille, j'ai toujours les ciseaux. Je lève mon T-shirt, on voit toujours le V que j'aime, comme ont les garçons musclés, mais un peu moins que la semaine dernière. C'est là qu'il faut que je taille. J'approche les ciseaux, je les lâche, je m'assois par terre, je peux pas faire ça… C'est de la folie… Je pleure en silence. La tête contre le mur, je me regarde pleurer dans le miroir. Je n'ai aucune solution.

Janvier 2016

Je choisis la vie, enfin la survie pour l'instant. Je demande à Véronique Béchu un rendez-vous avec la psychologue de la brigade des mineurs. Après une consultation, celle-ci me donne les numéros de deux psychothérapeutes spécialisés en violences sexuelles et problèmes familiaux. Un homme et une femme.

Je choisis l'homme. Je crois que ce n'est pas un choix, c'est une obligation. Je veux refaire confiance à un homme, croire que les hommes aussi peuvent me soigner. Et puis il n'y a plus d'hommes dans ma vie. Presque plus.

Le psychothérapeute est à Saint-Lazare, c'était le dernier coin de Paris où je ne me rendais pas déjà régulièrement. Comme ça, j'ai fait le tour du plateau de Monopoly. J'aimerais retourner à la case départ.

Je ne sais pas trop par quoi commencer, mais je paye, c'est pas pour rester muette. Je lui brosse un portrait de ma vie qui ressemble à une gueule cassée cubiste de Picasso. Famille, culpabilité, hypercontrôle, excès, restriction, souffrance du corps, deuil, abandon, insomnie, fatigue, absence de plaisir, dégoût… Ma liste est sans fin.

Je vais si mal que ça ? Il faut que je me sorte de cette merde, je me le suis promis.

« On se revoit dans quinze jours, ça vous va ?

— Ah bon, j'ai pas besoin de plusieurs fois par semaine ?

— Prenez le temps de réfléchir et on en reparle. »

Quand j'annonce aux filles que je commence à voir un psychothérapeute, elles me félicitent. J'étais la plus récalcitrante d'entre nous.

Je les aime tant. Elles sont aussi différentes qu'indispensables. On s'écrit tous les jours. Un texto sur le groupe, une bêtise, une info, une invitation… On ne se voit pas assez, chacune dans nos vies, dans notre combat, mais on sait que les autres sont là. Et ça vaut tous les psys du monde.

En fait, avec le psy, on ne parle que de mon état actuel. Selon lui je m'oublie trop, je fais toujours passer les autres avant moi. Je souffre qu'on ne se demande pas si moi aussi j'ai besoin des autres, je souffre de ne pas être la priorité pour quelqu'un. Je sais mieux aimer les autres que m'aimer moi.

Il faut que j'apprenne à penser à moi. Je ne l'ai jamais fait. Alors cet été, je partirai en Amérique du Sud pour faire le road trip dont je rêve depuis que je suis petite.

Fin juin 2016

J'ai rendez-vous chez le psy dans deux heures. J'entre dans le magasin, le vendeur sourit, ça fait plusieurs fois qu'il me voit passer pour le regarder sans jamais l'acheter, il se dit que je vais encore partir. Mais non ! Cette fois, je le prends, le plus beau de toute la rangée. Quand je tends le sac au vendeur, il n'y croit pas et moi non plus. Il me dit qu'il n'a jamais vu quelqu'un d'aussi méticuleux dans le choix d'un sac. Je lui souris et lui réponds que c'est peut-être le choix d'une nouvelle vie.

« Ah, c'est un voyage sans retour ?

— C'est un voyage qui me fera revenir différente. »

J'arrive chez le psy avec mon sac vide sur le dos. Je le pose soigneusement à côté de moi, comme Rafa quand il pose ses bouteilles d'eau au changement de côté. Toujours au même endroit, jamais un centimètre de plus à gauche ou à droite.

Il sourit. Pour lui c'est un signe de guérison, d'amour envers moi-même, de lâcher prise.

À la fin du rendez-vous, il me dit qu'il n'est pas partisan de creuser pour creuser. J'ai fait un énorme chemin en six mois et autant de séances, je suis en capacité de me poser les questions et d'y répondre. Si je me sens moins bien ou que j'ai envie de parler à nouveau, je l'appelle. Mais on fait une pause. Peut-être même qu'on se dit adieu.

Je suis à la veille du grand saut, de mon rêve d'enfant. J'aurais vécu assez longtemps pour monter au Machu Picchu…

Octobre 2016

Il y a quelques jours, j'ai reçu un mail de Didier. Je devrais assister à la confrontation contre l'autre chez la nouvelle juge d'instruction d'ici la fin de l'année. Mme P. ne suit plus le dossier, on n'a pas eu d'explication mais cela nous a fait perdre quasiment un an, le temps que la nouvelle juge reprenne tout depuis le début. Ça me paraît sans fin, mais c'est une bonne chose. Je la sentais un peu molle et à côté de la plaque, Mme P.

Avec les filles, depuis quelque temps on se dit qu'on est seules et que ce n'est pas normal. Beaucoup d'autres doivent ressentir la même chose dans leur coin. On voudrait créer une association, à la fois pour que ce qui nous est arrivé n'arrive plus, mais aussi pour soutenir les victimes.

L'idée germe dans nos têtes, d'autant plus fortement que le nouveau président de la Fédération française de tennis, Bernard G., est l'ancien secrétaire général qui m'avait vue dès notre dépôt de plainte. La Fédération nous aide à payer nos frais d'avocats, et, si on fonde une association, elle est d'accord pour aider les victimes dans le même cas que nous. Alors on se lance. Comment l'appeler ? Rebond va bientôt naître !

Nous allons accoucher d'une association l'année prochaine, à défaut d'un enfant. Nous n'essayons même plus franchement avec Cécilia. On n'ose pas se le dire mais est-ce que nous avons encore envie ?

Novembre 2016

Même couloir, même grandeur et froideur des lieux. Le tribunal n'a pas changé, il est toujours à un kilomètre à vol d'oiseau de chez toi, Steph, mais tu ne sais même pas que j'ai la confrontation aujourd'hui… Je n'en ai parlé à personne sauf à mes chefs d'établissement pour leur dire que j'étais convoquée chez la juge. Je vois à leurs visages qu'ils n'apprécient pas que je sois absente. J'aurais presque envie d'être en arrêt mais ça serait le faire gagner… accepter que je n'arrive plus à vivre… et je refuse cette idée.

Avril 2018

Je m'entraîne depuis huit mois. Cette semaine, régime spécial prémarathon, Perrine le fait avec moi. Elle aussi fait le plein de glucides, car elle va essayer de me suivre à vélo. Enfin, sur certaines parties.

Ma vie a tellement changé. J'ai quitté Cécilia puis j'ai rencontré Perrine, mon âme sœur, l'an dernier. On habite ensemble à Paris dans son petit appartement sur le canal Saint-Martin. Elle me soutient à chaque instant, et demain elle me soutiendra une fois de plus pendant ces quarante-deux kilomètres. Toute la famille sera là aussi, y compris toi, Steph. On fêtera mon anniversaire après la course.

Pour que je repère facilement Perrine dans la foule, on part à la recherche d'un accessoire qui se voit de loin. On se retrouve dans un magasin de farces et attrapes, devant le rayon des ballons gonflés à l'hélium. Ça nous semble évident : on choisit un ballon Maya l'abeille, en référence à une photo de moi que je lui avais envoyée, au moment de notre rencontre, dans ce même costume.

Elle m'a fait un cake spécial marathon sans beurre. Elle me met mon dossard, a prévu une petite bouteille d'eau avant mon départ, garde mes vêtements. On a établi un plan en notant les endroits du parcours où elle va essayer de me retrouver.

C'est mon premier marathon, j'espère faire moins de 3 h 25, idéalement 3 h 20.

Je suis impressionnée par la foule de coureurs et de spectateurs. On démarre sur les Champs-Élysées, c'est en descente, attention à ne pas partir trop vite. Je trouve mon rythme de croisière quand j'atteins la rue de Rivoli, où je vois Maya et Perrine remuer. Elles me donnent de la force.

Première côte, rue de Charenton. On souffle bien, on se sert des bras, on prend le premier gel, ma routine tous les cinq kilomètres pour maintenir mon taux de glucides dans le sang. La route va être longue, il faut bien suivre le plan pour ne pas le payer à la fin.

À l'entrée du bois de Vincennes, j'aperçois Maya, j'entends Perrine qui souffle dans mon sifflet de prof d'EPS. Céline, une amie et collègue, est avec elle, elle tient une grosse pancarte « Allez Angie ». Je me sens bien, je vole presque.

Pendant les moments difficiles, je pense aux encouragements des filles et de la capitaine par texto ce matin. Elles aussi, elles me donnent de la force.

Quinzième kilomètre, je passe Bastille, les pompiers arrivent avec la lance à eau. Je l'évite, je n'ai pas chaud, je ne transpire presque pas. J'aimerais transpirer pourtant, pourquoi je garde toujours tout en moi ?

Vanou est là, ma première petite amie à dix-huit ans, celle qui m'a fait comprendre ce que pouvait, devait être une relation. En tenue de policier, qui m'encourage. C'est une surprise, je ne pensais pas la voir et ça me permet d'aborder les quais de Seine dans la bonne humeur.

Tina m'a dit qu'elle serait vers l'Hôtel de Ville. Je regarde en hauteur, sur les ponts, mais je ne vois personne. Je ne vois pas Maya et Perrine non plus. Où sont-elles ?

J'entends mon nom. C'est Tata Valoche et ma cousine Eva. J'enchaîne les descentes et montées des ponts. Je compte mes expirations. 170, c'est un kilomètre parcouru. Il m'en reste 3 400. Allez, c'est rien, tu as fait plus de la moitié. C'est pareil pour la procédure, ça fait déjà trois ans, tu as certainement fait plus de la moitié. Je visualise ces deux lignes d'arrivée devant moi…

Vingt-cinquième kilomètre, je passe devant la tour Eiffel.

Toujours pas de Perrine ni de Maya. Malgré le monde autour de moi, je suis seule dans ma course et seule avec ma souffrance. Je ressens aussi du plaisir, mais j'appréhende le mur des trente kilomètres, dont on m'a beaucoup parlé. Il me fait penser au mur du non-lieu, je dois les éviter tous les deux.

Trentième kilomètre, on nous propose des bonbons au ravito. Je n'en prends pas, je ne fais aucun écart, j'essaye même de rester sur la ligne bleue tracée au sol qui montre le chemin le plus court. Je ne vais tout de même pas me rajouter de la distance…

Boulevard Suchet, nouvelle côte, on commence à se dire qu'on préférerait le plat. Au ravito, il y a Samuel, un ami du club d'athlétisme de l'an dernier. Je suis soulagée de ne plus être seule.

Les gens commencent à se prendre le mur. Ça tombe comme des mouches, ça ralentit, ça traîne la patte, ça se tient les hanches, ça marche, ça s'arrête… Moi, j'explose le mur.

Trente-troisième kilomètre, j'entre dans le bois de Boulogne. Paco, un copain que j'ai rencontré en courant et qui fait 2 h 40 sur marathon, me rejoint pour m'accompagner sur les derniers kilomètres du bois de Boulogne. Son énergie est contagieuse : avoir quelqu'un à côté, ça porte.

Je revois Maya dans les airs et Perrine sur son vélo. Elle me dit que j'allais trop vite et qu'elle arrivait toujours trop tard au point de rendez-vous. Elle a téléchargé l'application pour suivre ma course en temps réel : chaque fois, le petit point qui me représentait était là quelques minutes avant elle.

Paco me dit que j'ai encore une super foulée, pas du tout écrasée, bien droite, bien gainée. C'est bon signe.

Trente-cinquième kilomètre, Maya se prend dans une branche et se dégonfle. On vient de perdre une supportrice… Trente secondes plus tard, le vélo électrique de Perrine s'éteint. Elle pédale avec le vélo de trente kilos sans assistance, je voudrais l'aider mais c'est l'heure du dernier gel. La moitié maintenant et l'autre au quarantième. Je fouille dans ma ceinture et je ne trouve rien, je l'ai perdu…

Trente-huitième kilomètre. Allez, il reste moins de mille respirations avant l'arrivée ! Même pas 12 % de la course. J'ai fait le plus dur, le reste, c'est dans la tête.

Quarantième kilomètre. Paco me laisse finir seule et m'encourage. La foule des supporters se densifie, ça sent l'arrivée. Moins de 2 000 m, 350 expirations, regarde loin devant. Ça fait 3 h 10 que je cours. C'est mort pour 3 h 15, mais 3 h 19 c'est possible. Ça fait 4 mn 30 par kilomètre. J'y suis presque !

Perrine me rejoint à la ligne d'arrivée. De loin, je l'entends crier : « Je t'aime, tu es la meilleure, je suis si fière de toi ! »

Cette phrase me porte sur un kilomètre… J'arrive au rond-point de la porte Dauphine. Papa et Maman sont là, Papa a les larmes aux yeux, il me dit : « Allez ma fille, c'est bien, bravo ! » Il est fier de moi, il l'a toujours été de nos exploits sportifs. Maman s'avance pour m'embrasser, je lui tends la main et tape dans la sienne. Plus que cinq cents mètres…

Cinq cents mètres, c'est un peu plus qu'un tour de piste. C'est à peine 2 mn, pour 89 expirations. Je commence le décompte : 89, ta date de naissance. 87, la mienne. 81, celle de Vanou. 79, Perrine. 69, Consuelo. 66 Miguel et l'autre. Non, l'autre n'existe pas, il n'y a que Miguel. 63, naissance de Maman. 60, celle de Papa. 53, Martine ma belle-mère. 50, mon beau-père. 40, Papi. 37, Mamie.

Sous mes pieds, les pavés de l'avenue Foch. Les tribunes sont devant moi, le chronomètre officiel aussi.

Je vais le faire, mon premier marathon. Il y a deux ans, je me sentais comme un sumo avachi dans mon canapé. Je voulais couper un bout de moi, je cherchais où me trancher les veines. Aujourd'hui, me voilà, j'approche de l'arrivée.

Il me reste moins de deux cents mètres. Je regarde ma montre : 3 h 17 et 58 secondes…

18, fin de la Première Guerre mondiale. 14, début, mais aussi fin de l'âge où j'ai été violée. 12, naufrage du Titanic, mon naufrage aussi.

Ne compte plus, profite, tu l'as mérité. Je sens le tapis vert Schneider sous mes pieds. Je te cherche du regard, sœurette, mais je ne te vois pas. Je lève les bras au ciel. Il faut que je pense à moi, à ce que j'ai accompli. Je suis fière, je suis invincible.

Je passe la ligne d'arrivée. J'ai tenu ma promesse, et en 3 h 19 et 12 secondes. Je me sens plus vivante que jamais.

Je reçois le maillot de finisher. Ma montre m'annonce un nouveau record, de distance, de vitesse et de forme. Mon téléphone vibre, Perrine me cherche. Quand on se retrouve, elle m'embrasse et me serre dans ses bras. Peu importe mon odeur de fauve, peu importe ma tête écarlate, elle m'aime. Je suis sur un nuage, je n'ai jamais connu un tel sentiment d'accomplissement. L'adrénaline, les endorphines, les félicitations des personnes que j'aime, tout est magique.

Perrine connaît peu mon histoire. On en parle rarement parce que ça ne fait pas partie de notre quotidien. Je n'ai toujours pas la réponse d'un possible renvoi devant la cour d'assises…

Les seuls moments pour elle où cela existe, c'est quand quelque chose me fait revivre des scènes par flashes ou me replonge dans un état de sidération, de tristesse ou de détresse. Quelques jours après le marathon, nous sommes dans notre minuscule salle de bains, avec la radio en fond sonore. Une musique de Barry White passe. Tout à coup je me raidis, je me fige et j'arrête de parler. J'ai les yeux dans le vague, dans le passé, chez lui. Je suis à nouveau dans ce salon sombre, je sens l'odeur d'alcool, je vois ses dents sales et son sexe rouge et gonflé.

Perrine me dit alors qu'on va créer un nouveau souvenir. Elle me prend dans les bras sans rien dire pendant quatre minutes, le temps de la chanson. Son odeur, sa douceur, son amour, peu à peu ce moment se grave dans ma mémoire. Il n'efface pas l'autre, c'est impossible, celui-là est indélébile, mais l'horreur qu'il me fait ressentir est atténuée par cet instant doux et heureux.

Elle est comme ça, Perrine. C'est un baume, un pansement, elle rend ma douleur moins vive.

Décembre 2018

Direction Valence, en Espagne, pour mon second marathon de l'année. En récupérant mon dossard, Perrine me photographie sur le podium et devant le plan du parcours. Elle m'offre un T-shirt sur lequel il est écrit « *Correr hasta el infinito* ». Si seulement je pouvais, je ne veux connaître aucune limite…

Encore une fois, Perrine m'accompagne autant que possible sur son vélo. Je suis sur la ligne de départ, dans le sas « moins de 3 h 15 ». On est peu de filles, il n'y a presque que des hommes affûtés. Le temps est idéal, il fait déjà bon. Si je ne traîne pas trop, j'arriverai avant les grosses chaleurs.

Le tracé est très différent de Paris : pas de pavés, peu de dénivelé, de grandes artères larges, des lignes droites interminables... Pourtant, l'ambiance est incroyable tout le long, d'autant plus que nous partageons ce moment avec deux cent mille spectateurs.

Au trentième kilomètre, elle me hurle : « C'est maintenant que ta course commence ! » Je suis très bien parti pour faire moins de 3 h 10, je peux peut-être viser sous la barre des 3 h. Tous les athlètes rêvent de la passer.

Je me sens bien, un peu trop même, je regrette de ne pas avoir cru davantage en moi et de ne pas avoir commencé avec un meilleur rythme. Je décide alors d'accélérer pour les douze derniers kilomètres.

Trente-cinquième kilomètre, j'ai un point de côté après mon ravito boisson. On est dans la ville, il y a plus de virages qu'au début de la course et je me suis moins hydratée. Je ne peux pas flancher maintenant, pas aussi près de la fin. Je souffle, je pense à ce que j'ai parcouru, à tous les obstacles que j'ai surmontés pour en arriver là. Je me suis toujours relevée, je n'ai jamais abandonné. C'est uniquement dans la tête.

Au trente-huitième kilomètre j'entre dans un état d'euphorie. Le monde se presse, la route s'est rétrécie. « *¡ Animo Angelica Animo !* » On m'encourage beaucoup, surtout parce qu'il n'y a pas d'autres filles autour de moi. Je réalise que j'ai toujours évolué dans un monde où je suis minoritaire. Un monde du sport entouré d'hommes, un monde d'adultes quand j'étais enfant, un monde de droitiers, un monde hétérosexuel. Mais j'en ai toujours tiré une force : celle de devoir me battre plus que les autres pour exister.

Je suis en 4 minutes au kilomètre. On est en léger faux plat descendant et je sens des ailes me pousser dans le dos. Perrine a disparu, happée par la foule qui encourage. Je finis la course seule, portée par tout le positif dans ma vie. Il y a d'abord Perrine, mes parents, mais aussi mon nouveau travail. L'instruction a rendu son ordonnance de mise en accusation, je viens d'apprendre que nous aurons un procès. Viols et agressions sexuelles sur mineurs en ayant autorité pour toutes les quatre, avec circonstance aggravante pour moi, étant une mineure de 15 ans. Nous avons fait un bout du chemin. Il reste le plus dur mais le moins long, le procès en cour d'assises. Mais ça ne sera pas avant un an, m'a dit Didier. Fin 2019 ou début 2020. J'aurai l'âge qu'il avait quand il m'a violée.

Je termine le marathon en 3 h 03 et 13 secondes. Tandis que les gens s'écroulent autour de moi, je sens que je pourrais continuer encore. Je suis satisfaite de ma course, de ma préparation et de la connaissance que j'ai de moi-même, de ma capacité à endurer la douleur.

Quelques jours plus tard, alors que Perrine et moi sommes dans le lit en train de déguster une pâtisserie glanée rue des Martyrs, elle me dit : « Ma réponse à ta question, c'est oui, c'est oui tout court ! »

Huit mois plus tôt, je l'avais demandée en mariage sur un pont à Venise. J'ai les larmes aux yeux, elle pianote sur son téléphone. Quelques secondes plus tard une mélodie inonde la chambre :

Moi je n'étais rien
Et voilà qu'aujourd'hui
Je suis le gardien
Du sommeil de ses nuits

Elle est comme ça Perrine, d'un coup elle me cueille. C'est la plus belle déclaration du monde, elle aussi pleure maintenant. Elle ne parle pas mais son regard dit tout, plus que la langue française peut exprimer. Elle me connaît mieux que personne et pourtant elle ne sait presque rien de mon passé. Comment fait-elle pour aussi bien me ressentir ?

Astrid est enceinte de huit mois. Elle qui pensait être pourrie de l'intérieur et que jamais la vie ne pourrait naître en elle, elle attend un petit garçon. On parle souvent de ça avec Astrid, nos symptômes, nos traumas, les folies qu'ils nous amènent à faire.

Elle est en meilleure forme tant physique que mentale, d'autant plus que la menace du non-lieu est enfin derrière nous.

J'en apprends plus sur Astrid et son calvaire post-viols, sur ces années à continuer de se détruire. On ne parle jamais des faits, on partage les fêlures de nos vases. Car c'est ce que nous sommes, des vases cassés des centaines de fois. Des vases que nous avons tant recollés qu'ils ne sont plus que de la colle. Tellement plus solides.

Son fils est né fin janvier. Son prénom signifie « liberté » en arménien, le message ne pourrait pas être plus beau.

Juin 2019

Perrine part à Bilbao pour son voyage scolaire annuel. Elle devrait avoir ses règles mais lundi passe, mardi passe, mercredi aussi, et rien n'arrive. Au téléphone, elle me dit qu'elle a un peu la nausée. Elle me demande si je veux qu'elle fasse un test ou si je préfère attendre qu'elle revienne pour qu'on soit ensemble. Je ne peux pas attendre, j'ai trop hâte de savoir.

« OK, je ferai un test demain matin. »

Je ne dors pas de la nuit. J'ai mis mon réveil à 6 heures, avant qu'elle commence sa journée avec ses élèves. Elle va m'appeler dans cinq minutes, après avoir fait le test. Ce sont les minutes les plus longues de ma vie, je les passe à tourner en rond dans l'appart avec le téléphone à la main.

Enfin ça sonne. Ma respiration se coupe.

« Tu vas être maman… »

C'est la plus belle phrase que l'on m'ait jamais dite, la plus belle émotion. Je suis sur un nuage. Ça veut dire que l'improbable est devenu possible…

Perrine rentre le lendemain, on pleure dès qu'on se retrouve. Je touche son ventre qui n'a pas du tout grossi. J'ai regardé sur Internet, mon bébé fait la taille d'un grain de riz.

Je cours moins depuis qu'elle m'a appris qu'elle était enceinte. Je n'arrive pas à les laisser le matin pour aller faire mes footings. Qu'importe ? Je n'ai jamais été aussi heureuse.

La dernière semaine du mois d'août, nous avons une échographie avec la gynécologue. Veut-on connaître le sexe ?

Depuis quelques semaines, on sait que si c'est un garçon, ce sera Milo. Et si c'est une fille, Léna. On sait aussi qu'on n'aura qu'un seul enfant, Perrine n'en veut pas d'autre. Elle a déjà quarante ans et elle a aimé être fille unique. Et moi, on sait mon problème reproductif... De plus, j'ai peur que la vie casse les liens fraternels que mes enfants pourraient avoir... Comme pour nous.

La gynéco place sur le ventre de Perrine l'instrument qui sert à voir notre bébé. Il n'y a pas de doute, c'est un garçon. C'est Milo, le fils de mes rêves. Au fond, j'avais peur d'avoir une fille, peur qu'il lui arrive la même chose qu'à moi. Cela peut aussi arriver à un garçon, mais je ferai sans doute moins de transfert. Je serai moins étouffante, moins stressée. Et puis, avec les filles, on s'est donné le projet de repeupler la planète de gentils hommes...

On passe la fin de l'été sur la plage d'Anglet. On est amoureuses de cet endroit, on aimerait venir vivre ici pour m'aider à me reconstruire. Audrey, une copine collègue d'EPS avec qui nous en discutons, me conseille de faire mon dossier médical pour demander une mutation. Je m'y suis toujours refusé, d'abord parce que je ne me considère pas malade, ensuite parce qu'il y a des gens qui le sont vraiment et qui en ont plus besoin.

Audrey s'étouffe. « Mais ça va pas ? Si toi tu ne l'as pas, personne ne le mérite. »

Sa phrase résonne dans ma tête. Elle poursuit : « Angélique, c'est pas une petite dépression, un petit diabète ou un mal de dos. Tu as été violée des centaines de fois enfant. Tu as été maltraitée, humiliée, détruite. Tu as survécu à l'enfer, mais tu es marquée à jamais. Bien sûr que tu y as droit, à ce dossier… »

Au même moment, je reçois un mail de Didier. On a la date du procès : du 16 au 24 janvier 2020. Ça y est, c'est concret.

Ce sera trois semaines avant le terme, je sens la crise d'angoisse monter. À mon retour à Paris, je vais à la MDPH demander le dossier de mutation. Il y a six mois de délai. C'est trop tard pour les mutations de cette année, on va devoir passer un an de plus ici. Je les appelle toutes les semaines pour accélérer le processus. Et ça fonctionne. Un mois et demi plus tard, je reçois la notification : j'obtiens la RQTH, la reconnaissance de la qualité de travailleur handicapé.

Cela me fait un effet étrange, et en même temps je suis soulagée parce que nous allons quitter Paris et vivre au Pays basque, loin du bruit, du monde, de l'absence d'horizon et de ce sentiment d'oppression. Loin des gens et des lieux qui me rappellent mon passé et réveillent mes traumas.

J'envoie un texto à Maman pour le lui dire. Elle me répond : « Si ça te fait plaisir. Je suis contente mais ça fait mal dans mon cœur de Maman de lire que ma fille est handicapée… » Je la comprends, j'imagine ce qu'elle doit ressentir à l'idée que sa fille est « devenue » handicapée parce qu'elle n'a pas vu.

On a déménagé toutes nos affaires, Perrine a fait un Tetris dans la 208 familiale que j'ai achetée en septembre. Nous voilà pour de bon à Bayonne, Perrine en congé maternité et le procès dans trois mois.

Depuis quelques semaines, je ne pense qu'à ça. Est-ce que Perrine le voit ? Je n'arrive pas à dépasser l'angoisse de manquer la naissance de mon fils. J'ai peur de tout. Je ne veux pas rater le plus beau moment de ma vie à cause de lui, j'ai peur qu'il me vole aussi ça. J'ai peur de ce qu'il va se passer au procès, de comment il va se comporter. J'ai peur de l'issue. Je ne sais pas comment je vais le supporter.

Janvier 2020

J'ai pris mes billets de TGV. C'est la première fois que je retourne à Paris depuis notre déménagement. Je ne verrai que le tribunal de Nanterre, ce bloc soviétique gris où je suis allée plusieurs fois au cours de la procédure.

On a décidé que Perrine ne viendrait pas au procès. Elle est enceinte de huit mois et demi, on ne veut pas prendre le risque que la violence de l'événement déclenche l'accouchement. On ne veut pas que Milo naisse à Paris, et surtout pas pendant le procès. Cela veut dire affronter ce monstre seule. Je vais devoir être un roc, je m'y suis préparée. Est-ce que ce sera suffisant ?

Je me suis imaginé mille fois à quoi pouvait ressembler un procès en cour d'assises. Didier m'a tout expliqué : qui seront les protagonistes, où ils seront placés. Je sais le déroulement de chaque journée et j'aime sentir que je maîtrise la chronologie.

Je pose le pied sur le quai de la gare Montparnasse. Il fait nuit, il fait froid, il y a du bruit, du monde, des mauvaises odeurs. J'y suis, je ne peux plus faire demi-tour. Je suis au pied du mur. Non, de l'Everest.

Je dormirai chez Margaux le temps du procès, je ne me sentais pas d'aller chez nos parents, dans cette maison où il est si souvent venu.

Papa et Maman ne viendront que demain, pour le premier jour, puis le jour de leur passage à la barre. Toi, ma sœur, tu seras en cours demain.

Célia va venir, elle a demandé un arrêt à son médecin pour être présente. Tata Consu assistera à tout le procès. Et puis il y aura les filles. Mathilde, Astrid, Margaux, unies comme une équipe de tennis. Je ne serai pas si seule, finalement.

Aucune de nous quatre n'a dormi cette nuit. On est restées éveillées avec nos pensées, nos doutes, nos peurs et nos espoirs.

Je ne déjeune presque pas. Une tasse de thé que je peine à boire, un petit morceau de comté que je croque du bout des dents. La mère de Margaux nous donne des barres, une banane et une bouteille d'eau que je mets dans mon sac à dos. J'ai l'impression d'être une jeune joueuse qui part en match, le match de ma vie. Aujourd'hui commence ma finale de Roland-Garros. Nous sommes le jeudi 16 janvier 2020.

Je dois gérer Tata Consu et son trajet en RER A. L'heure et le lieu du rendez-vous. Pareil pour Papa et Maman, adresse, où se garer, où se retrouver, à quelle heure faut-il qu'ils partent pour être ponctuels, je dois toujours tout gérer. Je n'arrive pas à laisser les gens avec leurs doutes et interrogations. J'ai besoin de savoir que je ne serai pas seule, que j'aurai une armée derrière moi. Même si elle est un peu bancale.

J'ai des sueurs froides, j'ai envie de vomir pendant tout le trajet. Les sièges en cuir, les pots d'échappement, la chaleur dans l'habitacle...

Il fait encore nuit quand on arrive, entre chien et loup, dirait Perrine. Je prends une grande inspiration d'air glacé. J'ai mis les gants et le bonnet, accessoires inutiles au Pays basque mais indispensables dans l'hiver parisien...

Tata Consu est déjà là, elle fait les cent pas devant un agent de sécurité. Il y a aussi Astrid et Mathilde, accompagnées de leurs proches. Didier arrive. L'équipe est au complet.

À l'intérieur du tribunal, je regarde partout autour de nous. Où est-il ? Il va arriver en liberté et je ne veux pas tomber sur lui par hasard. Je regarde les crânes, je le reconnaîtrais parmi un million de chauves.

Je m'arrête aux toilettes, je me vide. Je dois m'aider du porte-rouleau pour me relever. J'ai l'impression d'avoir couru dix marathons.

La salle des pas perdus est immense. J'ai du mal à tenir en place, je marche, et je comprends le sens de l'expression. Ici on erre en attente de notre jugement, qu'on soit la victime ou le bourreau.

L'avocat de la FFT se présente. Maître A., grand, svelte, classe, chevelu et grisonnant. David, l'avocat de Margaux, et son associée Stéphanie enceinte d'au moins sept mois, sont immobiles et calmes. Je pense à Perrine, à Milo, à mes amours, ils sont mieux au Pays basque, loin de tout ça.

Papa et Maman arrivent. Maman est perdue, elle a le regard éberlué, on dirait qu'elle vient de se réveiller. Tata Consu est là pour la soutenir. Papa reste froid, distant, droit, on reconnaît le gardien de la paix en lui.

L'autre apparaît dans mon champ de vision, un gobelet de café à la main. Il porte un imperméable, un jean serré, une veste de costard, des chaussures en cuir. Il a des nouvelles lunettes, des années en plus, mais toujours le même crâne. Il est plus petit que moi. D'un côté j'ai peur, c'est une réaction primaire que je ne contrôle pas. J'ai envie de m'enfuir, j'ai une sensation de danger, de mort imminente, je suis un animal traqué, la fillette apeurée que j'étais. En même temps je veux le détruire, j'ai des envies de barbarie. Lui mordre l'oreille, lui crever les yeux, l'étrangler, lui couper la bite, lui hurler dessus à lui exploser les tympans.

Je ferme les yeux et respire. Il y a beaucoup de monde dans la salle d'audience. Certains ont l'air de journalistes, d'autres nous regardent du coin de l'œil, je percute que ce sont les possibles jurés. Je les plains : est-ce qu'ils sont prêts à entendre tout ça ? Est-ce que ce procès va changer leur vie à eux aussi ?

Le policier devant la porte nous fait signe d'entrer. J'avance en gardant les yeux rivés sur le sol en marbre. Quand je redresse la tête, je vois les bancs en bois alignés, le pupitre des juges et jurés en face. À droite, une cage en verre, vide. Est-ce qu'il ira là dans dix jours ? Pour l'instant, il s'assoit sur une chaise à notre droite. Son avocat est toujours aussi maigre, et de plus en plus dégarni. C'est le fait de fréquenter l'autre ? Son associée s'assoit à côté de lui, il paraît que c'est sa femme. Une femme peut donc défendre une ordure pareille ?

L'avocate générale est assise en hauteur, entre nos avocats et le pupitre. Elle a l'air plus jeune que moi. Brune, les cheveux bouclés, elle me sourit avec les yeux dans sa robe rouge. Elle représente le ministère public, autrement dit la société, son rôle est de demander l'application de la loi.

Face à elle, entre l'avocat de l'autre et le pupitre, la greffière prend place.

Un homme se présente à nous, il est huissier de justice. Si le procès implique des frais de transport ou des pertes de salaire, c'est à lui qu'il faut s'adresser.

Tout à coup, « La cour » résonne. Une porte au fond à droite s'ouvre et le juge apparaît, suivi de ses deux assesseurs. Ils s'assoient. Le juge a une soixantaine d'années, il n'est pas très grand, un peu dégarni avec des cheveux sur les côtés. Il a l'air gentil, on dirait un personnage de bande dessinée. Le juge H., Didier m'a parlé de lui. Il a bonne réputation. Il me donne confiance. À sa gauche, une femme plutôt sévère dans la cinquantaine. À sa droite, un homme qui porte des lunettes.

Il se présente, présente ses assesseurs, et commence le tirage au sort des jurés. Des jetons avec des numéros correspondant aux noms de chacun sont déposés dans une urne qu'il nous montre. Il pioche dedans et appelle les noms.

L'avocat de l'autre a le droit à un certain nombre de récusations, l'avocate général aussi. Nous, victimes, n'y avons pas droit. Je comprends la subtilité entre les États-Unis et la France à ce moment : ce sera à nous et à l'avocate général de prouver sa culpabilité, et non à lui de prouver son innocence. C'est un détail qui fait toute la différence.

Le premier juré est appelé. C'est une femme d'origine juive, minijupe, la petite quarantaine à peine. Je suis persuadée qu'elle va être récusée, mais elle a le temps de parcourir la salle, de donner sa carte, puis de prendre place à la gauche de l'assesseure de gauche. Je suis surprise que l'autre ne l'ait pas récusée. Je l'observe, elle a un décolleté de fou. Elle doit le sentir, car elle remet sa veste en cuir…

Deuxième juré. Un homme, la cinquantaine, cheveux grisonnants, allure sportive, petite doudoune sans manches bleu marine. On dirait un collègue prof d'EPS. Il s'assoit à la droite de l'assesseur de droite.

Troisième juré, une jeune d'origine arabe. Récusée par l'avocate générale.

Troisième juré, récusé par l'avocat de la défense, je n'ai même pas eu le temps de voir qui c'était.

Troisième juré, un homme dans la cinquantaine aussi, mince, pull gris et large, look de fumeur.

Quatrième juré, un homme plus jeune, à lunettes, assez ordinaire.

Cinquième juré, récusé par l'avocat de l'autre.

Sixième juré, une femme de près de soixante-dix ans, aux cheveux gris-blanc.

Vient le tour des suppléants. Ils assistent à tous les débats mais ne prendront part au délibéré que si les titulaires ne vont pas au bout du procès. Leur position est étrange, délicate, comment vit-on d'avoir assisté à tout cela sans avoir le droit de donner son avis ?

Les voilà, ceux qui vont décider de nos vies.

Ils sont douze, ce sont les représentants de la justice de mon pays. Ils ne sont pas là pour aimer ou préférer, même s'ils vont forcément être transpercés par des émotions. Statistiquement, il est même probable que l'un d'entre eux ait aussi été victime de violences sexuelles lorsqu'il était enfant. Et si ce n'est pas eux, quelqu'un dans leur entourage.

La jurée n° 1 me regarde, beaucoup, souvent. Je m'accroche à son regard, parce qu'elle a l'air de compatir. Ils ne connaissent pas encore les chefs d'accusation. Le juge nous rappelle le rôle des jurés, leur intime conviction, leur neutralité, leur absence de prise de position, de démonstration de point de vue, et leur formation pour remplir ce rôle. Il se montre très pédagogue et calme.

Certains des jurés non appelés se lèvent, ils sont libérés de leur obligation citoyenne. Mais la plupart restent.

Le président lit alors l'ordonnance de mise en accusation. Papa et Maman sont derrière moi, quelques bancs plus loin. Ils vont entendre les faits qui lui sont reprochés, je sais que le sol va s'ouvrir sous leurs pieds. Je pense aussi aux jurés, qui vont comprendre qu'ils sont là pour juger de viols sur mineurs.

Le silence est absolu. Pas un chuchotement, pas une porte qui claque, pas même un souffle ne résonne dans la salle d'audience. Il n'y a que la voix du juge H., qui lit les conclusions des années d'instruction.

> Vu l'information suivie contre
> GEDDES Andrew
> Profession : directeur sportif
>
> Mis en examen des chefs de :
>
> viols et agressions sexuelles par personne abusant de l'autorité conférée par ses fonctions, viols et agressions sexuelles, sur mineur de 15 ans, par personne abusant de l'autorité conférée par ses fonctions

Le regard des jurés a déjà changé. Lui a baissé la tête, il fixe le sol.

Même pour moi, qui ai entendu ces mots des centaines de fois pendant la procédure, ce moment est d'une violence sans nom. Je m'accroche au banc pour me retenir de tomber.

Le président continue sur le même ton neutre. Il énumère les parties civiles : Mathilde, Astrid, moi, la FFT, Margaux.

Vu le réquisitoire définitif du procureur de la République en date du 19 juin 2018 ;

Vu les articles 175, 176, 178, 180, 181, 183, 184, 531 du code de procédure pénale ;

Attendu que l'information a établi les faits suivants…

Et là, c'est une bombe qui est lâchée au sein de la cour d'assises. Chaque phrase le tasse d'un centimètre, les jurés ferment les yeux, serrent les mains, le fixent, tournent la tête, nous regardent, je baisse le menton, je pleure silencieusement pour que Maman ne me voie pas. Il n'y a que des larmes qui coulent, pas un sanglot, pas un tressautement d'épaule, rien qui puisse trahir mon état de délabrement.

Le juge termine sa lecture et retire ses lunettes. Il regarde l'autre, qui est sous terre, s'il pouvait se cacher sous sa chaise il le ferait. Je ne l'ai jamais vu comme ça. On dirait qu'il vient seulement de prendre conscience de la gravité de sa situation.

C'est aussi la première fois qu'il nous voit pleurer, du moins depuis que nous sommes adultes.

Nous allons maintenant procéder à la présentation des témoins et parties civiles. Quand j'entends mes nom et prénom, j'essaye de trouver la force de me lever. Dans un silence de mort, je fais difficilement les treize pas qui me séparent de la barre. Encore treize, toujours treize. On me demande de décliner mon identité, puis je retourne m'asseoir. Je jette un coup d'œil à nos parents : Maman a l'air shootée et Papa est raide comme un piquet.

Le juge appelle ensuite les témoins. Tous ne sont pas présents, certains se sont excusés auprès de la cour et ne viendront que pour leur témoignage.

Papa est appelé à la barre. C'est le moment le plus dur pour moi depuis le début du procès. Le voir se traîner lamentablement, comme un enfant qui a honte, est plus difficile que tout. Ce n'est pas Papa, ce n'est même pas son ombre, c'est son fantôme. À cet instant-là, je ne ressens plus aucune amertume envers eux. Ils ont la pire place de ce procès, je veux qu'ils rentrent chez eux, qu'ils échappent à cette horreur…

Il n'ose presque pas parler. Il tente d'avoir une contenance, de paraître fort face à l'autre, face au juge et face à moi, mais chaque seconde est un supplice. J'ai un caillou dans la gorge, je me retiens de pleurer. Je ne pense même plus à Perrine et Milo, mais seulement à Papa, qui retourne s'asseoir.

C'est le tour de Maman. Au début elle ne parvient même pas à décliner son identité. Elle s'accroche à la barre pour se maintenir debout. Je comprends que c'est à ça qu'elle sert, cette barre : à se raccrocher à quelque chose quand plus rien ne nous tient.

Le juge doit tendre l'oreille pour l'entendre dire : « J'habite à Domont, je suis mère au foyer. »

Cette phrase est un nouveau mur que nous nous prenons en plein visage.

Mon père, gardien de la paix, garant de la sécurité publique.

Ma mère, mère au foyer, garante de l'éducation de ses enfants.

Défilent ensuite les parents des filles. On peut courir plus de quinze mille kilomètres en quatre ans, on peut arriver la plus préparée possible, et pourtant rien n'amortit ce tsunami qui nous renverse. Ça va être très dur, mais il ne faut pas abandonner.

Suspension de dix minutes.

On dégourdit un peu nos jambes et nos avocats viennent à nos nouvelles. Le président de la FFT est arrivé, il va être entendu juste après la lecture du CV de l'accusé par le juge.

Je ne peux rien avaler, mais j'essaie de boire un peu d'eau. Je transpire. Ça n'arrive que dans ces moments-là, il n'y a que sa présence qui me fasse transpirer froid. Mais on tient bon, on ne se lâche pas, on reste en meute pour aller aux toilettes.

La sonnerie retentit. Tout le monde reprend sa place.

Nous allons faire lecture du curriculum vitae de l'accusé, monsieur Andrew Geddes.

« Vous êtes né à Birmingham en Angleterre, d'une mère française et d'un père américain. Votre mère était jeune quand elle vous a eu et votre père, plus âgé, est parti vivre aux États-Unis lorsque vous avez eu deux ans. Le divorce de vos parents signe pour vous un retour en France avec votre mère, à Saint-Nazaire chez sa mère, votre grand-mère donc.

Votre mère rencontre peu après votre beau-père, avec qui elle a deux filles, Emmanuelle et Sandrine.

Vous continuez à vivre avec votre grand-mère tandis que votre mère déménage à La Baule, à quelques kilomètres de Saint-Nazaire. Vous grandissez choyé par votre grand-mère, qui vous cède tout, tandis que votre grand-père est plus effacé. Vous ne faites pas d'études supérieures : après votre bac, vous vous inscrivez à l'université en psychologie, mais vous arrêtez. Vous êtes passionné de tennis, vous souhaitez en faire votre profession faute d'avoir pu assouvir votre rêve de devenir un joueur professionnel. Vous n'aviez pas les capacités pour le devenir. Vous vous tournez alors vers l'enseignement et vous passer votre BE1.

Votre première petite amie à Saint-Nazaire est une histoire d'adolescent, puis vous entamez une relation avec une femme néerlandaise, relation toxique qui se finit mal. Insultes, humiliations, violences physiques et verbales, séquestration… Et un jour elle s'enfuit. Notons que nous ferons lecture de l'audition de madame dans les prochains jours.

Puis vous rencontrez à La Baule, dans une boîte de nuit, une jeune fille, Audrey S. Vous êtes en couple à ce moment-là avec une dénommée […]. Audrey S. a 14 ans et demi lorsque vous la rencontrez, vous en avez 27, votre mère vous dit de ne pas l'approcher, elle connaît ses parents et ne veut pas d'histoires. Malgré sa mise en garde, vous continuez à voir Audrey S., qui demande son émancipation pour vous suivre à Paris. Ce qu'elle finit par obtenir. Vous la ramenez chez vous, vous avez une autre copine qui doit accepter Audrey S. Avec elle aussi ça se termine mal, puis Audrey S. habite avec vous jusqu'à ses 18 ans. Elle décrit aussi une relation de domination, des années de souffrance, de séquestration, de violences, de dépression. Puis elle disparaît. Vous travaillez alors en tant qu'entraîneur de tennis à Rueil-Malmaison, vous avez des copains dont un avec qui vous consommez de la drogue, cocaïne, héroïne, ecstasy, champignons, vous êtes addict. Vous commencez ensuite à compenser la drogue par de la prise de codéine, jusqu'à vingt comprimés par jour.

Vous changez de club et vous arrivez à La Celle-Saint-Cloud et Sarcelles, où vous rencontrez Sophie D., femme qui n'est plus heureuse en couple. Vous lui donnez des cours de tennis, ainsi qu'à des copines à elle. À l'issue d'un pari, vous dites que vous pouvez sortir avec elle quand vous voulez. C'est chose faite et elle divorce de son mari. Elle a deux garçons et vous n'habitez pas avec elle, vous avez un appartement juste en dessous de chez elle, à quelques centaines de mètres, côte de la Jonchère à Bougival. Nous sommes en 1999.

1999, mon année, c'est maintenant que j'arrive dans l'histoire. Je ne suis pas la première fille qu'il violente, viole, soumet, harcèle. Il m'a déjà parlé d'Audrey, mais il m'avait dit qu'elle avait dix-huit ans quand il avait commencé à sortir avec elle. C'était un mensonge.

J'apprends que tout ne débute pas avec moi, c'est une vie entière de violence.

« *En septembre 1999, Mlle Angélique Cauchy, alors âgée de 12 ans, arrive au club de Sarcelles. Vous devenez son entraîneur, puis rapidement vous gagnez la confiance à la fois de Mlle Cauchy mais aussi de ses parents. Vous l'amenez au Parc des Princes, en tournoi, vous l'entraînez sur votre autre lieu d'exercice professionnel, à La Celle-Saint-Cloud. Elle dort à votre domicile pour des raisons pratiques. Vous admettez avoir commis des agressions sexuelles sur elle mais pas de viols, ce qu'elle affirme de son côté, nous reviendrons dessus au cours du procès. Elle rencontre votre compagne Sophie, ses parents rencontrent Sophie, puis vous les rejoignez en vacances en Espagne. Une dispute éclate entre vous et Mme D. qui écourte votre séjour. Mme D. juge que votre relation avec Angélique Cauchy n'est pas saine. En mai 2001, Angélique Cauchy décide de ne plus être entraînée par vous.*

En juillet 2001, Astrid M. affirme avoir subi des agressions sexuelles à La Baule, lieu de tournée de tournois, puis un viol le 11 septembre 2001, au domicile de ses parents. Rapport qu'elle qualifie de brutal et sans protection. »

Les tours jumelles s'effondrent une nouvelle fois sous mes yeux. Je me revois chez l'esthéticienne le 11 septembre 2001, avec mon sentiment de liberté retrouvée. Je m'étais dit : « Les tours s'effondrent et moi je suis toujours debout. » Alors que je respirais à nouveau, Astrid se faisait violer pour la première fois. Toute ma construction personnelle se met à tanguer. J'ai recommencé à vivre le jour où elle est morte. Je ne pourrais jamais le lui dire, à Astrid. C'est une dose de culpabilité trop immense pour pouvoir la verbaliser. Pardonne-moi, Astrid, pardonne-moi d'avoir ressenti ça, de t'avoir abandonnée. De t'avoir transmis ce jour-là le relais de l'horreur.

« Vous êtes toujours en couple avec Mme Sophie D., mais un jour, alors qu'elle rentre du travail, elle vous trouve dans la baignoire au téléphone avec Astrid. Votre conversation ne laisse aucun doute... Vous dites

qu'elle comprend la nature de vos relations avec Astrid et Angélique et vous quitte en septembre 2001. »

Comment ça, elle savait ? Elle a su et elle n'a rien dit ? J'avais treize ans, en Espagne, lorsqu'elle a passé quelques jours avec nous. Mais elle n'a rien fait.

« S'ensuit pour Astrid M. deux ans de violence, décrits comme de la manipulation, des humiliations, de la violence verbale et physique. Elle vous fait comprendre qu'elle ne souhaite plus de cette relation, vous la harcelez au téléphone, devant sa prépa, et parallèlement vous rencontrez Mathilde G., que vous amenez à La Baule pour une tournée de tournois. Elle déclare alors des agressions sexuelles et un premier viol, violent, sans préliminaires, puis deux ans de violence psychologique, verbale, physique. De multiples agressions sexuelles et viols dans sa voiture, dans votre domicile de Bougival, puis de Montmorency. D'une nuit particulièrement violente où elle a eu peur de mourir, elle dit avoir dû s'échapper aux États-Unis pour vous fuir. »

C'est la première fois que j'entends leur histoire. Mon dégoût se manifeste physiquement, mes oreilles sont brûlantes et j'ai envie de vomir. J'ai l'impression que je vais faire une overdose.

« Vous changez alors de club pour Levallois où vous êtes en charge de la compétition. Vous rencontrez Ségolène B., qui devient votre compagne durant sept ans, jusqu'à votre arrestation en mai 2014. Elle qualifie votre relation de peu épanouissante, avec aucune relation sexuelle depuis cinq ans. Elle vous décrit comme étant très sanguin, ayant des accès de violence au cours desquels vous tapiez du poing sur les portes mais jamais

sur elle. Elle ignorait tout des relations que vous entreteniez avec vos élèves. Elle rapporte que vous consommez beaucoup d'alcool, notamment du whisky, et que vous prenez des médicaments à base de codéine pour calmer des douleurs dues à des problèmes dorsaux.

Selon plusieurs témoignages, Ségolène B. se serait enfermée dans sa relation avec vous et aurait au fil du temps perdu tout pouvoir décisionnaire, tout libre arbitre. Par ailleurs, Ségolène B., qui n'était pas du tout votre style, aurait été une "carte de visite" ou encore une "porte d'entrée" dans le monde du haut niveau et aurait été exploitée professionnellement par vous. »

Elle aussi est une victime. Elle avait quarante ans, et elle a vécu l'emprise pendant sept ans. Comment s'en est-elle remise ?

« *Vous rencontrez Margaux, alors âgée de 11 ans et demi, au club à votre arrivée. Vous nouez une relation avec ses parents, devenez amis. Vous la repérez et demandez à votre compagne de l'entraîner. À ses 13 ans, alors qu'elle vous considère comme un père, vous admettez avoir des gestes déplacés qualifiés d'atteintes sexuelles. Puis, après que sa mère tombe malade d'un cancer et vous confie sa fille dans cette période délicate, elle déclare être victime d'agressions et d'un premier viol, encore une fois à La Baule. Entre août 2013 et mai 2014, vous aurez de multiples relations sexuelles avec des pratiques…* »

Je me cache car je ne veux pas pleurer devant Margaux. Elle ne pleure pas, elle est droite, a les sourcils froncés, n'a pas l'intention de craquer. Moi je n'arrive pas à tenir, j'ai l'impression d'être une boxeuse sonnée par les coups qu'elle reçoit, à une seconde du

KO technique. Est-ce que je suis la plus faible ? Est-ce parce que je n'arrive pas aussi bien à intérioriser, ou parce que je ressens davantage ?

« *En outre, il était établi qu'une procédure avait été diligentée contre vous pour usage de résine de cannabis, drogue achetée en 2007 au gardien du complexe sportif de Sarcelles.*

Vous étiez en outre interdit de conduire les jeunes en voiture, suite à des problèmes d'addiction à l'alcool.

Il ressort de l'ensemble des auditions des personnes qui ont travaillé au sein des différents clubs l'ayant employé et des auditions d'anciens élèves que le mis en examen était un homme très investi, voire surinvesti dans son travail, et très proche de ses élèves sur lesquels il avait un ascendant psychologique. Il créait de l'engouement pour la compétition mais pouvait se montrer autoritaire, imbu de lui-même, arrogant, frimeur, prétentieux, égoïste, narcissique, mythomane et manipulateur. Ainsi, il s'attribuait des succès qui n'auraient pas dû lui revenir et voulait toujours tirer la couverture à lui. Il mentait et comblait un sentiment d'infériorité.

Une addiction à l'alcool (whisky), aux médicaments (Doliprane codeiné) et à la drogue (cannabis, cocaïne, héroïne et ecstasy).

De tempérament nerveux et colérique, il est décrit comme une véritable "cocotte-minute" qui pouvait exploser à tout moment. Il lui arrivait souvent de se mordre la main de rage et de mettre des coups de poing dans les portes ou les murs, allant jusqu'à s'occasionner une fracture de la main. Il n'aimait pas perdre et pouvait lancer sa raquette de rage.

Sa conduite automobile était peu rassurante et il gardait une batte de base-ball sous son siège de voiture pour, selon les propos rapportés par les témoins, "se protéger".

Il tenait par ailleurs des propos graveleux, grossiers, vulgaires et déplacés vis-à-vis des femmes et de ses jeunes élèves féminines. »

Le juge fait une pause. Le silence qui suit est indescriptible. Il retire ses lunettes et l'appelle : « Monsieur Geddes, veuillez venir à la barre s'il vous plaît. »

L'autre peine à se lever. Est-ce son dos ? La honte ? Le poids des mots qu'il a entendus ? d'une vie consacrée à détruire celles des autres ?

Pendant qu'il se traîne lamentablement, je me dis qu'il n'est plus que l'ombre du frimeur prétentieux qu'il a toujours été et qu'il était encore il y a deux heures.

« Monsieur Geddes, à la lecture de votre CV, comment qualifieriez-vous vos relations aux femmes ?

— Monsieur le juge, c'est vrai qu'en vous écoutant, je réalise que j'ai toujours eu des relations compliquées aux femmes parce que je suis quelqu'un de passionné. J'ai toujours eu des femmes dans ma vie, parce que j'ai eu la chance de plaire.

— Mais que pensez-vous des fins de vos histoires ? À chaque fois, elles s'enfuient. Ce sont elles qui vous quittent. Plus, même, elles s'échappent.

— Je pense, monsieur le juge, que je ne supporte pas d'être abandonné, je ne supporte pas les ruptures, que l'on me dise non. Je suis quelqu'un de possessif et de jaloux, mais c'est ça l'amour. C'est la passion, la jalousie et la possession.

— C'est comme ça que vous qualifieriez l'amour, vous ?

— C'est une question difficile, monsieur le juge, qu'est-ce que l'amour. C'est vague...

— Et pas le partage, la douceur, la solidarité, l'équilibre ?

— Si, sûrement aussi. Mais encore une fois, on pourrait en parler pendant des heures mais je ne crois pas que l'on soit là pour ça.

— Si, justement. Votre vision de l'amour et des relations aux autres, aux femmes notamment, a tout à voir avec le sujet qui nous réunit ici, maintenant. Nous y reviendrons. Vous êtes donc né en Angleterre, d'une mère française et d'un père américain. Pouvez-vous nous en parler ? »

Je suis atterrée par ses réponses. Le juge a l'air très fin, il veut lui faire comprendre sa domination sur les femmes, sa violence, son emprise.

« Oui, monsieur le juge. Maman était encore au lycée quand elle a rencontré Papa, lui était beaucoup plus âgé. Ils avaient vingt ans d'écart. Maman a suivi Papa en Angleterre où je suis né, puis ils se sont séparés lorsque j'avais un ou deux ans, et Maman et moi sommes retournés en France, chez ma grand-mère à Saint-Nazaire. Maman était jeune, elle a repris des études, c'est ma grand-mère qui s'occupait de moi. Mon grand-père a pris la place et le rôle de mon père, que je n'ai revu que deux ou trois fois dans ma vie, bien plus tard. Maman a ensuite rencontré mon beau-père avec qui elle a eu mes deux sœurs, et moi je suis resté vivre chez ma grand-mère. »

Est-ce de là que vient son problème avec l'abandon ? Sa haine envers les femmes ? De sa mère qui l'a laissé à sa grand-mère ?

La différence d'âge entre ses parents, sa mère encore lycéenne, est-ce qu'il reproduit le schéma de ses parents ? Ou c'est ce qu'il veut nous faire croire, par stratégie ?

« Savez-vous pourquoi votre mère ne vous a pas pris avec elle lorsqu'elle a refait sa vie ?

— Apparemment ma grand-mère voulait me garder et ma mère a cédé.

— Vous lui en avez voulu, à votre mère, de ne pas se battre pour vous ?

— Oui, peut-être, sûrement même. Je ne comprenais pas pourquoi je n'étais pas avec mes sœurs. Mais j'avais ma chambre dans leur maison. »

Moi je me pose d'autres questions. Était-il voulu ? Le fruit d'un amour ? Je trouve étrange que sa mère soit revenue en France alors qu'il était si jeune, et qu'ils n'aient plus eu de contact avec son père. Qu'elle n'ait pas voulu s'en occuper, l'élever. Est-ce qu'il est l'enfant d'un viol ? Est-ce que, pour sa mère, le voir lui rappelait cette période ? Peut-être que je cherche des excuses qui rendraient compréhensibles sa façon d'agir, peut-être que je cherche à me protéger pour mieux accepter sa noirceur, trouver la force de le rendre humain et de lui pardonner. J'essaye de donner du sens à tout ça, d'être rationnelle.

« Comment était votre relation avec votre grand-mère ?

— J'étais le préféré, elle me couvrait de cadeaux, je faisais ce que je voulais. J'étais le garçon, le roi ! Mais elle était dure, elle disait toujours que nous étions des moins-que-rien. Que les voisins étaient mieux que nous. On était toujours dans la compétition, avec elle il fallait être le meilleur. »

Je me demande si sa volonté de dominer tout le monde ne vient pas de là, d'un complexe d'infériorité énorme. Il veut à tout prix éviter de se sentir humilié ou rabaissé.

« Pouvez-vous nous parler de votre période de détention et des années de remise en liberté pendant l'instruction, puis en attente du procès ?

— J'étais heureux, il faut savoir que l'arrestation a foutu ma vie en l'air. La prison je ne la souhaite à personne, vous ne pouvez pas savoir ce que c'est. En plus, vu les raisons pour lesquels j'étais emprisonné, ç'a été encore plus compliqué.

— En effet, suite à une altercation, vous avez demandé à être mis en isolement pendant toute la durée de la détention provisoire, qui a duré un an.

— Oui. J'ai reçu un coup de poing d'un mec de deux mètres, pour cent vingt kilos. Ça m'a arraché une dent. On a dit de moi que j'étais un mythomane mais là c'est vrai. On m'a attaché sous le lit tout une nuit quand on a su pourquoi j'étais là. Et on a déféqué dans ma nourriture. »

Les jurés ne paraissent pas émus, Mathilde a un rire nerveux. On oscille entre sourire et empathie, c'est un mélange éprouvant.

« Vous êtes sorti un an après votre date de mandat de dépôt. Comment s'est passée votre sortie ?

— J'ai trouvé du travail dans l'auto-école de mes sœurs, parce que quand on a fait de la prison pour viols sur mineurs, on n'a plus d'amis, on n'a plus que la famille. Mais le juge m'a demandé de trouver une profession où je n'ai pas de relation avec des mineurs. Vous savez, c'est difficile de trouver du travail lorsque l'on sort de prison. Les patrons ne veulent pas vous embaucher. J'ai fini par trouver dans une entreprise pour être livreur mais au bout de quelques mois ça s'est mal passé. Un collègue a appris sur la toile et je me suis fait agresser verbalement par les autres qui se sont ligués contre moi. J'ai dû démissionner...

— Vous êtes aujourd'hui au RSA.

— Oui, j'ai voulu démarrer une formation pour devenir agent immobilier mais j'ai dû arrêter en cours d'apprentissage.

— Vous avez trouvé de quoi vous loger durant le procès ?

— J'ai loué un Airbnb à Neuilly-sur-Seine. »

Il ne peut pas s'empêcher de préciser Neuilly-sur-Seine et de louer dans une ville chic. Il n'a pas changé d'un centimètre.

« Vos parents sont décédés, c'est ça ?

— Oui. Mon beau-père en 2009 et Maman en 2011.

— Vous avez hérité de vos parents ? Quelle somme ?

— Oui, j'ai hérité de la mort de mon père. L'héritage a été partagé avec mes demi-frères qui sont aux États-Unis, j'ai eu seulement trente mille euros. Puis j'ai hérité de la vente de la maison de Maman, cent vingt mille euros. »

Le juge va pour parler quand il se rapproche du micro pour dire :

« Mais ça fait longtemps qu'il n'y a plus rien. J'ai tout dépensé... »

Il sait qu'il va devoir nous verser des dommages et intérêts s'il est condamné. Il se fait une joie de préciser qu'il n'a plus rien, qu'il ne nous donnera rien. Il sourit.

Il essaie d'amadouer la cour, je le devine à la façon qu'il a de prononcer « Mamân » quand il parle de sa mère. Le pauvre petit...

« Avez-vous une relation ?

— Non, je préfère être seul. Je suis mieux comme ça.

— Selon vous, vos précédentes relations étaient normales ?

— Si vous faites référence à mes relations avec les parties civiles, je suppose que non, puisque je suis ici. J'ai toujours eu des relations compliquées, enfin pas toujours, une fois j'ai eu une relation normale, je veux dire sans violence, puisque dans une relation amoureuse normale, il ne peut pas y avoir de violence. De la passion, oui, mais pas de violence.

— Vous aviez quel âge, lors de votre première relation ?

— J'étais adolescent.

— Donc en quarante ans, vous avez eu une seule fois une relation normale avec une femme ?

— Dit comme ça... Oui, je reconnais que j'avais besoin de travailler sur ce plan. J'ai eu des relations toxiques et néfastes, j'ai fait beaucoup de mal à toutes mes compagnes et aux plaignantes, qui n'étaient selon elles pas mes compagnes, même si pour moi c'étaient des relations amoureuses. Je me considérais en couple avec elles, malgré la différence d'âge. J'étais très immature à ce moment-là de ma vie. Je n'étais pas heureux en couple, je passais mon temps dans les clubs dans lesquels je travaillais et je n'avais aucune vie privée en dehors du tennis.

— Vous étiez très immature à ce moment-là. Vous voulez dire de 1990 à 2014 ? Pendant vingt-quatre ans ?

— Non, de 1999 à 2005, les années Sarcelles, avec Angélique, Astrid et Mathilde. Mathilde, je l'ai vraiment aimée.

— Nous reviendrons sur ces relations et leur nature, mais aussi sur celles qui jalonnent votre vie. Il a été dit par plusieurs personnes – sinon toutes – que vous consommiez de l'alcool et de la drogue. Vous n'avez pas réfuté ces addictions. Pouvez-vous nous en parler ?

— Oui, monsieur le Juge. J'ai effectivement déjà consommé plusieurs drogues : du cannabis, de l'ecstasy, de la cocaïne, de l'héroïne. Mais j'ai arrêté. Pour mes maux de dos, je prenais des Doliprane codéinés. J'avoue avoir été dépendant mais aujourd'hui je suis sobre, je suis suivie par une addictologue qui me comprend et qui m'aide.

— Vous est-il arrivé d'acheter de la drogue en ayant la responsabilité d'élèves à vous ?

— Oui, monsieur, ça m'est arrivé et c'était inconscient de ma part, je l'admets.

— Concernant votre consommation d'alcool ?

— Je buvais du whisky. Je ne me considérais pas comme alcoolique, même si ma consommation devait être supérieure à la moyenne.

— Aviez-vous toujours des flaches de whisky, et envoyiez-vous certains de vos élèves en acheter pour vous ?

— Oui, j'en avais dans ma voiture et à mon domicile, mais comme tout un chacun. Ça m'est arrivé d'envoyer des élèves m'en acheter alors que je restais dans la voiture, si c'est à cela que vous faites référence.

— Concernant votre parcours professionnel, vous avez le BE1 ou le BE2 ?

— Le BE2 spécifique.

— Mais est-ce que vous avez le diplôme du BE2 ?

— J'ai la partie spécifique, c'est ce qui importe dans le milieu tennistique.

— Avez-vous fêté votre obtention du BE2 lors d'une soirée au club de Sarcelles, comme cela a été mentionné par plusieurs personnes auditionnées ?

— Oui, c'est vrai, car j'avais obtenu le spécifique.

— Mais vous n'aviez pas le diplôme.

— De toute façon qu'est-ce que ça change ?

— Cela change que vous avez utilisé l'obtention de ce diplôme pour obtenir des postes et des responsabilités que vous n'auriez pas eus sans cela.

— On peut être entraîneur avec le BE1, je ne vais pas vous expliquer comment fonctionnent la vie d'un club et le système fédéral, mais cela n'a aucune espèce d'importance.

— C'est la cour qui décide de l'importance ou non des questions. Nous demanderons tout à l'heure au président de la FFT si ce mensonge a pu impacter la décision de vos supérieurs à vous faire accéder à certains postes et à avoir des responsabilités et pouvoirs qui n'auraient pas dû vous être accessibles. »

Je suis choquée par son audace, par son insolence. Il montre clairement que les questions le saoulent. Il prend de haut les connaissances de la cour dans certains domaines et minimise certains vices.

« Monsieur Geddes, vous pouvez retourner vous asseoir. Nous appelons à la barre M. Bernard G., président de la Fédération française de tennis. »

C'est la première fois que la Fédération française de tennis est partie civile dans une affaire de viols sur mineurs où l'accusé est un entraîneur.

Le président de la FFT se présente, puis parle de la mission première de la pratique du sport, de ses valeurs, du rôle d'éducateur, du respect de l'intégrité physique et morale des enfants dont on a la charge, de l'image de la Fédération qui est entachée, des actions mises en place par la Fédération pour lutter contre les violences sexuelles sur mineurs depuis notre affaire.

Le juge revient sur les diplômes. Les a-t-il ? Quel est son niveau ? Quels sont les niveaux qui existent ? Quel type d'entraîneur aurait-il dû être ?

« Andrew Geddes a obtenu le BE1 dans les années 90, il n'a jamais obtenu le BE2, qui permet d'entraîner à plus haut niveau et d'avoir des responsabilités de direction dans un club ou dans une ligue. C'est un diplôme qui se compose de deux parties : le tronc commun et la partie spécifique.

— M. Geddes nous a dit qu'il a obtenu la partie spécifique et que cela vaut BE2. Qu'en est-il ?

— Non, pas du tout, l'obtention du diplôme demande la validation des deux parties. La partie spécifique, comme son nom l'indique, est propre au tennis, à ses connaissances techniques, tactiques, physiques et mentales, à sa façon de l'enseigner. Mais la partie tronc commun valide des connaissances générales sur le métier d'éducateur. Des connaissances juridiques, du cadre déontologique, de la connaissance de la psychologie de l'enfant, de l'anatomie, du développement et de la pédagogie propre à l'enseignement face aux différents publics dont l'éducation des jeunes fait partie. Elle est donc essentielle et est un prérequis pour le spécifique.

— Comment se fait-il qu'il ait alors pu obtenir ce genre de poste à responsabilité, comme directeur sportif à Sarcelles ou entraîneur de joueur de haut niveau à Levallois ?

— À une époque, la présentation de la carte professionnelle et des diplômes n'était pas systématique dans les clubs. Ces derniers n'affichaient pas ces documents dans leur club house et les recrutements se faisaient davantage sur le bouche à oreille ou sur la bonne foi des candidats. Les CV n'étaient pas toujours vérifiés. Depuis, le ministère des Sports requiert la présentation et l'actualisation de la carte professionnelle qui garantit non seulement l'obtention des diplômes, mais aussi une honorabilité, c'est-à-dire l'assurance que l'entraîneur en question n'est pas interdit d'entraîner ou n'a pas de casier judiciaire. Ayant une délégation ministérielle, la FFT applique désormais ces préconisations qui peuvent éviter de se retrouver dans une affaire comme celle que nous avons aujourd'hui. D'autre part, M. Geddes consacrait tout son temps à son métier et la disponibilité est une qualité très recherchée par les dirigeants de club. En effet, c'est un métier qui demande de travailler les soirées, les week-ends, durant les vacances scolaires, de suivre les jeunes en tournois, et beaucoup ne sont pas prêt à "sacrifier leur vie personnelle". Lui compensait son manque de compétence par l'implication qu'il y mettait.

— Quel niveau de joueur a-t-il eu ? Pour ceux d'entre nous qui ne connaissent pas les classements et niveaux de jeu.

— Il a été classé 15 au mieux, c'est-à-dire le classement minimum demandé à l'époque où il l'a passé.

— On peut donc dire que M. Geddes était un joueur moyen ?

— Oui, il n'a jamais eu un niveau de joueur régional ou national, et encore moins de haut niveau. »

Ce moment avec le président de la Fédération est certainement important pour les jurés car cela donne à la fois du crédit à ce qui a déjà été rapporté, mais aussi des connaissances tant sur le milieu du tennis que sur sa personnalité. Je n'apprends rien pour ma part, moi qui y ai grandi. J'ai passé les diplômes de prof de tennis parallèlement à mes études STAPS pour devenir professeure d'EPS. J'ai passé le BE1, le BE2, le diplôme de préparatrice physique fédérale, le professorat de sport qui m'aurait permis d'être cadre à la Fédération française de tennis, sous la responsabilité du ministère des Sports. Je connais tous les rouages, tout le système. Je connais même mieux que la Fédération française son parcours tennistique.

Il m'avait raconté que l'année où il souhaitait atteindre le classement nécessaire pour passer le BE1, il avait fait des tournois en province où il avait acheté des matchs, où il avait triché pour gagner, et même où il avait fait jouer un joueur mieux classé à sa place pour faire des perfs.

Le juge suspend la séance. Pause-déjeuner. Je n'ai pas faim mais je n'ai rien avalé depuis hier. Avec les filles on va dans la brasserie glauque au-dessus du tribunal. J'écris à Perrine, qui pense à moi tout le temps. Ils me manquent, avec Milo. Heureusement je rentre samedi matin pour le week-end.

Je ne commande qu'un Coca Zero. J'ai toujours ma banane dans le sac, je la mangerai peut-être cet après-midi pendant une suspension.

Après la pause, ce sera à la capitaine Béchu d'expliquer l'enquête. Nos dépôts de plainte, leurs recherches, la mise sur écoute, Margaux, la garde à vue, elle a prévu une intervention de deux heures et demie. Elle révise depuis des semaines, elle sait sur le bout des doigts les milliers de pages de procédure, de noms, de dates, de faits. Elle connaît nos vies comme si c'était la sienne.

Je ne sais pas comment fonctionnent les autres enquêteurs, mais cette implication est tout simplement bluffante, remarquable, chacune de nous mesure la chance que nous avons eue de tomber sur elle.

Nous revoilà dans la salle d'audience. La capitaine s'est coupé les cheveux au carré, a vieilli un peu, mais elle a encore plus de charisme. Elle est plus grande que lui et ça me fait sourire qu'il se sente petit à côté d'une femme représentant la loi. Je ne pensais pas que j'aurais des moments de plaisir pendant ces dix jours, alors je le savoure.

Sirène. « La cour. »

« La cour va entendre Mme Véronique Béchu, capitaine de police, chargée de l'enquête.

— Bonjour monsieur le président, bonjour mesdames les juges, bonjour mesdames et messieurs les jurés… »

Son métier est une horreur, tu n'imagines pas un seul instant son quotidien. Des bribes m'en parviennent lorsqu'on prend des nouvelles l'une de l'autre, c'est un enfer, largement au-dessus de ce que je peux supporter.

« En 2014, je suis en charge de la brigade de protection des mineurs de Paris. Le 1er février, nous avons été saisis d'une main courante déposée par Mathilde G. au commissariat du dix-huitième arrondissement dans laquelle elle dénonce des faits de viols, violences volontaires et harcèlement moral, dont elle dit avoir été victime de la part de son entraîneur de tennis Andrew Geddes de 2003 à 2005, lorsqu'elle était mineure.

Entendue le 14 février 2014 par la brigade de protection des mineurs de Paris, Mathilde G. expose qu'à l'âge de 15 ans, elle s'est inscrite au club de tennis où officiait Andrew Geddes en qualité d'entraîneur. Elle expose que celui-ci a progressivement pris un ascendant sur elle en la harcelant au téléphone plusieurs fois par jour et en insistant pour la raccompagner, après les cours, au domicile parental. Peu à peu, il s'immisce dans sa vie et l'isole de son entourage.

Désireuse de devenir une championne, elle accepte de suivre un rythme intensif d'entraînement avec Andrew Geddes, qui la fait travailler plusieurs heures par jour et la ramène le soir chez ses parents. Au fil du

temps, elle est peu à peu tombée sous l'emprise de son entraîneur dont elle admire la réussite professionnelle et qui joue de son aura pour la séduire et la manipuler.
Au printemps 2003, il commence... »

Elle décrit une escalade de violence difficilement entendable. Je déglutis à chaque épisode. Je replonge dans le désarroi, le vide abyssal, la solitude extrême d'une adolescente. Je vois Mathilde à quinze ans et j'en crève. Ces viols ignobles, les raisons du silence et l'état de sidération, Mathilde les a si bien expliqués durant son dépôt de plainte que j'espère qu'à ce moment précis, les jurés comprennent ce qu'est l'emprise.

« Par la suite, les faits se sont répétés, de 2003 à 2005, lors de chaque entraînement à Sarcelles ou à l'occasion de compétitions, au domicile d'Andrew Geddes à Bougival puis à Montmorency, ainsi que dans la voiture de celui-ci. »

Je m'effondre complètement. C'est à cause de moi, de nous petite sœur, que Mathilde est venue à Sarcelles. C'est toi qui lui as dit de venir pour travailler avec Marc, ton entraîneur, qui est aussi devenu le mien une fois que j'ai dit que je ne voulais plus que l'autre m'entraîne. Je culpabilise tellement... Je nous revois dans la voiture de la mère de Mathilde, qui nous ramenait quelquefois. À cette époque-là, l'autre ne lui tournait pas autour, il y avait Astrid. J'ai envie de me gifler, de me taper le nez contre l'arrête du banc.

J'ai essayé de tenir, mais il aura suffi d'une phrase de Mathilde sur une de ses pratiques préférées pour faire sauter les verrous. La peau de ma poitrine s'est rétractée, mes abdos se sont contractés, j'ai eu un spasme. Il leur a fait ça à elles aussi, comme un jeu qu'il répète puisqu'il a fonctionné la première fois... Je réalise qu'il a un mode opératoire comme les tueurs en série peuvent en avoir. C'est un violeur en série.

La capitaine est un rouleau compresseur qui continue son opération de broyage : des faits, encore des faits, on pense avoir tout entendu mais les suivants sont toujours plus sadiques, sales, humiliants, dangereux...

Mathilde fait des petits bruits à côté de moi, on dirait une souris. Elle pleure et je crois qu'en même temps elle hurle la bouche fermée. C'est insoutenable, je voudrais qu'on me crève les tympans... Pour autant je ne veux pas louper une phrase, c'est comme si les milliers de pièces d'un puzzle géant s'imbriquaient d'un coup. Elles n'ont pas vécu la même chose que moi, elles ont vécu pire, de la violence physique, des scènes d'une brutalité rare, des scènes de barbarie. D'un coup, je me rappelle cette phrase de Didier, il y a quelques années, au temps de l'instruction : il m'informait que la juge hésitait à ajouter un chef d'accusation pour séquestration, avec actes de torture et de barbarie, qui n'avait finalement pas été retenu. Et pourtant... À cet instant j'avais commencé à réaliser le degré de violence que nous avions subi.

Puis l'atmosphère électrique retombe un peu au moment où la capitaine explique les stratégies que Mathilde a adoptées pour survivre et se reconstruire. Son choix de partir faire ses études aux États-Unis pour lui échapper, puis au Brésil par peur de ne pas encore être assez forte pour affronter un retour en France.

« Elle explique sa décision de porter plainte en disant : “Il m'a volé mon adolescence, il me l'a détruite, c'est pour ça que je fais cette démarche.”

Elle décrit Andrew Geddes “comme un manipulateur, menteur, voire mythomane, sanguin. Séducteur, violent, agressif, irascible, prétentieux, arrogant. Il avait un complexe d'infériorité qu'il essayait de compenser en inventant mille exploits. C'est un pervers, détraqué, sadique. Le sadisme fait bien partie de sa personnalité.”

Elle confie que d'autres jeunes filles, notamment Astrid M., qui a déposé plainte en janvier 2014, et une certaine Angélique, avaient aussi été victimes de leur entraîneur avant elle. »

Ma culpabilité atteint des sommets jamais égalés. Je pleure sans m'arrêter depuis des dizaines de minutes, je n'ai plus de force mais mes larmes coulent toujours. Les jurés nous regardent et voient Mathilde tantôt pleurer, tantôt à moitié rire nerveusement. Astrid et Margaux sont deux statues de cire.

La capitaine n'a pas fait une pause, elle a tout balancé d'une traite sans lire ses notes. C'est impressionnant. Il y a tellement de similitudes dans nos histoires et dans nos traumas, pourtant on est si différentes avec Mathilde… Mais je n'ai pas le temps d'analyser davantage que la capitaine enchaîne déjà :

« Concernant Astrid M., elle dépose plainte le 28 janvier 2014 au commissariat de Marseille pour dénoncer des faits similaires à ceux subis par Mathilde G.

Le parquet des mineurs de Marseille s'étant dessaisi au profit du parquet de Paris pour que la brigade de protection des mineurs poursuive les investigations, elle est de nouveau entendue par ce service le 5 mars 2014.

Elle relate que de juillet 2001 à fin 2003, soit de ses 15 à ses 17 ans, elle a été membre du club de tennis de Sarcelles et entraînée par Andrew Geddes qui l'a peu à peu isolée de ses proches, en les dénigrant systématiquement. Elle explique avoir été "subjuguée par son aura" et "totalement sous son emprise et son autorité", étant devenue "sa chose", ayant perdu toute personnalité et toute volonté. Andrew Geddes la critique sans cesse et la rabaisse, lui faisant perdre toute estime et toute confiance en elle pour mieux la dominer et la manipuler. Il souffle le chaud et le froid, tantôt affectueux et généreux, lui faisant des cadeaux (vêtements, lingerie féminine), tantôt agressif, possessif et violent.

Au cours d'un stage à La Baule en juillet 2001, Andrew Geddes commence à…

C'est le 11 septembre 2001, au domicile de ses parents, qu'il… "Rétrospectivement, je me vois muette, et je me vois, j'ai très chaud, j'ai très peur, je suis complètement sidérée, je suis très seule." »

Je suis au bord de l'évanouissement… Je vois trouble, j'ai envie de vomir mais je n'y arrive pas, je n'ai rien mangé. C'est peut-être pour ça que je vois trouble, je fais peut-être une crise d'hypoglycémie. Mes abdos sont tellement contractés que je vais avoir une crampe, j'ai du mal à respirer. Margaux me tient la main tandis que les flashes défilent. Son crachat sur sa main, son sperme étalé sur moi, j'ai un haut-le-cœur. Margaux me demande si je veux sortir quelques minutes, mais c'est hors de question.

La capitaine ne s'arrête pas, elle raconte des faits plus difficiles les uns que les autres.

Je vacille, les jurés aussi. Ils n'en peuvent plus. Certains sont dégoûtés, révoltés, prêt à lui bondir dessus. Ils le regardent avec haine. D'autres sont sidérés, inertes, KO, le regard dans le vide. Ils n'écoutent peut-être même plus.

Je ne peux m'empêcher de penser que si j'avais parlé, ça ne serait pas arrivé à Astrid.

Je n'ose même pas la regarder. Je ne savais pas, on ne s'est rien dit, jamais, comment dire une chose pareille ? Et ça reprend.

« En juillet 2002, il la séquestre lors d'un stage à La Baule, dans une chambre de l'hôtel des Dunes, de peur qu'elle ne le quitte pour un garçon de son âge. Il l'enferme dans la pièce et, à son retour, il la frappe à coups de poing et de pied. Astrid se cogne la tête contre le mur et perd connaissance.

Une autre fois, il l'emmène à la fête des Loges de Saint-Germain-en-Laye puis dans une forêt après une violente scène de jalousie. Il l'oblige à sortir de la voiture en lui tirant les cheveux, puis lui arrache ses vêtements, l'insulte et lui crache dessus. Il lui impose un rapport puis l'abandonne, seule et nue, durant une à deux heures avant de revenir la chercher. Il lui jette alors des vêtements au visage, dont elle se revêt, puis il la ramène chez elle. Dans la voiture, il s'excuse et, les jours suivants, il lui offre une paire de lunettes qu'il broie peu de temps après, à l'occasion d'un nouvel accès de violence. »

Je jette un regard rapide vers lui. Il se tient la tête avec la main, il a l'air abattu. Je repense à ce chef d'accusation de barbarie. Pour moi il l'aurait mérité. Moi qui suis contre la peine de mort, c'est la première fois que je doute de mes convictions. Pendant un petit instant je le voudrais sur une chaise électrique en train de griller, j'aimerais sentir l'odeur de ses poils qui brûlent. Mais je me reprends très vite, je ne deviendrai jamais aussi sadique que lui...

« Astrid M. rapporte qu'Andrew Geddes est très violent et grossier, l'insultant, lui tirant souvent les cheveux et la frappant régulièrement. Elle ajoute qu'il est sale, que son sexe sentait mauvais, et que cela a ajouté à son traumatisme. »

J'ai l'odeur incrustée en moi, je la sens encore dans cette cour d'assise.

« Elle parvient à se libérer de son emprise et à rompre avec lui fin 2003. Elle est alors l'objet d'un harcèlement téléphonique, de menaces et de chantage au suicide.

Elle précise qu'à la suite de ces agressions, elle n'a plus eu ses règles jusqu'à son départ de la région parisienne en 2012. Elle rencontre des problèmes d'insomnie et se gratte le dos jusqu'au sang.

Elle dit avoir déposé plainte, non dans une "optique de vengeance", mais dans une "optique de justice" pour se "sentir mieux et être soulagée de ce poids". »

Astrid n'a pas bougé. Elle n'a montré aucune émotion, visage fermé, droite, pas une larme. Comment fait-elle ? C'est sa manière de gérer avec son traumatisme. Elle n'est pas distante mais elle est hermétique, face à lui, elle ne veut rien laisser paraître.

La capitaine ne s'arrête pas. Elle continue avec toujours autant d'aisance, je crois que je n'ai jamais été aussi impressionnée.

« La mère d'Astrid M., ayant constaté le mal-être de sa fille qui déchirait ses draps en dormant et se griffait au point de s'infliger des blessures importantes, a demandé des explications à Andrew Geddes après l'avoir vu embrasser sa fille. Il a alors menacé de s'enfuir avec elle en Australie. »

Elle lit ensuite les déclarations des proches de la plaignante, qui témoignent de ses troubles du comportement, pendant la durée des faits et après, comme par exemple des périodes de transe au cours desquelles elle mimait des strangulations dont elle aurait été victime.

Il n'y a pas de limite à la terreur qu'il a infligé, à son sadisme. Je les regarde toutes les trois, sidérée par leur force.

La capitaine parle depuis plus d'une heure. J'en ai appris davantage qu'en six ans d'enquête. Mais sans doute que je n'aurais pas été prête à entendre tout ça avant.

« Concernant Angélique Cauchy... »

Ça y est, j'ai une boule terrible dans le ventre, une pierre, je tremble, je n'arrive pas à arrêter le tressautement de mes jambes. Margaux me sourit et pose la main sur ma cuisse, ça me calme un peu, suffisamment pour ne pas gêner la capitaine qui continue.

J'éclate en sanglots dès le début, à l'écoute de mon âge, je ne supporte pas qu'on en parle. Chaque phrase prononcée me replonge dans le passé. Je revois tout dans les moindres détails, les sons, les odeurs, le tennis, la peur, lui, moi. Comme à douze ans, je finis par sortir de moi-même. J'arrête de pleurer et je flotte au-dessus de la cour d'assises, sonnée, inerte. J'écoute sans rien dire le récit des pires moments de ma vie.

« Angélique chiffrait à environ quatre cents le nombre d'abus sexuels dont elle avait été victime. »

Le public bouge, fait du bruit, marmonne. Les jurés baissent la tête, écrivent sûrement ce nombre sur leur feuille de notes. 400.

La capitaine raconte ensuite le témoignage d'un autre entraîneur du club. Je ne sais pas si ça me fait plaisir ou si ça me met sous terre d'entendre que j'étais talentueuse, que j'étais un diamant brut avec les capacités pour devenir une grande championne. Ça me rappelle plutôt à quel point il a brisé un potentiel, brisé mon futur.

Je me revois sur le court, je fais un match contre lui. Ça arrive rarement qu'il joue, je suis contente et je veux lui montrer que je joue bien. Je donne tout ce que j'ai, je suis en train de gagner. Sauf que ça le rend fou. Il me dit : « Quoi, ça te fait rire avec tes gros cheveux et tes bagues ? Je te mets la balle entre les deux yeux quand je veux, tu veux que je te pète les dents ? »

Quand on arrive à la fin du passage qui me concerne, j'ai la sensation qu'elle a beaucoup moins parlé de moi que d'Astrid et Mathilde. Est-ce que ce n'est qu'une sensation ? Parce que je connais déjà ma vie et que je n'apprends rien ? Est-ce que c'est parce que je suis autocentrée ? Ou peut-être qu'il y a moins besoin de détails me concernant ? Pourtant j'ai beaucoup parlé à l'audition, j'ai été précise, je suis toujours précise.

Les filles sont en larmes toutes les trois. Pourquoi ? Il n'y a rien eu de terrible par rapport à ce qu'on a entendu sur elles. Astrid et Margaux se tournent vers moi, j'ai une mine d'enfant qui ne comprend pas. Elles me disent en même temps : « Tu étais si petite… C'est un monstre, comment il a pu te faire ça ? » Cette empathie dont on est capables les unes pour les autres est sans doute ce qui nous rend si fortes ensemble.

Maintenant, ça va être le tour de Margaux. C'est le moment que je redoute le plus, je ne veux pas qu'on touche à Petite Margaux. La capitaine parle depuis une heure et demie sans s'arrêter. Même le président de la cour d'assises paraît impressionné.

« La mise sur écoute de la ligne téléphonique d'Andrew Geddes, du 26 mars au 5 mai 2014, a permis d'intercepter plusieurs communications avec une dénommée Margaux dont la teneur ne laissait aucun doute sur la nature sexuelle de leur relation.

Il était établi que la ligne était ouverte au nom du père de Margaux et utilisée par sa fille.

Concernant Margaux W. : elle relate qu'à l'âge de onze ans et demi, elle a rencontré, au club de tennis de Levallois-Perret, Andrew Geddes qui est devenu son entraîneur. Elle le décrit comme très protecteur et paternel au début de leur relation. Au fil du temps, Andrew Geddes se met à gérer toute la vie non seulement tennistique mais scolaire, familiale et amicale de son élève.

C'est à partir de 2009 qu'il commence à lui donner des cours particuliers, en en profitant pour lui demander de le caresser pendant qu'il pose sa main sur sa cuisse alors qu'elle était en short ou en jupe de tennis.

Le 21 mai 2011, comme elle l'a indiqué dans son agenda, il lui soulève son T-shirt et lui fait une réflexion sur ses seins : "Oh mais ça pousse tout ça." Elle s'est tout de suite dégagée mais comme les gens autour rigolent et ne font aucune réflexion, elle se dit que c'est encore une de ses blagues. »

L'ordure, je le hais. Je l'observe, il est si proche de moi, même pas la distance entre le filet et la ligne de carré de service. En 2011, j'avais vingt-quatre ans, je n'habitais plus chez mes parents, j'aurais dû parler à ce moment-là. Je me revois en toi, il t'a connue au même âge que moi, s'est comporté de la même façon, avec toi et avec ta famille. Nos histoires sont si proches…

« Il souffle constamment le chaud et le froid, comme elle le consigne dans son agenda en 2010 et 2011. Dans des moments, il lui dit qu'elle est comme sa fille, qu'elle est jolie et intelligente, que s'il avait eu son âge il l'aurait épousée. Puis dans d'autres, il se montre extrêmement blessant avec elle, lui dit qu'elle est grosse et se moque de sa démarche devant tout le monde. »

Quand j'ai rencontré Margaux, elle était si perdue, si détruite, elle n'avait aucune confiance en elle. Je ne sais pas ce qu'il lui a fait exactement, une partie de moi ne veut pas savoir. Je repense à ce que la capitaine m'a dit au moment où ils ont décidé de l'interpeller : « On va avancer son arrestation parce que la jeune est en danger de mort. On pense qu'il est à la limite de passer à l'acte. »

« À l'occasion d'un stage à La Baule le 24 juillet 2013... »

La Baule, toujours... Le même schéma qui se répète pendant quinze ans pour atteindre la perfection du mode opératoire avec Margaux.

Je ne veux plus écouter, je me bouche les oreilles, je dois faire le vide quelques secondes. Je suis bouffée de l'intérieur par ma culpabilité, par l'empathie que je ressens pour elle, par ma haine contre lui, par mon désespoir envers le monde.

« Margaux W. admettait avoir été consentante lors des rapports, étant très amoureuse de son entraîneur. »

Pendant longtemps, Didier a pensé que Margaux était le point faible de notre dossier, celui sur lequel son avocat s'appuyerait pour montrer que toutes étaient bien consentantes. Avec Astrid, on lui disait qu'au contraire, elle était tout ce qu'on avait décrit. Au moment de son arrestation, elle était encore sous emprise. C'était la force du dossier. Mais aujourd'hui je vois surtout la victime de trop...

« Dix jours après sa première audition, le 5 mai 2014, Margaux W. exprime le souhait d'être de nouveau entendue par les enquêteurs, expliquant avoir beaucoup réfléchi et s'être rendu compte de choses, notamment qu'il n'était pas normal qu'elle ait peur qu'il sorte de prison. Elle pense qu'Andrew Geddes a anticipé leur histoire et a l'impression que tout a été calculé. Elle précise que le stage de La Baule a débuté le 13 juillet 2013 et qu'Andrew Geddes lui a proposé de la masser pour progressivement… »

Chaque mot s'imprègne jusqu'au plus profond de mon ADN. C'est d'une brutalité extrême de se rendre compte qu'on a été en contact avec un monstre. Que l'on a de la chance d'être encore en vie. J'ai les poings serrés d'une rage que je peine à contrôler. Je pleure mâchoires contractées, j'ai le regard de quelqu'un qui vient pour se venger de la pire des abominations. Je suis épuisée, je regarde ma montre : 16 heures. La capitaine parle depuis deux heures et demie. Le match de boxe est trop long pour tout le monde. J'ai l'impression que l'autre est miné, accablé, et parfois qu'il s'ennuie profondément.

« Margaux W. n'a rien dénoncé car Andrew Geddes lui a demandé de garder le secret au motif qu'il risque d'aller en prison. Elle précise que les premiers rapports sexuels ont commencé deux mois après la révélation du cancer de sa mère, à une période où elle est fragilisée et alors qu'il lui a promis d'être toujours là pour elle.

Elle s'est laissé faire tout en n'étant pas consentante. Elle dit : "J'étais contrainte car j'étais sous son autorité et sous son emprise. Je n'étais pas en mesure de lui dire non. Il avait tellement cette autorité et cette coupe sur moi depuis des années que ce n'était pas possible."

Margaux W. est examinée, sur le plan médico-psychologique, par une psychiatre de l'hôpital Foch à Suresnes, qui note l'existence de troubles du comportement alimentaire, de compulsions et d'un syndrome dépressif pendant les faits et après l'incarcération d'Andrew Geddes.

L'experte n'a décelé aucun trouble de la personnalité ni aucun signe d'affabulation ou de mythomanie.

Margaux W. a admis s'être comportée avec une certaine ambivalence tout en rapportant avoir souffert de la relation d'emprise.

Elle ne présente plus actuellement de symptomatologie aiguë en lien avec les faits, on ne peut pas prévoir à long terme les conséquences psychologiques et sexuelles qu'auront ces faits sur son avenir. »

Ils disent toujours qu'ils pensent que maintenant ça va. C'est ce qu'on leur dit sur le moment, parce qu'on est obligé d'y croire. Mais aujourd'hui je sais que ce n'est pas le cas, qu'on n'est jamais à l'abri d'une rechute, du mal-être, de dépressions ou de TOC.

« Margaux W. se constituait partie civile le 2 juin 2014. »

Je pensais à une suspension, tout le monde en a besoin, je le vois sur la tête des jurés. Mais non, la capitaine continue.

« Lors de sa garde à vue, Andrew Geddes a reconnu les faits reprochés tout en les minimisant. Il a conscience que ce qu'il leur a fait "subir" n'est ni normal ni bien mais que "ses pulsions dépassent la conscience".

Il réfute tout acte de pénétration sur Angélique, admettant seulement des masturbations et des caresses qui ont commencé lorsque la jeune fille lui a demandé de la bercer dans son lit et de lui raconter des histoires. Les actes se sont aussi déroulés dans son véhicule, dans le local technique du club de Sarcelles et dans les toilettes d'autres clubs de tennis lors de tournois. »

Je suis folle de rage qu'il n'admette pas, qu'il veuille faire douter les jurés sur ce point. Je veux qu'il avoue tout. Demain je serai à la barre, il faut que mon témoignage le terrasse et le fasse plier.

« Il précise qu'à l'époque il avait une compagne, Sophie D., dont il se sépare au cours de l'été 2001, celle-ci ayant appris sa relation adultère avec Angélique et Astrid. »

Comment ça, sa relation adultère avec moi ? Elle l'a appris, elle sait qu'il a eu des relations sexuelles avec moi, mais elle ne s'est pas posé la question du consentement ? J'avais entre douze et quatorze ans et elle est juste partie, elle a repris sa vie. Elle va être entendue, j'ai envie que Didier l'interroge à ce sujet, en même temps j'ai peur que cela dédouane l'autre en partageant une quelconque responsabilité. Mais il est clair, pour moi, qu'il y a eu de la part des adultes autour de nous un manquement grave à la protection des enfants.

« Il ne nie pas l'existence des relations sexuelles avec Astrid M., de fin 2001 à septembre 2003, mais soutient qu'elles étaient consenties. Il reconnaît lui avoir fait visionner des scènes d'un film pornographique dans une chambre d'hôtel à Lyon, l'avoir filmée lorsqu'elle lui faisait des fellations et s'être masturbé en regardant ces images.

Il concède avoir usé parfois de violences, notamment en la giflant ou en lui tirant les cheveux, mais sans jamais lui porter de coups. Il reconnaît une altercation assez violente au cours de laquelle il aurait pu déchirer ses vêtements et l'abandonner quelques instants au bord du chemin lors de la fête des Loges, mais il conteste le viol, de même que la séquestration à La Baule en juillet 2003.

Concernant Mathilde G., il reconnaît des rapports sexuels, selon lui consentis, tout en ne contestant pas avoir exercé des violences physiques et psychologiques sur elle. Il décrit une première période, de juin 2003 à juin 2004, durant laquelle elle lui a semblé consentante, puis une seconde, pendant laquelle elle a tenté de se détacher de lui, ce qui l'a amené à la harceler physiquement et téléphoniquement, à exercer sur elle des violences physiques et psychologiques, et des menaces.

Il explique les faits par le besoin de plaire, d'être reconnu et admiré : "J'aimais l'image qu'elles me renvoyaient de moi-même et le pouvoir que j'avais sur elles, j'ai conscience que c'est grave et pas normal."

À la fin de sa garde à vue, Andrew Geddes reconnaît avoir entretenu des relations sexuelles consenties, de juillet 2013 à avril 2014, avec Margaux W.

À l'issue de dix mois d'enquête et de plus de trois cents auditions, de perquisitions dans les différents lieux cités par les victimes, il ressort les informations suivantes :

Audrey S. fait savoir aux enquêteurs qu'elle a été victime d'abus sexuels identiques à ceux des autres jeunes filles, entre août 1994 et janvier 1998, soit entre ses quinze et vingt ans, à La Baule où elle a rencontré Andrew Geddes dans une boîte de nuit.

Elle indique qu'elle n'a plus la possibilité de déposer plainte car les faits dont elle a été victime sont désormais prescrits. »

Alors on est cinq, au moins. Si seulement on pouvait allonger le délai de prescription, voire rendre imprescriptibles les faits de viols sur mineurs. C'est le cas au Luxembourg, en Belgique, en Grande-Bretagne, en Suisse et au Danemark. Quand je vois qu'on est détruites à vie, il me semble que ce serait équitable. Et peut-être que cela ferait davantage réfléchir certains agresseurs de savoir que l'épée de Damoclès sera au-dessus de leur tête toute leur vie…

« Andrew Geddes avait une emprise très forte sur les jeunes avec lesquels il se montrait parfois violent et humiliant au cours des entraînements, les terrorisant au point que ceux-ci sortaient souvent en pleurs des terrains de tennis. Il enjolivait toujours tout auprès des jeunes, leur mentait et s'il les stimulait et contribuait à pousser toujours plus loin leurs limites, il pouvait aussi les délaisser brutalement si les résultats ne venaient pas.

Il disait aux adolescents qu'il fallait profiter des filles de leur âge, quinze, seize ans, car elles étaient à l'apogée de leur beauté.

En définitive, la personnalité d'Andrew Geddes était très controversée et il était soit adulé, soit détesté. »

Cela fait trois heures que la capitaine parle, et elle continue, citant des déclarations d'élèves et d'employés du club qui confirment son caractère violent et manipulateur. Plusieurs insistent sur l'emprise qu'il avait également sur les parents de ses élèves, qui voulaient que leurs enfants soient entraînés par lui. Ludwig relate des faits s'apparentant à de la torture psychologique, que l'autre lui aurait fait subir de ses trois à ses vingt ans, affectant sa construction en tant que personne. Lui aussi sera appelé à la barre.

En écoutant tout cela, je me dis qu'il a été protégé par certains, et protégé surtout par le silence et l'inaction des autres. Tous ces témoins passifs. Cette époque doit être révolue… Avec l'association Rebond, nous aiderons à garantir un monde plus sécurisant, bienveillant pour les enfants des générations futures. C'est un devoir. Pour mes élèves, pour le fils d'Astrid qui va avoir un an, pour Milo qui va naître. Pour la petite fille de douze ans que j'étais et qui s'est battue pour sa vie.

« Des réquisitions aux fins de mise en examen étaient prises le 7 mai 2014 à l'encontre d'Andrew Geddes.

Il est établi qu'Andrew Geddes, qui a reconnu, à des degrés divers, avoir eu des relations sexuelles, avec les quatre parties civiles, de par sa qualité d'entraîneur officiel ou dans les faits s'agissant en particulier de Margaux W., a eu sur ces dernières un ascendant certain dont il a abusé. Il les a petit à petit conditionnées pour les amener à subir des agressions sexuelles sans réagir tant il avait réussi à les soumettre.

La liberté de choix des plaignantes a été totalement altérée par l'emprise mentale exercée sur elles par

Andrew Geddes d'autant qu'étant mineures, mineure de moins de quinze ans pour Angélique Cauchy, celles-ci ne pouvaient en parler à personne et ne pouvaient que subir une contrainte morale résultant de la différence d'âge avec leur agresseur. Elles n'étaient donc plus en capacité de donner aux actes sexuels un consentement libre et éclairé.

Il y a lieu d'observer qu'Andrew Geddes a enchaîné dans le temps sans interruption et parfois même en les cumulant les viols et les agressions sexuelles à l'encontre des trois premières victimes, sans qu'à aucun moment il mette en place une réflexion sur ses agissements dont il sait pourtant parfaitement qu'ils transgressent la loi, même s'il affirme dans le même temps n'avoir imposé aucune relation sexuelle à quiconque.

Son positionnement est d'ailleurs particulièrement ambigu depuis le début de l'enquête car s'il a conscience du caractère anormal de ces relations avec des jeunes filles et admet que leur consentement est très relatif, il maintient qu'il s'agit de relations amoureuses et donc non contraintes. Concernant Astrid M. en particulier, il la considère comme sa petite amie au moment des faits et affirme ne s'être pas servi de son statut d'entraîneur pour la séduire.

Si lors de sa garde à vue Andrew Geddes a tenté d'expliquer ses agissements par des “pulsions qui étaient plus grandes que sa conscience”, il est revenu en fin d'instruction sur ses déclarations et a affirmé qu'il ne savait pas que les jeunes filles étaient plus vulnérables. »

La capitaine pose ses feuilles et ouvre sa bouteille d'eau. Le président lui demande de patienter un peu avant le début des questions, car quelqu'un attend d'être entendu en visioconférence.

La cour va interroger Sophie D.

« Bonjour, madame D., vous êtes en direct de la cour d'assises de Nanterre pour le procès contre Andrew Geddes. Nous vous remercions pour votre présence et nous vous écoutons.

— J'ai rencontré Andrew en 1998, il était mon entraîneur avec un groupe de copines avec qui je m'étais inscrite. C'est une époque où je n'étais plus heureuse en couple et j'ai fini par succomber. C'était très intense, je n'avais jamais vécu ça, je pensais que c'était de la passion. Par moments c'était génial, et puis à d'autres moments c'était horrible, ses coups de colère, sa possessivité, sa jalousie… J'ai quitté mon mari mais nous n'avons jamais vécu ensemble, pour mes enfants je préférais qu'il n'habite pas avec nous. Il avait un appartement à quelques centaines de mètres de chez moi. Rapidement, il n'a plus eu de désir pour moi, sexuellement il ne se passait rien. Ç'a été difficile de rompre car chaque fois il revenait, il s'excusait et je retombais. J'ai fait une dépression, j'ai dû quitter la région et j'ai mis des années à m'en remettre. Je suis longtemps restée seule, avant de rencontrer mon compagnon actuel, qui a dû essuyer les plâtres de mon passé avec Andrew. J'avais beaucoup de mal à faire confiance, parce qu'Andrew me mentait, il me manipulait. D'ailleurs mes enfants lui avaient donné un surnom sans qu'il le sache : Super Mytho. »

Après quelques questions du juge, l'avocate générale prend la parole :

« Comment avez-vous finalement eu la force de rompre ? Et pourquoi pensez-vous que cette fois-là il n'est pas revenu encore une fois vers vous ?

— Un soir, je suis rentrée plus tôt du travail, je ne l'avais pas prévenu et je voulais lui faire une surprise. Je l'ai trouvé dans la salle de bains au téléphone, il était avec Astrid. C'était une jeune de quinze ans qu'il entraînait depuis la rentrée, ce qu'il disait ne laissait planer aucun doute quant à leur relation…

— C'est-à-dire ?

— Il disait qu'il avait envie de lui faire comme la dernière fois chez ses parents. »

J'ai envie de prendre la parole et lui hurler que la fois en question, c'est quand il l'a violée sauvagement sur le tapis de salon de ses parents.

« Je lui ai dit que c'était fini, que je savais qu'il me trompait avec Astrid, et que j'avais toujours eu des doutes pour Angélique. Je trouvais qu'il était trop proche d'elle, je lui en avais parlé, il s'était emporté, je lui avais dit que ce n'était pas normal d'avoir la photo d'une de ses élèves sur sa table de chevet, que j'allais prévenir sa mère. Il m'avait menacée.

— Et vous n'avez rien dit finalement ?

— Je n'ai pas revu les parents d'Angélique. Je pense à eux souvent, c'est terrible pour eux… Je leur demande pardon. »

Cette phrase ne me donne aucun réconfort. Au contraire, elle me met en rage. Donc moi on s'en tape ? On ne me demande pas pardon ?

« Et sexuellement, quelles étaient ses pratiques ?

— Il était fainéant sexuellement, il n'avait pas vraiment de libido, pourtant je le voyais se masturber tous les jours, à côté de moi dans le lit, sous la douche, c'était très humiliant pour moi. J'ai mis des années à m'en remettre, je n'avais plus aucune confiance en moi.

— Était-il violent ?

— Oui, il était violent verbalement, il pouvait péter un plomb d'une seconde à l'autre, je ne savais jamais sur quel pied danser. C'était une peur permanente, mais les débuts avaient été tellement idylliques que je m'accrochais à ça. J'ai parfois eu peur de mourir. Je me rappelle d'une fois... (Elle se met à trembler sur l'écran face à nous.) Il m'avait plaquée contre le mur et serré le cou avec sa main. Je me suis vu mourir ce jour-là, et aujourd'hui encore, 20 ans après, ça me hante. »

L'image se fige, la wifi refuse de poursuivre ce témoignage. Gelés, nous sommes gelés, tous, tout comme l'écran par cette phrase qui reste en suspens dans l'air glacial de la salle d'audience. Sophie ne bougera plus. La télévision devient noire. La centaine de personnes présentes, en état de choc, reprend ses esprits aux mots du président :

« Bien, nous avons apparemment perdu Mme D. Faites venir la capitaine Béchu pour les questions.

— Je suis prête, monsieur le juge.

— Bien. Pouvez-vous nous dire si vous avez d'abord cru à un complot ou une entente entre les parties civiles ?

— Je n'ai jamais pensé à un complot, car si leurs histoires étaient semblables, décrivant le même mode opératoire et les mêmes traits de caractère chez l'accusé, les faits et la façon qu'avait chacune de les raconter évoluaient selon les victimes. D'autant qu'il y avait une progression chronologique nette, qui allait vers des comportements sexuels de plus en plus violents et déviants. En outre, nous sommes formés pour un recueil de la parole qui laisse la victime s'exprimer sans la couper et sans lui poser de questions, pour être certain de ne pas influencer ses réponses. Leurs témoignages étaient sincères aussi par les signes comportementaux que nous savons repérer : sueurs, frissons, voix, regard, postures. Enfin, toutes ont vécu une expertise psychiatrique qui n'a conclu à aucune tendance à la manipulation, mythomanie et affabulation. »

Ce juge est brillant. Avec sa question, il a coupé l'herbe sous le pied de son avocat, qui avait dès le dépôt de plainte voulu défendre l'idée d'une entente de notre part. Ainsi le débat est clos.

« Pouvez-vous nous décrire le comportement des différentes plaignantes lors de leur déposition ? Ont-elles toutes eu le même ?

— Non, pas du tout. Mathilde G. est arrivée très fermée, très froide, tant dans son comportement physique que dans son ton. Elle a raconté les faits sans émotion, comme si c'était arrivé à une autre personne qu'elle. Astrid M., elle, est arrivée très stressée, son dépôt de plainte à Marseille faisait une page et avait été pris par des agents de police non formés pour le recueil de la parole de victimes de violences sexuelles. Ses propos étaient extrêmement structurés mais l'audition a été difficile. Angélique Cauchy n'avait jamais parlé avant de venir déposer plainte. Lorsqu'elle est arrivée à la brigade des mineurs, j'ai d'abord été impressionnée physiquement : elle est grande, sportive, baraquée, loin de l'image d'une petite fille de douze ans. Lorsqu'elle a commencé à parler, elle ne s'est pas arrêtée pendant quatre heures. Elle a fait, excusez-moi du terme, une diarrhée verbale. Tout ce qu'elle avait gardé si longtemps devait sortir. Elle a la particularité d'être hypermnésique, elle se souvient de tout, notamment des chiffres, des dates, des scores de matchs de football, des scores de matchs de tennis... C'est à la fois impressionnant et du pain bénit pour un enquêteur de se trouver face à une victime qui donne des détails aussi précis. Enfin, Margaux W. a d'abord défendu Andrew Geddes, se chargeant au maximum pour le disculper. Elle était totalement sous emprise, puis, quand elle est revenue quelques jours plus tard, elle paraissait fragile, détruite, elle voyait son monde s'écrouler devant ses yeux et commençait à comprendre ce qu'elle avait vécu. Ce qui les caractérise toutes les quatre, c'est leur intelligence. J'avais en face de moi des victimes avec un propos personnel, cohérent, et qui résonnait fortement avec ceux des autres. »

Le juge pose encore quelques questions à la capitaine sur les ressemblances entre nos histoires et le mode opératoire de l'autre. Encore une fois, elle y répond avec une précision impressionnante.

« Ce sera tout pour moi, mesdames les juges, messieurs et mesdames les jurés.

— Pas de question...

— Madame l'avocate générale ?

— Bonjour capitaine, merci pour cet exposé complet. Qu'avez-vous pensé lorsque Mathilde G. vous a annoncé qu'une autre victime avait déposé plainte à Marseille et qu'une autre réfléchissait encore ? »

La voix de la jeune avocate générale contraste avec sa fonction. C'est la première que je l'entends parler.

« C'est terrible parce que cette annonce veut dire que nous sommes face à un prédateur. D'autant que j'apprends que la victime qui réfléchit, Angélique Cauchy, était âgée de douze ans au moment des faits. Cela signifie que nous avons affaire à un pédocriminel et cela change tout. C'est un moment où l'enquête prend une autre tournure, où l'enquêteur va mener beaucoup d'investigations, interroger les entourages, pour remonter le temps sur une longue période. C'est un travail de recherche colossal, mais c'est ce qu'aime faire un enquêteur.

— Quand vous avez perquisitionné son domicile et l'avez conduit en garde à vue, comment a-t-il réagi ? Qu'avez-vous découvert d'autre à son domicile, outre cette lettre d'Astrid M. ?

— Il n'a pas opposé de résistance, il a dit que sa vie était foutue. Nous avons trouvé un trou dans la porte de la cuisine, que sa compagne Ségolène B. nous a expliqué par un coup de poing donné par Andrew Geddes dans un accès de colère. Nous avons trouvé du cannabis et de la codéine.

— Pas d'autres questions.

— Messieurs les avocats des parties civiles, avez-vous des questions ? »

Didier se lève :

« Bonjour madame capitaine Béchu, pouvez-vous nous parler de cette lettre trouvée dans un livre ? Était-elle à vue ou cachée ? Et pouvez-vous nous préciser sa nature ?

— Elle était cachée, pliée dans un livre, lui-même pas exposé. La lettre paraît être une lettre d'amour, écrite d'une main enfantine. Bien écrite, appliquée, avec tous les superlatifs possibles qui montrent l'état d'emprise dans lequel était Astrid M.

— Nous reparlerons de cette lettre plus tard au cours du procès et nous en ferons lecture pour éclairer les jurés et la cour. »

Didier et Astrid m'avaient parlé de cette lettre qu'Astrid considérait comme une épine dans notre pied. Finalement, elle est la démonstration parfaite de l'emprise dans laquelle il nous a plongées l'une après l'autre. Je n'ai jamais lu cette lettre, mais je me doute de ce qu'elle peut contenir. Je me revois écrivant des textos insensés, cherchant pendant des plombes les meilleurs compliments que je pouvais lui faire pour le flatter et le satisfaire... Certains que je ne pensais même pas, d'autres que je pensais et qui étaient totalement hors de propos. Il ne me reste aucun texto, aucun mot que je lui ai écrit. J'ai tout effacé, tout jeté.

« Cette lettre ne vous a donc pas fait douter sur l'absence de consentement d'Astrid ?

— Pas du tout, car j'étais déjà sûre à ce moment-là, avec la mise sur écoute et les dépôts de plainte, du mode opératoire et du processus d'emprise qui avaient conduit aux viols. Cette lettre est au contraire une preuve supplémentaire de l'absence totale de libre arbitre. »

Astrid a l'air sérieuse, les sourcils froncés, on dirait une journaliste qui analyserait la situation en temps réel. Moi, j'ai l'impression que je ressens d'abord et ensuite j'analyse. Soudain je panique, j'ai trop d'émotions, je me demande comment ça va se passer demain matin, quand ce sera moi à la barre.

« Bonjour madame la capitaine. Maître D., conseil de Margaux W., je rebondis sur votre dernière réponse concernant la mise sur écoute. Qu'avez-vous découvert à travers celle-ci ?

— Nous avons découvert qu'Andrew Geddes entretenait à ce moment-là une relation avec une jeune femme tout juste majeure, depuis un mois. Nous avons entendu ce que les autres victimes nous avaient raconté. Nous avons tout de suite compris qu'il avait recommencé et que Margaux était en danger.

— Vous parlez de harcèlement, il se trouve j'ai le nombre de textos et appels de M. Geddes entre la période de La Baule et l'arrestation, soit huit mois. Le nombre, j'ai cru à une erreur quand je l'ai lu, je le dis à la cour et aux jurés, c'est 18 677. 18 677 appels et textos. Cela fait environ cent par jour. Peut-on parler de harcèlement ?

— Oui. C'était sans aucune pause ni possibilité de respiration pour Margaux, il occupait tout son espace mental puisqu'il occupait tout son temps. Elle n'avait plus de capacité de discernement ni de recul. »

Je ne me remets pas de ce chiffre. Pauvre Margaux… Nous, on n'était pas à une époque des réseaux, de l'illimité, de smartphones. Je réalise que la technologie a été pour elle une prison supplémentaire. Je la regarde, elle baisse la tête. Je suis sous le choc, les jurés aussi, ils ont tous noté le nombre à l'unisson. Certains l'ont souligné ou entouré, j'ai vu leur main bouger plusieurs fois avec le même geste.

« Monsieur l'avocat de la défense, des questions ?

— Bonjour capitaine, vous avez parlé de la perquisition et de l'absence de résistance de M. Geddes, ce qui montre que contrairement à ce qu'on entend depuis ce matin, il n'est pas une cocotte-minute et sait garder son sang-froid. À ce titre, d'ailleurs, Mme B. explique bien pendant son audition que cet accès de colère n'est arrivé qu'une seule fois.

— Maître, répond immédiatement la capitaine, sachez que rarement, sinon jamais, les violeurs, qui plus est les pédophiles, ne montrent de résistance face aux forces de l'ordre. Pour Ségolène B., elle est apparue sous une emprise évidente au cours de son audition, qui l'a maintenue dans une position quasi mutique. Elle a tout de même raconté une autre scène où Andrew Geddes l'a giflée lors de la fête du titre de championne du monde +35 ans. Elle souhaitait sortir avec ses copines et lui voulait qu'elle reste dans la chambre avec lui. On nous a aussi rapporté qu'il a donné un coup de poing dans une porte en acier au club de Levallois, occasionnant une fracture. L'ensemble des auditions le décrivent comme violent, impulsif. Et les proches de Ségolène B. abondent dans ce sens.

— Concernant le mot "pulsion", qui a été employé par mon client, il convient de rappeler qu'il ne le pensait pas. La garde à vue a été particulièrement longue et pénible, les interrogatoires épuisants, il était fatigué.

— La garde à vue a duré quarante-huit heures, soit la durée légale en cas de prolongation de garde à vue de vingt-quatre heures. Compte tenu du nombre de victimes, nous n'avions pas fini les interrogatoires, c'est pour cette raison qu'elle a été prolongée. Les interrogatoires n'ont pas duré plus de trois heures et ont respecté ses droits, avec des périodes de pause. Il lui a également été proposé de manger, boire, et de prendre deux fois du Codoliprane comme prescrit par le médecin qui l'a examiné. Monsieur Geddes peut l'affirmer ?

— Oui capitaine, j'ai bien eu une visite médicale et reçu des Codoliprane pour mes douleurs de dos.

— Et pour vous éviter d'être dans un état de manque. »

Il est si petit, si minable, si soumis. Ces quatre dernières heures lui ont fait perdre sa superbe. D'une certaine manière, j'ai l'impression de continuer de m'inquiéter pour lui. Il ne faut pas, je m'en fous, je suis là pour comprendre, pour qu'il soit jugé. Et une autre part de moi, en colère, plus agressive peut-être, veut qu'il s'effondre, qu'il craque, qu'il avoue tout et qu'il demande pardon.

Le juge remercie la capitaine. Elle récupère ses papiers et se retourne sans même un regard pour l'autre, comme s'il n'existait pas. Ses talons claquent contre le sol en marbre. Elle tourne la tête vers nous et nous encourage avec ses yeux. Ce petit geste me donne la force de continuer cette journée. Il est 17 h 30, le président annonce une suspension.

« À la reprise, l'accusé viendra à la barre pour le contre-interrogatoire. »

Je n'ai jamais été si proche du moment où il peut avouer. C'est sa dernière chance, ou plutôt la mienne, pour qu'il avoue avant que je sois entendue. J'aimerais qu'il le fasse ce soir, pour que je ressente moins de pression demain.

Pendant la suspension, les avocats nous disent que la capitaine a été précise, incisive, claire, tranchante, que ça l'a fait plier. Ils ajoutent que cette première journée est dure pour lui, je leur réponds que pour nous aussi, il n'y a qu'à regarder nos têtes… J'arrive tout de même à manger un paquet de M&M's, c'est la première chose que j'avale de la journée.

Après la pause, il se traîne, pas fringant du tout. Il se tient le dos, se tortille.

« Monsieur Geddes, suite à l'audition de la capitaine Béchu, avez-vous des choses à dire spontanément ?

— Je voudrais leur dire que j'ai conscience que je leur ai fait du mal. Je sais maintenant qu'elles n'étaient pas consentantes, mais à l'époque je l'ignorais. Je voudrais leur dire que je suis désolé. »

Je serre les mâchoires, je n'en veux pas de ses excuses. Elles ne sont même pas sincères.

« Mais pour moi ce n'est pas aussi violent que la capitaine l'a décrit ou que les plaignantes l'ont ressenti. Je comprends que compte tenu de leur jeune âge, cela pouvait être inapproprié. J'ai pu me montrer impulsif lorsqu'elles ont voulu me quitter ou me refuser quelque chose, je sais que je souffre d'une peur de l'abandon. Je l'explique par l'abandon de mon père et de Maman avec qui je n'ai pas grandi.

— Vous qualifiez la relation avec ces jeunes filles, avec Angélique Cauchy âgée de douze ans, d'inappropriée ?

— Je sais ce que vous voulez me faire dire, mais je me sens déjà suffisamment comme une merde là. Bien sûr que j'ai dérapé, que je suis allé trop loin, qu'elle ne voulait pas ça. Je le sais, j'en suis désolé.

— Concernant les faits, que dites-vous aujourd'hui ?

— Je maintiens que je n'ai pas eu de relation sexuelle avec Astrid M. des suites de notre altercation dans la forêt. D'ailleurs, je ne l'ai laissée qu'une vingtaine de minutes, et non plusieurs heures. Et elle n'était pas nue. J'ai pu en effet lui arracher un bout de vêtement sans faire exprès en voulant la retenir, mais il me semble qu'elle avait encore son soutien-gorge, et je lui ai donné un tee-shirt qui était dans le coffre de ma voiture. Concernant le premier rapport, elle ne s'est pas opposée et n'a pas paru non consentante, c'est même elle qui m'a proposé de venir la voir à son domicile alors que personne d'autre n'était chez elle à ce moment-là. Pour Mathilde, ça a pu m'arriver d'être violent car je ne voulais pas qu'elle me quitte. Pour Angélique, qu'est-ce que vous voulez que je vous dise ? J'ai fait une bêtise, je n'aurais pas dû, mais je maintiens qu'à mon sens, dans mes souvenirs, je ne l'ai pas pénétrée. Elle a pu le croire parce que mes doigts étaient proches de son vagin et qu'elle a pu avoir mal. Mais je savais que c'était grave, suffisamment grave déjà ce que je faisais, et que cela dépassait le cadre du rôle paternel que j'avais avec elle. Avec Margaux, j'entends que ma relation avec elle peut paraître choquante quant aux pratiques sexuelles, mais chacun est libre d'avoir les pratiques qu'il souhaite.

— Dans le cas où les deux personnes sont consentantes et dans une relation équilibrée, oui. Pensez-vous que c'était le cas ? »

Sa réponse m'écœure, je ne peux plus entendre ça, personne ne peut.

« Vous pensez que c'est un comportement normal pour une jeune fille qui n'a jamais eu d'expériences sexuelles auparavant ?

— Non, effectivement, mais parfois il y a des personnes plus matures que d'autres, elle voulait aussi me faire plaisir. »

Didier se lève :

« Vous êtes toujours en train de dire "oui, mais", "c'est vrai, mais". Vous admettez mais vous revenez tout de suite en arrière. Ça fait six ans que vous faites ça, vous ne pensez pas que le temps est venu pour vous d'admettre, de montrer que vous avez fait du chemin, que vous avez compris ? De leur dire pardon ? De leur faire entendre que vous êtes d'accord avec leur version des faits et qu'elles méritent de trouver la paix ?

— Je suis désolé, maître, mais je suis sincère. Je ne l'ai jamais autant été. Je réponds à vos questions, vous ne pouvez pas me reprocher de répondre aux questions et dire ce que je pense.

— Oh, loin de là, et c'est sûr que vous aimez parler. Et surtout vous aimez vous écouter parler. Vous vous perdez même. Vous vous rendez compte que vous pinaillez sur des minutes, sur des centimètres, sur un nombre de fois ? Mais qu'est-ce que cela importe ? Les faits sont là et vous les admettez.

— Ce n'est pas la peine de prendre cet air avec moi. Je sais ce que j'ai fait et je me suis déjà excusé. Mais je ne savais pas qu'elles n'étaient pas consentantes à ce moment-là. Je ne voulais pas le voir…

— Ah vous ne vouliez pas le voir ? Donc vous aviez conscience, mais vous refusiez de voir qu'elles ne voulaient pas ?

— Je ne le voyais pas, j'étais immature.

— À trente-trois ans ? À quarante-huit ans ?

— Je suis fatigué.

— Voulez-vous une chaise, monsieur Geddes ? demande le président.

— Non merci, monsieur le Président, ça va aller. »

Il ne dira rien de plus, il n'admettra pas nous avoir violées. Demain, je vais devoir l'achever. J'espère que j'aurai assez de force et de courage pour tout dire. Les filles m'ont répété tellement de fois ces derniers temps que j'étais leur joueuse numéro 1, la première à l'affronter au procès, que j'allais faire une grande partie du travail, je me dois d'être à la hauteur. Pour elles, et pour la petite fille de douze ans que j'étais.

On finit la journée lessivées à 20 heures, cela fait onze heures qu'on est dans cette salle, c'est éreintant physiquement et surtout moralement. Les jurés ont des mines déconfites, ils vont rentrer chez eux, retrouver leurs compagnes, compagnons, enfants.

Ils ont la tête pleine de ces horreurs et l'obligation de ne pas en parler. Pour eux aussi c'est une épreuve...

On passe le repas à raconter des passages du procès, enfin surtout moi. Margaux rigole quand j'imite l'autre.

« Mais tu le fais si bien, malheureusement ! »

On rit de nervosité, on a besoin d'évacuer la tension. J'appelle Perrine, je lui raconte la journée. Milo va bien, il est sage dans son ventre. Quand je lui parle, Perrine me dit qu'elle le sent bouger. Mon fils... Je reviens vite.

Je me couche, je n'ose pas éteindre la lumière. J'ai peur... J'ai entendu aujourd'hui qu'il avait déjà violé Margaux dans sa chambre, là où je suis. Quand je ferme les yeux, je l'imagine dans le coin de la pièce en train de m'observer. Je les rouvre, il n'y a personne. Finalement, je suis tellement fatiguée que je m'endors d'un coup. Je me réveille régulièrement et je calcule dans combien de temps je serai à la barre. Dans huit heures, dans six, dans quatre heures... J'écris aux filles sur notre groupe, Margaux me répond. Elle est dans le canapé du salon et elle ne dort pas. Quinze minutes après, Astrid répond. Elle non plus ne dort pas. Il est 5 heures du matin, et que l'on soit à cinq mètres ou à dix kilomètres de distance, on se serre les coudes.

J'ai mille fois le temps de me préparer. Ma tête me fait souffrir mais je dois avoir les idées claires plus que jamais. Je choisis mes vêtements pour aller à la barre : pantalon chino gris, T-shirt de Perrine pour qu'elle soit avec moi, et un sweat kaki. Je suis prête, c'est maintenant. Ça fait des mois, des années, une vie que j'attends ce moment. Il est temps que tout le monde sache.

Je reçois un texto de toi, petite sœur. Tu me souhaites bon courage pour aujourd'hui. J'aurais voulu que tu sois là, ton message me fait plaisir.

Je tremble devant ma tasse de thé, je tremble dans la voiture, je tremble en montant les escaliers qui me mènent à la salle d'audience, je tremble en ajustant mon bouton de pantalon dans les WC. Célia m'aide à le remettre. Je suis blanche, bleue, verte, rouge, jaune. Je me tiens droite quand j'entre dans la salle. « La cour. » La jurée numéro 1 a mis des vêtements plus sobres, un pantalon et un pull, le juge déclare la séance ouverte.

« Nous appelons à la barre Angélique Cauchy. »

Les filles m'encouragent, me disent que je suis la plus forte et qu'elles sont avec moi. J'inspire, j'expire, je me lève. Je vais le détruire.

Je tiens la barre des deux mains, j'ai gardé mon sweat et j'ai déjà des auréoles désagréables sous les aisselles.

« Angélique Cauchy, née le 31 mars 1987 à Paris 4e, j'habite à Bayonne et je suis professeure d'EPS, préparatrice physique, et j'ai mon BE2 complet, tronc commun et spécifique.

— Avant de vous laisser la libre parole pour nous raconter ce que vous souhaitez que nous sachions, j'ai une question. Vous aviez le choix de demander un huis clos ou de rendre les débats publics, et vous avez choisi qu'ils soient publics. C'est pour cela que les bancs sont remplis, que des médias sont là dans la salle. Pourquoi ce choix ?

— Il y a plusieurs raisons, et la décision a été prise après une mûre réflexion. J'ai toujours été entièrement partisane des débats publics, mais cela n'était pas le cas pour toutes les quatre. Je pensais que seules dans cette salle vide avec lui, nous ressentirions davantage de stress car cela nous replongerait dans les situations que nous avions vécues. Qu'avoir du public serait à la fois une force pour nous mais aussi une faiblesse pour lui, dans le sens où il aime tellement être écouté et s'écouter qu'il aurait certainement davantage envie de parler en débats publics. Et enfin, et c'est la raison principale, notre histoire nous dépasse. Elle est l'histoire de la société, et la société doit savoir ce qui est arrivé, ce qui arrive, trop souvent, beaucoup trop souvent. Parce que la porte de mon local technique était fermée, celle-ci sera grande ouverte ; parce que la porte de l'Hôtel des Dunes était fermée, celle-ci restera ouverte ; parce que personne n'a voulu voir, tout le monde saura ; parce qu'on s'est tu trop longtemps, aujourd'hui je vais vous crier mon histoire.

— Je vous remercie pour la franchise de votre réponse et je vous laisse la parole. »

Voilà, c'est maintenant, tout de suite…

« Je suis issue d'une famille franco-espagnole. Du côté de ma mère, ma grand-mère est venue en France pour fuir la dictature de Franco, mon grand-père était maçon, ma grand-mère femme de ménage. Un cliché ! Mon grand-père frappait et violait ma grand-mère devant ma mère, qui me l'a raconté quand j'avais quatre ou cinq ans. Mon père vient du nord de la France, de parents qui ont travaillé de nuit à la chaîne dans des usines toute leur vie. J'ai grandi en sachant que le travail paye, que l'on doit faire des efforts pour réussir. J'étais une petite fille curieuse, qui s'intéressait à tout, hyperactive, qui voulait bien faire, être parfaite. J'ai toujours eu un rôle de mère avec la mienne. Je l'ai protégée parce qu'elle était fragile, elle ne s'était jamais remise de ce qu'elle avait vécu enfant. J'étais sa canne, sa béquille, son soutien. Mon père est quelqu'un de froid, qui s'exprime peu, qui ne dit pas "je t'aime" et ne fait pas de câlins. Mais je sais à quel point il m'aime, parce qu'on ne dédie pas sa vie à ses filles si on ne les aime pas. (J'ai la voix qui déraille, il faut que j'arrive à contenir mes émotions.) J'ai commencé le tennis à six ans, parce qu'à quatre ans, à la plage en Espagne, un jeune prof de tennis en vacances m'a vu jouer aux raquettes de plage avec mon père et leur a dit que c'était rarissime, à cet âge, d'être capable de renvoyer toutes les balles.

Je suis encore cette petite fille-là, ce garçon manqué, short et casquette à l'envers, qui rigole tout le temps, quand je le rencontre pour la première fois, Andrew Geddes, celui qui m'entraînera deux fois par semaine… »

Ma voix est étonnamment calme et posée. Elle est forte, décidée, avec un débit assez lent et des moments de silence. J'arrive à replonger dans le passé sans être dépassée par mes émotions. Je ne pleure pas, je regarde le sol, le plafond, les jurés, le juge. Je vide mon sac. Je décris chaque scène, chaque détail, chacune des émotions que j'ai ressenties.

« Je n'oublie jamais rien. J'aurais préféré oublier. Les odeurs, les goûts, les visions, les sons, les touchers, mes cinq sens sont marqués. Ces souvenirs s'immiscent sans arrêt dans ma vie depuis vingt ans. »

Mes peurs, mes choix, mes traumatismes, mes combats quotidiens, je les convoque à la barre. Les jurés pleurent tous, ils tombent les uns après les autres. L'avocat de l'autre a disparu sous sa table, son associée pleure. Derrière moi, j'entends Margaux, Mathilde et Astrid sangloter bruyamment.

« Il m'a volé mes nuits, il m'a volé mes rêves, il m'a volé mon innocence, il m'a volé ma vie sexuelle, l'illusion que j'avais de ma famille. Il m'a volé le sentiment que mes parents seraient toujours là pour me protéger, que j'aurai toujours une relation fusionnelle avec ma petite sœur. »

Je le sens derrière mon épaule droite, l'autre. Il est mal. J'ai l'impression que lui aussi pleure, mais je ne veux pas tourner la tête et le voir. Je ne veux pas être déconcentrée, je préfère ne pas savoir.

Puis vient le moment où j'évoque ma culpabilité. Celle envers Maman, envers ceux que j'ai détruits en parlant. Mais surtout envers celles que j'ai détruites en ne parlant pas. Et je craque complètement pour la première fois.

« À douze ans, j'ai fait le choix de sauver ma famille et de ne pas les sauver elles. J'ai deux angoisses : la première, c'est que le jour où je mourrai, tout le bien que j'aurais fait au long de ma vie ne compense pas le fait que je ne les ai pas sauvées ; la seconde, c'est qu'au moment où je fermerai les yeux pour la dernière fois, le visage que je verrai soit le sien, et pas celui de mon fils. J'espère que le bien l'emportera sur le mal. »

Tout le monde pleure. Nos avocats, l'avocate générale, même les journalistes sur le côté. Moi aussi, j'ai la voix cassée mais je continue.

« Mais je choisis de croire que le bien gagnera, parce que c'est dans les ténèbres les plus obscures que j'ai rencontré des étoiles. Les filles, Mathilde, Astrid, Margaux... Et Perrine, ma femme, la mère de mon fils. Ma femme est enceinte de huit mois et demi, elle n'est pas là aujourd'hui parce qu'on ne voulait pas qu'elle assiste à ça, que cela bouleverse mon fils avant même qu'il naisse. Je veux qu'il soit préservé de cette noirceur, mais j'ai peur, tellement peur... qu'il naisse pendant le procès. Que je rate sa naissance, qu'il me vole aussi le plus beau moment de ma vie. »

Les yeux rougis, la voix chevrotante, le président demande une suspension de séance. Didier m'avait dit que la suspension viendrait après les questions. Quand je regarde ma montre, je constate que ça fait deux heures et demie que je parle. Je lâche enfin la barre, je regarde Didier pour la première fois. Il hoche la tête et me fait un pouce en l'air.

Je retourne au banc, les filles me tombent dans les bras, en larmes. On est en boule toutes les quatre. Les jurés, la cour sont partis, l'avocate générale est toujours là, immobile. La salle est vide, Consuelo me serre fort. Elle pleure beaucoup, elle ne connaissait rien à mon histoire. C'est un choc. Elle tente de me dire que je suis si forte, qu'elle n'a rien vu, que je n'ai jamais rien montré. Quand on sort de la salle, Didier m'appelle et m'emmène à l'écart.

Il me dit que j'ai été exceptionnelle. Il n'a jamais vu ça en trente-sept ans de barreau. Personne ne peut se relever de ce que je viens de lui infliger, j'ai terrassé la cour et l'autre est à genoux.

« Avant le procès, je pensais qu'il prendrait huit ou dix ans. Toi, tu me disais qu'en dessous de quinze ans, tu serais déçue. Hier soir, je pensais qu'il aurait douze ans. Mais là, après ce que tu viens de faire, la façon dont tu l'as dit, les réactions des jurés, des professionnels de la justice, je te le dis : il peut prendre quinze ans. »

La suspension dure très longtemps. J'essaye de souffler mais de ne pas me déconcentrer. Vont arriver les questions, et c'est toujours plus compliqué qu'un monologue, car on n'est pas en pleine maîtrise. Le président me dit :

« Madame Cauchy, si vous voulez bien revenir à la barre pour les questions. »

Je regarde les jurés et marche treize pas jusqu'à la barre. C'est toujours treize pas, depuis cette chambre à La Baule.

« Merci beaucoup pour ce témoignage qui nous a tous bouleversés, et qui nous a demandé un certain temps de suspension pour que les jurés puissent récupérer, mais aussi nous, professionnels de la justice. Je n'aurai pas de questions. Est-ce que la cour et les jurés ont des questions ? »

Personne ne m'en pose. L'avocate générale se lève.

« Tout d'abord, merci pour ce témoignage d'une force incroyable, nous venons tous de prendre une "claque de courage". J'aimerais vous poser une question à vous, Angélique Cauchy la professeure d'EPS, et à Angélique Cauchy la petite fille de douze ans. Une jeune du club a déclaré dans son audition qu'il vous touchait l'intérieur des cuisses pendant les étirements. Est-ce que c'est le cas ? Que faisiez-vous ? Est-ce que c'est autorisé ?

— Alors, Angélique Cauchy la professeure d'EPS vous répond que l'on ne doit jamais toucher un élève sans son consentement et aucunement sur des endroits intimes, l'intérieur des cuisses en faisant partie. Si pour une raison particulière je dois être amenée à donner des conseils à un élève, je le fais verbalement, puis je le dessine, puis je le montre en faisant une démonstration sur moi et en dernier recours je le montre sur le jeune en le prévenant où je vais le toucher, à condition d'avoir son autorisation et tant que ça ne concerne pas des parties intimes. Sinon il est évident qu'en aucun cas on ne doit toucher un élève. Ensuite, Angélique Cauchy la petite fille de douze ans vous répond qu'il est possible qu'il me touche l'intérieur des cuisses pendant les étirements, mais si je venais de lui faire une fellation, c'était le cadet de mes soucis.

Le président reprend la parole :

« J'en profite pour demander que nous montrions les photos d'Angélique Cauchy à ses douze, treize et quatorze ans. »

La greffière allume les écrans télé et projette les photos. La salle change d'atmosphère. Mes larmes coulent quand je me vois à douze ans, fière et souriante avec ma planche de surf au bord de la mer. Sur la photo, je porte une brassière alors que je suis toute plate. Les jurés sont écœurés. Certains lâchent leur stylo, d'autres se cachent sous leur col de pull ou leur écharpe, un tourne le dos. Les derniers écrivent frénétiquement des choses sur leur cahier. C'est terrible de se voir, elle est à la fois si loin et si présente, cette Angélique…

Didier se lève, il bondit sur les photos. Il m'a prévenue qu'il risquait de poser des questions difficiles émotionnellement. Je ne les connais pas, il n'a pas tout préparé et de toute façon je veux répondre spontanément.

« De quand date cette photo ?

— En août 1999, un peu moins d'un mois avant que je le rencontre.

— Et celle-ci ?

— En mai 2000, le jeudi de l'Ascension, le jour des finales du championnat du Val-d'Oise 13/14 ans. Je gagne en trois sets contre Carly P., la photo est prise à Argenteuil, j'ai treize ans et deux mois. À cette date, il m'a déjà violée. Fellations, pénétrations digitales, péniennes, ça arrive plusieurs fois par semaine, voire plusieurs fois par jour quand je suis avec lui.

— Et enfin celle-ci ?

— Là aussi après ma finale du championnat du Val-d'Oise mais en 2001, à Ermont. Je gagne la finale en trois sets contre Caroline C.

— Vous avez bien changé entre ces photos.

— Oui, je suis passée d'1,54 m à 1,72 m, j'ai eu mes règles l'été d'avant, en août 2000.

— Quelles étaient vos expériences en matière sexuelle ?

— J'avais donné la main à Morgan et lui avais fait un bisou sur la joue l'été d'avant, et j'avais embrassé quelques fois Léo, mon copain de primaire.

— Vous nous avez parlé du sida, de la mort de vos parents, du chantage sur des possibles viols sur votre sœur, sur une possible relation avec votre mère, sur le suicide, sur des humiliations physiques à votre égard. Comment s'en remet-on ?

— Il m'a fallu quinze ans pour en parler. Je ne dors toujours pas, je compte toujours mes coups de raclette dans la douche, je n'arrive pas à passer deux heures seule sans avoir peur. On ne s'en remet pas, on survit. Il m'a privée de mon libre arbitre, du pouvoir de décision, de dire non. Aujourd'hui encore je ne sais pas dire non, ce qui a des répercussions sur ma vie personnelle et professionnelle. Je ne supporte pas l'autorité d'un homme et en même temps je n'arrive pas à dire non à mon supérieur hiérarchique. Je ne prends pas d'initiatives dans ma vie sexuelle par peur de dépasser le consentement de ma partenaire. Il m'a appris à être soumise et je me suis construite comme ça. Aujourd'hui, je ne sais pas si ce que j'aime je l'aime vraiment, ou si c'est lui qui me l'a fait aimer. Je ne sais pas qui je suis, il m'a fait perdre mon identité.

— En effet, j'ai été votre supérieur et vous n'avez jamais dit non. À part une fois, avant que je ne devienne votre avocat. J'étais le président du club où vous étiez enseignante et préparatrice physique, et dans ce cadre-là une tournée de tournois était organisée à La Baule. Vous ne vouliez pas la faire, j'ai insisté et vous m'avez dit que vous ne pouviez pas.

Je comprends maintenant. Pourquoi vous ne pouviez pas vous y rendre ? »

Je me retiens de pleurer. Je fronce les sourcils, je lui en veux pour cette question.

« Parce que ce sont les quinze pires jours de ma vie. Une partie de moi est morte à La Baule et je ne peux pas y remettre les pieds. Je ne suis pas prête à aller sur ma propre tombe.

— Pas d'autre question. »

Son avocat se lève, remet ses manches de sa robe trop grande. Je me tourne vers lui, prête à le combattre. Cela fait quatre ans que je m'y prépare.

« Bonjour, madame Cauchy. Est-ce que vous pensez que M. Geddes savait que ce qu'il faisait était mal ? »

J'ai presque envie de rire de sa question. Le plus sérieusement du monde, je réponds :

« Vous voulez dire, est-ce qu'il avait conscience que c'était mal lorsqu'il me disait qu'il ne fallait pas que j'en parle sinon il irait en prison ? que les gens ne comprendraient pas ? qu'il se suiciderait si ça se savait ? qu'il ne pourrait plus m'entraîner ? qu'un jour je le haïrais ? Ou quand je remontais en pleurs du local technique, quand je lui disais que je ne voulais pas, que je n'aimais pas ça ? Ou quand il avait son sexe dans ma bouche avec mes bagues aux dents ? Oui, il avait conscience de ce qu'il faisait à chaque instant. »

Il déglutit et les feuilles dans sa main tremblent. Il regarde sa femme qui lui fait non de la tête, elle ne veut pas poser de questions. Il inspire et hésite. Je redoute ce qu'il va me demander.

« Est-ce que vos parents n'ont pas aussi une responsabilité à avoir confié leur fille à un inconnu ? »

Je me retiens de lui bondir dessus. Mais je vais l'anéantir par mes mots.

« Ce n'était pas un inconnu, c'était un ami de la famille, presque un membre de la famille, qui venait manger chez nous, était encore là lorsque la nuit tombait, qui m'offrait un cadeau à Noël, qui était là pour mon anniversaire. Mes parents étaient amis avec sa compagne, ils lui faisaient confiance. Et j'ai tout fait pour qu'ils ne le découvrent pas, pour les protéger. On peut reprocher à mes parents d'avoir voulu me faire plaisir, m'offrir la possibilité d'accéder à mon rêve, jouer au tennis et découvrir le monde. Vous voulez partager la responsabilité de M. Geddes avec beaucoup de monde, les parents, les dirigeants des clubs, la société, mais même s'il existait une omerta, un laisser-faire ou une volonté de ne pas voir de la part de certains, le seul qui a enfreint la loi, c'est lui. Le seul qui m'a menacée, qui m'a contrainte, qui m'a violentée, qui m'a embrassée par surprise. Le seul qui a mis son sexe dans ma bouche, ses doigts dans mon vagin, le seul qui a commis un crime. Et j'espère que jamais vous n'aurez à vivre ce que mes parents ont vécu, cette culpabilité permanente. Voir davantage en votre enfant un enfant violé que votre enfant tout court.

Il baisse les yeux et murmure : « Ça sera tout. »

La salle est vide, vide d'air, vide d'énergie. J'ai tout aspiré. Je le regarde pour la première fois dans les yeux. Il est sur sa chaise, je ne sais pas s'il se relèvera de ça.

« Merci, madame Cauchy. Monsieur Geddes, veuillez venir à la barre s'il vous plaît. Avant de vous poser des questions, avez-vous des déclarations spontanées à faire ?

— Monsieur le président… (On ne l'entend presque pas, pourtant il a le micro devant lui.) Comme tout le monde ici, j'ai pleuré en l'écoutant. C'est terrible de l'entendre, avec les émotions qui en résultent. J'ai vu comme vous tous une fille avec une extrême sincérité, et je suis d'accord avec quatre cinquièmes de ce qu'elle a dit. J'ai nié les fellations et les pénétrations, j'ai voulu les occulter par peur de l'image que je pouvais renvoyer.

— Quelle image ?

— Celle d'un pédophile. »

Les filles me serrent les mains. Elles me disent ça y est, il a avoué. Je n'y crois pas… Vous êtes sûres ? C'est encore une de ses tournures alambiquées… Il continue :

« Je pense que mon cerveau a voulu oublier ces épisodes, mais elle dit la vérité, j'en suis sûr. »

L'avocate générale prend la parole.

« Vous dites que vous ne vouliez pas voir son absence de consentement. Pourriez-vous nous décrire sa réaction lors de votre premier baiser ?

— Elle a eu un mouvement de recul, elle était surprise. Effectivement, elle n'a pas été à l'initiative de ce baiser. Elle m'a dit que ce n'était pas normal, elle a paru choquée.

— Ce ne sont pas d'après vous des signes de non-consentement ?

— Si, bien sûr. Elle ne cherchait pas cela, elle n'a pas été à l'initiative de ce genre de relation ni n'a eu de comportement ambigu. Mais elle ne m'a pas clairement dit non et elle ne s'est pas enfuie. Enfin, je sais qu'elle ne pouvait pas à cause de ce que je représentais. »

Didier se lève et secoue ses manches. Didier fait du théâtre, je vois qu'il se croit sur scène. C'est l'un des moments du procès qu'il attendait le plus : l'interroger sur les faits me concernant.

« Monsieur Geddes, lorsque Angélique dormait chez vous, comment était-elle habillée ?

— Elle avait un pyjama.

— Quel genre ? Une nuisette ou un pyjama d'enfant ? Elle affirme qu'elle en avait un en pilou, avec des nounours.

— Oui, c'est ça.

— Et donc vous êtes dans le lit avec elle, elle porte un pyjama en pilou, elle n'a aucun geste ou comportement qui vous laisse penser quoi que ce soit. Elle a douze ans et, je la cite, elle est "plate comme une limande". Qu'est-ce qui vous passe par la tête, monsieur Geddes ? »

Il est effondré, il baisse la tête, complètement sonné. C'est terrible de le voir comme ça, et en même temps j'ai envie qu'il sorte tout lui aussi. Il n'y aura peut-être pas d'autres occasions.

« Je sais pas, maître. J'ai fait des choses terribles, je les regrette. Si je pouvais retourner en arrière…

— Monsieur Geddes, vous dites ne pas avoir conscience de son non-consentement. Mais vous lui demandez de ne pas en parler, vous la menacez en lui disant que vous ne pourrez plus l'entraîner, que vous irez en prison. Vous avez donc conscience que c'est très grave, que vous enfreignez la loi ?

— Oui, je sais que si ça vient à se savoir, j'aurai de gros problèmes.

— Ce sera tout. »

Les questions de son avocat tournent autour de son immaturité, de sa souffrance en tant qu'enfant abandonné, de ses addictions. Les jurés n'écoutent qu'à moitié, ils sont groggy, c'est comme si le défendre s'avérait contre-productif. C'est pourtant le rôle de son avocat.

Suspension, pause-déjeuner, il est plus de 13 heures déjà. Lorsque je sors, Papa et Maman sont là. Ils passent à la barre cet après-midi. On va ensemble dans cette brasserie toujours aussi glauque qui devient notre repaire, notre cantine. Je ne sais pas quoi commander, je n'ai pas faim mais je me sens libérée d'un poids. Le plus dur pour moi est passé.

Je passe le repas à me demander comment va Maman. Elle a l'air paumée, les yeux dans le vide, et elle s'accroche souvent à mon bras. Comme toujours dans notre relation, je suis celle qui protège et qui rassure.

L'audience reprend. Papa passe le premier.

J'ai peur de le voir arriver. Je me sens coupable parce qu'aucun parent ne devrait avoir à vivre ça. Il a été un papa génial, toujours présent et gentil, il a arrêté son football pour avoir du temps pour notre tennis. Il a fait passer sa passion après la nôtre. Il a travaillé de nuit et s'est usé la santé. Il a tout sacrifié pour nous, tout ça pour se retrouver dans une cour d'assises.

Son visage est fermé, plus dur encore que d'habitude. Astrid me souffle que mon père lui a toujours fait peur. Margaux, elle, me dit qu'elle l'adore et qu'elle le trouve gentil. À elles deux, elles le résument assez bien.

Il commence : « Didier Cauchy, gardien de la paix retraité. »

Je vois dans les yeux des jurés qu'ils entendent à nouveau mes paroles de ce matin. L'arme dans son panier de la cuisine, et cette phrase : « Si un jour quelqu'un vous fait du mal, je n'attendrai pas que justice soit faite, je lui mettrai une balle entre les deux yeux quitte à prendre vingt ans de taule ».

« Monsieur Cauchy, nous vous écoutons.

— Que voulez-vous que je vous dise ? Je suis rentré dans la police en 1984 pour protéger le citoyen, je n'ai même pas été capable de protéger ma fille… »

C'est la phrase la plus dure qu'il m'a été donné d'entendre de ma vie. Papa, je t'aime… pardonne-toi.

« Cet individu, cette vermine, ce moins-que-rien, il a de la chance que je ne l'aie pas appris à l'époque, sinon nous ne serions pas là. Il serait au fond d'un trou, et ça serait moi l'accusé. Mais moi j'assumerai, je ne suis pas un lâche comme lui. »

Ses mots claquent comme des balles. Les jurés sont figés par le calme et la violence de mon père.

« S'attaquer à de petites filles… Ah là, oui. Pourtant avec les hommes, il faisait dans son froc. »

Mon père l'atomise. L'autre est courbé, les jambes pliées comme un gosse. Je vois qu'il a peur.

Papa raconte la place que l'autre a prise. Le fait qu'il ne cautionnait pas, qu'il ne l'aimait pas. Puis à quel point j'ai été forte de continuer ma vie, de continuer les études et le tennis. Je pleure comme jamais encore je n'ai pleuré pendant le procès. Un flot continu, toute la tristesse d'une vie et toute son admiration pour moi coulent sur mes joues. Ce moment a quelque chose d'irréel, c'est la plus belle déclaration d'amour qu'il m'ait faite.

L'avocate générale ne pose pas de questions. Didier se lève, il est plus doux. Il prend des pincettes.

« Vous pouvez être fier de votre fille. À votre place je serais tellement fier d'elle. Elle n'a qu'un seul défaut, c'est qu'elle est fan du PSG. »

L'autre tourne brusquement la tête vers Didier, le regard noir. On dirait un fou, les jurés ouvrent grand les yeux, certaines font même un mouvement de recul. Didier l'a fait exprès pour énerver l'autre, il connaît sa personnalité par cœur.

Papa répond :

« Mais je suis fier oui, de mes deux filles ! »

Aucune question du petit avocat. Avant de quitter la barre, Papa fusille l'autre du regard. Je ne l'ai jamais vu baisser les yeux si fort.

C'est le tour de Maman, et j'ai tellement peur de ce qui va se passer. Elle m'a demandé où je serais, je lui ai tout expliqué. Je hoche la tête pour lui dire qu'elle peut y aller, qu'elle peut le faire. Je lui donne du courage.

Elle s'approche si lentement que les jurés en sont médusés. Les filles sont inquiètes. « Ça va aller ta mère ? Et toi, Angélique, détends-toi, on dirait un bâton. Tu nous fais peur là. »

Le juge lui demande de se présenter et de dire « je le jure ».

J'ai l'impression qu'il y a trop d'actions à faire d'un coup. Elle répond à ses nom et prénom, puis ne se souvient plus de ce qu'elle doit dire. Le juge, qui devait être préparé au vu du dossier et de mon témoignage, comprend à cet instant l'ampleur des dégâts.

Il prend une petite voix et la guide. C'est touchant et triste à la fois de voir Maman comme ça. On l'entend très peu à la barre, le juge lui demande de parler plus fort et dans le micro.

« Nous vous écoutons, vous avez la parole. »

Dix secondes, trente secondes, une minute de silence. Elle est bloquée.

« Vous préférez que je vous pose des questions ? »

Elle hoche la tête.

« Comment était Angélique enfant ? »

Encore un silence. Puis elle finit par se lancer d'une petite voix innocente.

« Elle avait toujours sa casquette à l'envers. Elle était souriante, gentille, elle ne faisait jamais de bêtises, ne mentait jamais, elle travaillait bien à l'école, elle était une super grande sœur. Elle m'aidait à la maison, elle a toujours été très mature. Mais c'était une enfant… »

C'est une souffrance insoutenable pour tout le monde. Les filles pleurent, les avocats plissent les lèvres, les jurés sont mal à l'aise, aimeraient s'enfuir. Je voudrais courir et serrer ma mère dans mes bras. Je voudrais la sortir de cet endroit qui la fait souffrir, mais je dois endurer ce moment. Je mords l'intérieur de ma joue pour m'aider.

« Est-ce qu'elle a changé quand elle a rencontré Andrew Geddes ? »

Le juge aussi a pris une petite voix. Le même débit et le même volume que Maman. Il est très pédagogue.

« Elle a commencé à l'imiter, à s'habiller comme lui, qu'en Nike. Puis elle mangeait même ses pizzas comme lui, sans les croûtes, alors qu'avant elle adorait ça. »

Les jurés sourient, elle est tellement attendrissante. Le silence pour son écoute est incroyable.

« Elle s'est aussi mise à parler comme lui, avec les mêmes expressions : "coup de violon", "golden", "je vais te fumer". »

Je baisse la tête, c'est terrible. Il est si facile de modeler un enfant... Je le sais parce que je l'ai vécu et parce que c'est mon quotidien de prof. Les enfants recherchent des modèles, ils imitent.

« Et est-ce que vous l'avez vue triste, est-ce que vous avez vu quelque chose ? »

Il pèse chacun de ses mots, leur sens, le ton, pour ne pas casser Maman. Il sait qu'elle ne supportera pas la moindre question culpabilisante.

« Parfois, après l'entraînement, elle avait les yeux rouges. Je lui demandais pourquoi, si elle avait pleuré, et elle me disait que c'était la poussière de la terre battue. »

Les jurés comprennent tout. Mon silence, ma protection. Ils ont devant les yeux ce que je leur ai expliqué à la barre. Maman reprend :

« Je lui demandais s'il était gentil avec elle, elle me répondait toujours oui et ne voulait pas parler. Il l'appelait tout le temps... Mais elle avait ses bagues, enfin elle n'était pas moche, non elle était pas moche, mais... (Elle se tourne vers moi.) J'ai pas dit que tu étais moche, tu n'étais pas moche. »

Je rigole, tout le monde rigole, c'est la première fois que la salle rit. Tout le monde sauf lui. Je suis tellement touchée par cette candeur. Lui souhaiterait disparaître de cette scène, il sent qu'il n'a plus sa place au milieu de nous.

Personne d'autre ne posera de questions. Ni le juge, ni les assesseurs, ni les jurés, ni l'avocate générale, ni nos avocats, ni son avocat. Personne n'a la force de parler.

Maman demande si elle a bien répondu. Elle part d'un pas aussi peu assuré qu'elle est arrivée et ils disparaissent tous les deux, avec Papa, par cette énorme porte qui les engloutit.

Cécilia, mon ex-compagne, est appelée à la barre. Elle est intimidée, on sent bien qu'elle n'a pas du tout envie d'être là. Les questions portent principalement sur mes blocages sexuels, mon incapacité à supporter la pénétration et ma passivité pendant nos rapports. Elle avait parfois l'impression que mon esprit partait, que j'étais ailleurs. Elle a aussi parlé de mon hygiène de vie, de mon rapport à mon corps, de la façon dont je pesais tout ce que je mangeais, des périodes où je m'interdisais de prendre un gramme et de celles où je me gavais sans pouvoir m'arrêter.

Je suis vraiment tombée bas à cette période. Je vois dans les yeux des jurés leur compassion, mais aussi la prise de conscience des dégâts à long terme qu'ont causés les violences que j'ai subies. Je suis détruite pour toujours.

On termine la soirée par le contre-interrogatoire. L'autre se fait cuisiner pendant deux heures par les juges et les assesseurs, l'avocate générale et l'ensemble des avocats.

Il n'en peut plus et finit par dire :

« L'avoir entendu aujourd'hui me fait sentir comme une merde, comme un monstre. Elle ne méritait pas ça, c'était une petite fille gentille, drôle et intelligente. Elle me renvoyait une meilleure image de moi-même. J'aimais passer du temps avec elle, elle me nourrissait intellectuellement. Elle avait toujours des bonnes idées, des bonnes critiques. Elle était curieuse et apprenait vite. Elle connaissait tout du football, du tennis, du sport, de la géographie, du monde… Elle était si lumineuse, elle était la vie. »

Ces phrases me font plus mal qu'elles ne me font plaisir. Ce sont des compliments dans sa façon de le dire, mais ce sont surtout les raisons pour lesquelles il m'a choisie…

« Elle avait douze ans et vous nourrissait intellectuellement, intervient Didier.

— Oui, c'est ça, mais elle était extrêmement mature.

— Et elle dormait avec un pyjama en pilou, n'était pas réglée et n'avait jamais embrassé un garçon… »

Il ne répond pas. Il n'y aura pas d'autres questions.

On est vidées, mais aussi soulagées. La journée est passée. Demain je retrouverai Perrine et Milo, qui est toujours au chaud dans son ventre. Ce soir, on fête shabbat chez les parents de Margaux, ça va nous changer les idées. Au moins pour quelques minutes, peut-être…

On s'embrasse tous devant le palais de justice. Tata Consu, Célia, Sarah la copine de Célia, Baptiste le beau-frère d'Astrid, sa meilleure amie, Lise une copine de Margaux, on commence à devenir une famille. On reste assis toute la journée à côté, on va aux toilettes ensemble, on mange ensemble, on passe les portiques ensemble, on arrive et repart ensemble. En deux jours, on a partagé plus qu'en dix ans, peut-être qu'en une vie. C'est aussi ça, le pouvoir d'un procès, être un condensé de vie et d'émotions.

Mathilde sort de son sac des bonnets floqués au logo des JO d'hiver. Elle nous en a pris à toutes les trois. Je l'enfile et ça tombe bien, j'avais oublié Paris l'hiver.

Pendant le trajet en voiture, on raconte notre journée au père de Margaux. Sa mère nous a préparé le repas de shabbat. On chante, on rompt le pain, on boit le vin. Je mange tout ce que j'aime : la hallah, du tahini, de la tchatchouka… La mangue en dessert est délicieuse. C'est mon premier repas depuis presque quarante-huit heures, Margaux sourit en me voyant manger. Margaux, ma sœur de cœur.

Le lendemain, Margaux me dépose à Montparnasse à 7 heures. J'enfile le bonnet de Mathilde, je me prends en photo et je l'envoie sur notre groupe

WhatsApp avec comme légende : *Profitez bien de votre week-end mes warriors, je vous aime !*

Sur le trajet, on ne peut pas s'empêcher de s'écrire. Sur ce que l'on a appris, sur ce qu'il a avoué. Je réfléchis à Papa, Maman et à Cécilia. Peut-être que s'ils ont tant de mal à parler, c'est parce qu'ils ne savent presque rien. On ne parle pas de ce sujet-là, comme si notre famille était encore sous emprise et que la parole était encore verrouillée.

À la gare de Bayonne, Perrine est sur le quai, en larmes. Je pleure en la voyant pleurer. J'ai l'impression que son ventre a encore grossi.

Le week-end passe à une vitesse folle, je ne reste qu'une nuit avec eux. Je parle à Milo, je pose ma main sur le ventre de Perrine et je le sens qui se blottit. Elle me dit que je lui ai manqué, qu'il bougeait moins pendant mon absence, qu'il m'attendait.

À mon réveil, je vais courir jusqu'à l'océan. J'ai besoin de faire tourner mes jambes, de me dépenser et de réfléchir. Arrivée sur la plage, j'aimerais crier mais je n'y parviens pas, ça reste bloqué. Alors je ferme les yeux et sens le vent fouetter mon visage. Je suis en vie.

Un petit-déjeuner, un moment câlin tous les trois sur le canapé, ma valise à préparer et c'est déjà l'heure de repartir. Perrine m'accompagne pour profiter de quelques minutes de plus ensemble. Si les laisser mercredi dernier a été difficile, les quitter une nouvelle fois est abominable. Je sais ce qui m'attend pendant ces cinq jours. Et quand je rentrerai, je connaîtrai l'issue du procès. Condamné ou acquitté ?

5 heures du matin. Ce soir j'aurais presque fait la moitié. J'écris un message à Astrid pour lui donner du courage. Tout à l'heure, c'est à elle.

7 heures, cette fois-ci je me lève pour de bon. Une douche pendant laquelle je pense à toutes les fois où je me suis lavée chez lui. Au jour où, dans sa baignoire sale, j'avais pris le rasoir mais je n'avais pas osé me trancher les veines.

Aujourd'hui on est dans une salle d'audience différente. La salle habituelle est occupée, peut-être par un procès d'une seule journée. Je suis un peu désorientée à l'idée de perdre mes repères. 9 h 40, on n'a toujours pas commencé. On s'inquiète. À ce moment-là la porte s'ouvre sur une salle toute petite. L'autre n'est pas loin de nous. Je fais attention à ne pas m'approcher, même si j'ai un peu moins peur que la semaine dernière, maintenant que je suis accoutumée à le voir dans les parages.

Je pense à Astrid qui va être à la barre avec les jurés plus près, et l'autre juste derrière son dos. C'est plus angoissant et oppressant que dans la grande salle, où la démesure des proportions me donnait une impression de sécurité.

Le président nous annonce qu'un juré ne reviendra pas. La journée de vendredi a été trop difficile pour lui, il a envoyé un certificat médical. Le juré remplaçant numéro 1 prend donc sa place. On se regarde, avec les filles et les avocats. Didier nous dit que ça n'arrive pas souvent. « Mais vendredi a été difficile pour tout le monde. Je ne devrais pas te le dire peut-être, mais moi-même, le soir en racontant ma journée à ma compagne, je me suis mis à pleurer. »

Les filles voient ma tête. « Arrête, c'est pas à cause de toi, c'est l'autre ordure, c'est à cause de lui tout ça... »

On se donne la main comme des écolières en ribambelle. Astrid est appelée à la barre. Elle est stressée, ça se sent. Elle maîtrise tout mais j'ai peur que ça pète.

Son récit est d'une grande clarté, très bien structuré, elle est journaliste et ça se voit. Je suis épatée par son éloquence. Mais à peine donne-t-elle la date d'avril 2001 que je sens naître en moi une honte. Je m'en veux... En avril, il m'entraînait encore mais j'étais distante, il sentait que je lui échappais. Il cherchait déjà sa nouvelle proie...

Vient le 11 septembre, le jour de son viol. Elle raconte sa solitude dans la maison familiale, le départ de sa sœur qui la rend triste. L'autre l'appelle tout le temps parce qu'il vient de se séparer de Sophie après qu'elle l'a surpris au téléphone avec Astrid. Il dit qu'il est mal, qu'il aimerait venir la voir, qu'il va faire une connerie. Elle n'a pas envie, elle a peur, mais elle a aussi peur qu'il fasse une connerie. Elle n'ose pas lui dire non. Quand il arrive, il est comme fou. Il la plaque au sol du salon, sur le tapis de ses parents, elle est nue. Le tapis la démange, il crache dans sa main et la pénètre sans préliminaires. C'est violent, elle souffre, elle est vierge.

Mon corps réagit à son récit. La peau de mon ventre, mes seins, mes abdos, mes viscères, je me gratte, je veux essuyer. C'est encore là, c'est profond, mais jusqu'où ça va ? Je vois la scène, je la vis, je la ressens, parce que ce sont les mêmes gestes qu'il répète avec elle.

Tu viens d'arriver, petite sœur, je t'ai vue entrer dans la salle. Tu m'avais dit que tu viendrais car tu ne travailles pas le lundi. J'ai tellement honte que tu entendes ça… Je ne pensais pas que le passage à la barre des filles serait si dur à vivre. Par moments je me bouche les oreilles pour n'entendre que mon cœur qui bat durant quelques secondes.

Astrid alterne moments où elle pleure, moments de révolte, de haine, de rage. Ses paroles sont des coups de serpe. Elle est tellement plus que lui… Si on veut savoir ce qu'est l'emprise, il suffit d'assister à ce procès. Je regrette déjà qu'il n'ait pas été filmé, je suis certaine qu'il aurait pu être d'un grand pouvoir éducatif en école de magistrature, en fac de droit, pour tous les citoyens.

Le moment des questions s'enchaîne sans suspension. Des jurés posent pour la première fois des questions. Ils connaissent maintenant davantage nos personnalités, la sienne, le contexte, les faits, le juge leur laisse une place énorme. Les questions du juge, de l'avocate générale et de son avocat sont difficiles, mais elles restent audibles pour Astrid. L'avocat de la défense, en revanche, n'adopte pas du tout la même position qu'avec moi. Il pousse Astrid dans ses retranchements, questionne ce qu'il appelle des paradoxes dans son comportement et l'absence de consentement qu'elle soutient. Elle répond à la perfection, sans s'énerver.

Elle finit son passage exténuée. Dans la salle des pas perdus, on la prend dans les bras avec Margaux.

Mathilde vient nous annoncer qu'elle rentre se reposer cet après-midi, elle tient à être prête demain, pour son passage à la barre.

Quand tu apparais, petite sœur, tu te jettes dans mes bras et tu pleures. C'est la première fois que je te vois pleurer pour ça. Est-ce que tu réalises d'un coup ? Ou est-ce que c'est le fait de t'y confronter qui te déstabilise ? Je te serre fort... Je sens tes pleurs étouffés sur mon sweat. Tu craques complètement, il n'y a que nous deux, Papa et Maman ne sont pas là. Tu ne tiens plus, je suis obligée de te soutenir. Je sens tes larmes sur mes habits et tes doigts qui m'agrippent de rage, de tristesse, de désespoir... Puis tu me dis que tu dois partir, tu t'es programmé un entraînement de tennis. Cela me fait le même effet que ses chauds et froids à lui. Mon cœur venait de s'ouvrir, pensant que ce moment et cette prise de conscience allaient crever l'abcès, rompre le silence qui nous tient éloignées. Et tu me dis que tu vas jouer au tennis. Alors que je vis ça, tous les jours. Je t'en veux de ne pas me choisir, je me demande comment tu vas pouvoir taper dans une balle pendant que je me prends des balles en plein cœur.

Avant de partir, tu me dis que de toute façon tu as des nouvelles du procès par Mathilde. C'est le coup de grâce. Tu écris davantage à Mathilde qu'à moi, ta sœur. Je ne sais pas à ce moment-là si c'est juste maladroit de ta part, ou si c'est une forme de reproche, ta façon de me dire que tu aimerais qu'on s'écrive plus et que je te tienne informée du procès. Je sais seulement que je souffre, moi j'aurais aimé que tu demandes un arrêt à ton médecin pour être à mes côtés à chaque seconde du procès.

Finalement, nous retournons dans notre grande salle habituelle pour le témoignage de la mère d'Astrid. On sourit avec les filles, car on sait déjà qu'il va être exceptionnel.

« Madame M., avez-vous quelque chose à dire spontanément ?

— Oh oui, énormément. Ça fait longtemps que j'attends le moment où cette vermine va être jugée. Vous savez, nous autres Soviétiques, nous avons quelque chose que vous, les Occidentaux, n'avez pas. C'est l'instinct. Quand vous avez vécu avec la dictature, où vous deviez vous méfier de tout le monde, car même votre famille pouvait vous dénoncer à la police, vous ne faites confiance à personne et vous développez votre instinct. Moi j'ai tout de suite senti qu'il n'était pas clair. Il cachait quelque chose, et je voyais Astrid changer, elle ne me parlait plus, je retrouvais ses draps déchirés, alors j'ai enquêté. La vermine voulait ramener Astrid après les entraînements car il ramenait déjà Nicolas, qui n'habitait pas très loin. J'aimais bien rester la regarder jouer, mais il ne voulait pas. Un jour, je l'ai suivi en voiture. Il a déposé Nicolas puis, à un feu, je le vois qui embrasse Astrid. J'ai demandé le soir à Astrid si elle avait quelque chose à me dire, elle m'a dit non et ma fille ne me mentait jamais. Je le sais, ça. J'ai donc révélé le lendemain à ce moins-que-rien que je les avais suivis et que je savais. Il a pleuré, il faisait le petit garçon à dire qu'il était amoureux d'Astrid. Je lui ai demandé d'arrêter ça tout de suite sinon j'irais à la police.

Là, il a changé de visage en une seconde, il a retiré son masque, et m'a menacée de partir en Australie avec Astrid. “Je l'emmène et tu ne la verras plus jamais.” J'ai su à ce moment-là qu'il était le diable. »

Elle conclut par :

« Vous savez, j'ai fait trente ans de dictature, un jour sous Ceaușescu était un jour de perdu. Nous n'avions plus aucune liberté et j'ai fui mon pays. Mais si je pouvais effacer ce qu'a vécu Astrid contre trente ans de dictature de plus, je le ferais. »

Le silence qui suit cette phrase est l'un des plus puissants du procès.

Après avoir écouté les témoignages de la sœur d'Astrid puis de son compagnon, on comprend d'une part que l'emprise est un concept difficile, qui demande du temps à être assimilé lorsque l'on ne l'a pas vécu, puis que les traces laissées par les traumatismes sont profondes voire indélébiles.

Après le contre-interrogatoire, la séance est suspendue. Fin de journée, la moitié d'entre nous est déjà passée à la barre, il faut que je dorme.

À 8 h 30 le lendemain, je rejoins Didier à la brasserie pour son café. Un journaliste de *L'Équipe* est là, il a fait un article sur mon passage à la barre. Il me salue et me félicite pour mon courage.

« Votre témoignage est le plus dur que j'aie eu à entendre, et pourtant j'en ai couvert des procès de viols dans le milieu du sport. Cette écoute, ce silence, l'émotion, votre façon de raconter, de vous souvenir, je n'ai jamais vécu ça. C'est peut-être maladroit, mais je voulais vous dire que je vous admire, que j'admire votre force. »

Ce genre de paroles me touche toujours, d'autant plus durant le procès. Je suis tellement fragilisée, tellement à vif... Tellement seule, aussi. Quand je me retourne dans la salle, je ne vous vois pas. J'ai l'impression de devoir être forte pour toute la famille et c'est presque insurmontable. Presque, parce que je refuse qu'il réussisse à me briser. Je veux être ce roseau qui plie mais ne rompt pas.

Mathilde est appelée à la barre. À sa démarche, on sent que ça va être un combat de boxe. Ses bottes montantes par-dessus son jean claquent sur le sol.

« Ça fait tellement longtemps que j'attends de venir déposer ces valises pleines de merde pour m'alléger de ce poids. »

Le ton est donné. Son récit est terrible, tout transpire l'urgence, la crête sur laquelle elle marche. Elle tape des pieds régulièrement quand les passages deviennent difficiles à exprimer, comme si elle voulait s'enfuir en courant. Sa voix se brise régulièrement. On est abattues, on s'en veut d'être parfois dures avec elle parce qu'elle n'a pas les mêmes façons de ressentir et réagir aux choses que nous, parce qu'on a du mal à la suivre. Elle gère sa souffrance d'une façon différente, mais elle la gère comme elle peut. On ressent à quel point il l'a détruite.

Elle raconte son voyage au ski au lycée. J'y étais aussi allée, c'était au moment où je revivais, où je tentais d'avoir une vie d'ado. L'autre l'interrogeait sur moi : « Angélique était là ? » « Vous vous êtes parlé ? » « Elle était comment ? »

La puissance du silence, cette muselière invisible, était telle que même là, à sept cents kilomètres de chez nous, dans un paysage immaculé, loin des balles de tennis et des cités de Sarcelles, on n'avait jamais prononcé son nom. On avait passé une semaine hors du temps, hors de notre passé pour moi et de son présent pour elle. Juste deux lycéennes en voyage scolaire dans les Alpes. C'est très dur pour l'adulte de trente-deux ans que je suis aujourd'hui, bientôt maman, de ne pas en vouloir à l'ado de quinze ans que j'étais. C'est dur, mais un jour il faudra que je me pardonne.

Puis elle reprend… Par moments, sa haine et sa violence transpirent tellement que les propos sont très trash. Mais jamais autant que les faits et que ses propos à lui.

Suspension. Repas à la brasserie, l'autre y est. On veut aller ailleurs, mais il n'y a pas grand-chose autour et on a seulement trente minutes de pause. On se fait violence et on demande une table à l'opposé de la sienne. Le serveur comprend, il doit avoir l'habitude.

Papa et Maman arrivent. Je la préviens qu'il est là, mais qu'on est en sécurité. Maintenant c'est lui qui me craint, c'est moi qui le domine. Maman se blottit contre moi et ne parle pas. Je lui caresse les cheveux et la rassure. Margaux me regarde effarée. Je sais qu'elle pense à ma capacité à faire abstraction de mes peurs, de mes angoisses quand ma mère est là. C'est comme ça qu'on fonctionne depuis trente ans, depuis qu'elle m'a raconté les viols de la Yaya, la violence et le kidnapping de son père, son enfance dans un taudis insalubre.

L'autre se lève, j'occupe Maman le temps qu'il passe la porte située à deux mètres de nous. Elle ne le voit pas, j'ai réussi à faire diversion comme avec un enfant.

L'audience reprend pour l'interrogatoire des parents de Mathilde.

Tous les deux sont très émus, ils se sentent coupables, et je vois que cela affecte Maman. Je la regarde, ça ne va pas du tout. Consuelo et Papa, qui l'entourent, ne perçoivent pas les signes. Elle va craquer, je me lève pour aller derrière elle, mais c'est trop tard. Elle ne répond plus, elle est partie. Elle suffoque : « Je n'arrive plus à respirer, j'ai peur... » Alors que je la tiens, elle se ramollit complètement. Elle perd connaissance.

« Appelez les secours ! » je demande. Mon père crie : « Je vais te crever, pourriture ! » et se jette sur l'autre. Il est à cinquante centimètres de lui, j'ai Maman dans les bras et Papa qui va faire une connerie. Un policier le ceinture, mais ça ne suffit pas. Il en faut un deuxième pour enfin le calmer. Je n'arrive pas à porter Maman. Le juge suspend la séance, les jurés sortent, affolés... Ils viennent de vivre exactement ce que j'ai décrit il y a quatre jours : une mère traumatisée qui n'arrive pas à être un soutien ; et un père qui protège davantage sa femme que sa fille.

Les pompiers sont là. Maman a les yeux ouverts mais le cerveau ne s'est toujours pas reconnecté. Elle est à 18 de tension. Elle murmure :

« J'ai peur, il va te faire du mal... Il est où ? Il va te faire du mal ? Ma petite fille...

— Maman, je suis là, écoute ma voix, je vais bien, il ne me fera pas de mal. Je suis grande, je suis forte, calme-toi. »

Je dis à Papa qu'il faut qu'ils rentrent, qu'elle se repose. Qu'ils ne reviennent pas demain pour les parents de Margaux. Quand l'audience reprend, je rentre dans la salle et me rassois comme si de rien n'était. Les jurés me regardent et prennent conscience à quel point on est fortes, insubmersibles.

Les témoins défilent : la sœur de Mathilde, un cadre de la fédération, un entraîneur de Sarcelles... J'ai l'impression d'une machine à laver qui ne s'arrête jamais. Ce qui en ressort est une défaillance collective, une faille du système. Il a créé cet environnement et a su l'exploiter pour y assouvir sa perversion. Nous, les enfants, avons été les victimes de ce bourreau et quelque part aussi d'une société qui n'a pas su nous protéger.

Notre ressenti durant la suspension est ambigu. D'un côté on ne veut pas qu'il puisse se servir de l'absence de prévention et de réaction de l'ensemble des témoins pour se dédouaner ou minimiser sa responsabilité. En même temps, on se rend compte de l'ampleur des fautes et manquements de la société entière. Notre association devra lutter pour sensibiliser tous les types de publics. Pas seulement les jeunes, mais aussi les parents, les entraîneurs et les dirigeants. Il faut que la société change, que chaque individu en tant que citoyen prenne conscience du phénomène.

L'audience reprend.

Un père d'élève est appelé à la barre. Il est convoqué parce qu'il a connu Astrid et Mathilde. Il semble arriver tout droit du royaume des morts. Livide, cerné, démarche molle et voûtée, je le plains et me demande ce qui lui est arrivé. On entend à peine sa voix lorsqu'il se présente. Il n'a rien à déclarer spontanément.

« Nous allons commencer par vous demander si vous connaissez l'accusé, demande le président.

— Oui.

— C'est-à-dire ?

— C'était le directeur sportif de Sarcelles lorsque mes enfants y étaient. Je faisais partie du bureau, j'étais bénévole au club et donc je côtoyais M. Geddes.

— Très bien. Est-ce en cette qualité de dirigeant bénévole que vous avez été amené à accompagner les joueuses lors d'un déplacement par équipe ? »

Il se tasse encore de cinq centimètres.

« Oui, mais je ne me souviens plus très bien. Je vais mal depuis quelques années, je suis en arrêt maladie, je prends des antidépresseurs. »

Alors que je me demande ce qui lui est arrivé, Mathilde et Astrid nous chuchotent que l'arrestation de l'autre a dû le détruire. Il l'admirait et était son toutou. Et surtout, il avait une fille de douze ans. Il doit se demander tous les jours si sa fille aussi a été victime, s'il ne l'a pas jetée dans la gueule du loup.

Je tourne la tête et le regarde à nouveau. Je suis en colère envers cet homme de plus de quarante ans à l'époque, dirigeant et père de famille, qui n'a pas réagi, ne s'est pas opposé à lui pour protéger Astrid et Mathilde. Je n'ai aucune compassion pour cet homme brisé, un de plus à cause de l'autre. Combien de vies a-t-il détruites ? Combien de victimes collatérales ?

« Que s'est-il passé ? Est-ce courant que les entraîneurs dorment avec des joueuses et que des mineures dorment avec des hommes adultes ?

— En arrivant devant le comptoir de l'hôtel, il a donné une clé à Solène, m'en a donné une et en a gardé une, en disant : "Tu vas dormir avec Mathilde, comme ça je pourrai faire réviser Astrid pour le bac, et si elle révise tard, elle n'empêchera pas Mathilde de dormir.

— Et vous avez trouvé ça normal ? Sain ?

— Non, moi-même ça me dérangeait de dormir avec une adolescente. Mais il avait décidé et il était directeur sportif, personne d'autre n'a rien dit...

— Vous représentiez le bureau, vous étiez adulte. Même vous, vous ne pouviez pas vous opposer à lui ? Pourquoi ?

— Il n'était pas du genre à aimer que l'on n'aille pas dans son sens. »

Il ose à peine parler, comme s'il avait peur de lui. C'est effrayant de voir que des adultes le craignent encore, des années après. C'était un tyran.

Après lui, c'est une joueuse avec qui je m'entraînais qui est appelée à la barre. Les jurés ont entendu parler d'elle par moi, puis Astrid, puis Mathilde. Elle n'arrive pas avec un grand capital sympathie, je pense. Je me demande si elle culpabilise.

« Connaissiez-vous les victimes ?

— Je connais Mathilde, Astrid et Angélique.

— Pouvez-vous nous les décrire à l'époque ?

— Mathilde et Astrid étaient de jolies filles, des jeunes femmes, très gentilles, très intelligentes. Il y avait des rumeurs comme quoi elles étaient les petites copines d'Andrew.

— Vous aviez vu quelque chose, ça avait été confirmé par Astrid et Mathilde ou par M. Geddes ?

— Non, mais tout le monde savait. Elles étaient parfois sur ses genoux et certains l'avaient vu embrasser Astrid un soir, je crois. Il les ramenait chez elles le soir, les parents laissaient faire ça. Moi j'ai des filles ados aujourd'hui, je ne laisserais personne les ramener de match ou d'entraînement tard le soir…

— Peut-être n'avaient-ils pas vu le mal. Peut-être lui faisaient-ils confiance, peut-être n'avaient-ils pas eu une histoire qui les mettait en garde comme c'est aujourd'hui le cas pour vous. »

Je trouve écœurant qu'elle ose dire ça en cour d'assises. Je sens au visage du juge que lui non plus n'apprécie guère sa « leçon de morale ».

« Mais vous, en tant qu'adulte, joueuse, entraîneuse, qui aviez presque trente ans à l'époque, ça ne vous a pas dérangée que des mineures dorment avec des adultes ? Étaient-ce elles qui en avaient émis la volonté ? »

Je savais que le juge allait être beaucoup plus cinglant. Elle bredouille, ne termine pas ses phrases… Puis répond :

« Il avait dit que c'était pour réviser son bac. Astrid m'avait regardée mais ce n'était pas à moi de décider.

— Avez-vous pensé que c'était une mineure en danger ?

— Non, évidemment non, je ne savais pas. Je pensais qu'ils étaient ensemble et que c'était une excuse de sa part pour pouvoir dormir ensemble.

— Le lendemain matin, au petit-déjeuner, est-ce vrai que vous avez dit : "Alors ce câlin du matin ?" ?

— Je ne me souviens plus... je... c'est certainement pas ce que je voulais dire...

— Et concernant Angélique Cauchy, vous la connaissiez ?

— Oui. Quand elle est arrivée au club, c'était un bébé, elle avait douze ans. Elle était en short avec sa casquette à l'envers, toujours à faire le pitre, avec un gros caractère. Je n'ai rien vu, personne ne savait. Personne ne pouvait imaginer une chose pareille, c'était un enfant, elle était toute petite... »

Ça ne me touche pas qu'elle parle de moi comme ça. Ma rage envers elle vis-à-vis des filles l'emporte sur l'apitoiement envers moi-même.

Après quelques questions supplémentaires, elle part, encore moins fringante qu'elle n'est arrivée. En passant devant Mathilde et Astrid, elle s'excuse. Les filles pleurent, je n'en peux plus de cette journée. Je viens de recevoir un texto de Maman, ils sont bien rentrés, elle se repose allongée sur le canapé. Il est 19 h 30 et nous, on est encore là. Il reste encore deux amies de Mathilde qui doivent être entendues, une dans la salle d'audience et l'autre par lecture de son témoignage écrit.

« Monsieur Geddes, veuillez venir à la barre. »

Maintenant c'est à l'autre de parler, contre-interrogatoire, on connaît la rengaine. Plus les jours passent et plus il met de temps à venir à la barre. Je ne sais pas si c'est son dos qui lui fait mal ou s'il en a simplement marre.

« Avez-vous des déclarations spontanées à faire ?

— Je voudrais m'excuser pour le mal que j'ai fait à Mathilde. J'ai conscience que mon comportement était destructeur pour elle, j'étais passionné et je n'arrivais pas à me raisonner.

— Vous compreniez qu'elle puisse avoir eu peur pour sa vie vu les conditions, votre différence d'âge, votre statut d'autorité et la violence physique et verbale dont vous aviez fait preuve.

— Oui, je comprends, mais je ne pensais pas qu'elle était contre les relations sexuelles. J'ai vu qu'elle n'éprouvait pas de plaisir et que je n'avais pensé qu'à moi c'est vrai. Mais elle ne s'était pas non plus opposée…

— Monsieur Geddes, cela fait cinq jours de procès, avez-vous compris que l'absence verbalisée d'un non ou un mouvement physique pour se débattre ne peut suffire à montrer leur consentement ?

— Oui, monsieur le président. Aujourd'hui, je sais que la position dans laquelle j'étais me mettait dans une position dominante. »

Les questions s'enchaînent, les réponses sont creuses, alambiquées ou totalement choquantes. L'avocate générale ne le lâche pas. Il déteste qu'une jeune femme le remette à sa place, le prenne à son propre jeu…

« Vous avez filmé Mathilde et avez menacé d'envoyer la vidéo à son père si elle refusait de continuer. Cela s'appelle du chantage.

— Je ne l'ai et ne l'aurais pas envoyée. Ç'aurait été me tirer moi-même une balle dans le pied…

— Peut-être, mais ce n'est pas parce que vous ne l'avez pas fait que cela ne s'appelle pas du chantage. Elle le pensait. Enfin, vous dites que cela aurait été vous tirer une balle dans le pied, vous saviez donc bien que c'était puni par la loi.

— Qu'est-ce que vous voulez que je vous dise ? Je savais que c'était mal, je ne vois pas ce que je peux dire de plus à part que je m'excuse pour ce que je lui ai fait, que je leur ai fait. »

L'avocat de Mathilde se lève et dit fort :

« Mais qu'est-ce que vous leur avez fait ? Cela fait cinq jours que vous tournez autour du pot !

— Pour le mal que je leur ai fait, pour tout…

— De les avoir violées, violentées, torturées, d'avoir volé leur jeunesse, leur vie ? »

Mathilde pleure, Astrid pleure, Margaux pleure, je pleure. On déteste quand le ton monte, quand ça crie, on a peur. On veut que ça s'arrête, qu'il dise oui, juste oui, je les ai violées, violentées, torturées, j'ai volé leur jeunesse et leur vie. Mais il s'accroche…

« Je n'en avais pas conscience à l'époque. »

Je vois dans le regard, les postures des jurés qu'eux aussi en ont assez de ce jeu. Ils voudraient qu'il avoue… Qu'est-ce que ça change pour lui maintenant ? C'est pire à ce stade du procès de ne pas être d'une totale sincérité.

« Encore une fois, vous ne saisissez pas les perches que l'on vous tend… Pourtant vous leur devez au moins ça, monsieur Geddes, à toutes les quatre. »

On a dépassé la moitié du procès. J'ai perdu au moins trois ou quatre kilos. Margaux en est à combien d'anxiolytiques ? Demain, ce sera son tour. Je veux que demain n'arrive jamais, qu'on soit jeudi tout de suite. J'ai peur de ce que je vais entendre et de ce que cela va faire à Margaux. Elle est plus organisée que moi, mille fois plus, elle a préparé son passage à la barre comme on prépare l'oral de l'ENA, concours qu'elle veut passer après le procès.

Demain va être le jour le plus difficile. Margaux, ma petite sœur, celle que je dois protéger. Puis ses parents qui m'ont si bien accueillie et soutenue. Et les autres témoins, les garçons avec qui je jouais il y a vingt ans. Que vont-ils dire ? Vont-ils le défendre ? Sont-ils toujours sous emprise ?

Margaux est appelée à la barre. Elle a une petite voix, elle est plus fluette, plus fine et plus petite que nous trois. Mais dès sa première phrase, l'auditoire est captivé.

« Je suis issue d'une famille juive dont la religion est le tennis. »

Margaux est brillante.

« Mon père mangeait, respirait et dormait tennis. Il rêvait que je devienne une championne. Jusqu'à mes onze ans, personne ne s'était vraiment intéressé à mon jeu… Puis Andrew est arrivé au club de Levallois. »

On se regarde avec Astrid, la même chose nous choque. Elle l'appelle encore Andrew... Mais il l'a connue plus jeune et plus longtemps que nous. Et surtout, plus récemment.

Elle raconte comment il est devenu ami avec ses parents, au point d'être invité à la maison pour les anniversaires. En l'écoutant, je comprends pourquoi je me sens si proche de Margaux. Nos deux histoires sont très similaires, à la fois au niveau de l'âge que nous avions et à la manière dont il s'est immiscé dans nos familles.

Bientôt son rythme change, tout ralentit, elle ne raconte plus des années mais des minutes. Plus elle se rapproche des premières agressions sexuelles, plus elle entre dans les détails, comme si elle voulait retarder ce moment. Je suis crispée, mâchoires serrées, mains moites, cheveux dressés.

Passé le récit de son premier viol à La Baule, elle déballe tout dans un flot incontrôlable. Elle récite ça comme une liste de courses, avec une froideur qui me glace et qui me brûle en même temps. Elle me replonge dans le passé, je ressens à nouveau la peur de me faire toucher, violer, de mourir, qu'il tue Papa et Maman, qu'il te touche, te viole et te tue...

J'ai la tête qui tourne, tout bouge dans la salle, Didier me dit de sortir... Il me tient par le bras, j'ai l'impression de flotter. Est-ce que mes pieds touchent le sol ? Dans la salle des pas perdus, tout remonte : les souffrances de Margaux, l'escalade de violence, je comprends pour la première fois de ma vie que je n'ai pas juste été violée, mais que j'ai été violée avec violence... Je tombe à genoux sur le marbre dur et froid et je pousse un hurlement qui résonne jusqu'au rez-de-chaussée. Ce cri est un cri de mort, je viens d'enterrer la petite fille de douze ans que j'étais. Je continue de crier jusqu'à ce que cela devienne un râle puis un gémissement, je me balance d'avant en arrière avec Didier derrière moi qui me serre fort. Les parents de Margaux aussi sont arrivés et se sont agenouillés à côté de moi. J'entends la voix de sa mère qui répète :

« Mais qu'est-ce qu'il t'a fait ? »

Et moi je pleure, je n'arrive pas à m'arrêter, je suis allongée comme un fœtus, la tête contre le sol...

Entre-temps Mathilde est sortie, me voir dans cet état lui donne l'autorisation de craquer et de crier à son tour. Son cri est un cri de rage, rempli de vie, tout l'inverse du mien.

Les pompiers arrivent, puis un psychiatre et enfin les hommes de la sécurité. Je suis stone, j'ai trop pleuré et je fixe le vide. Je refuse de prendre des anxiolytiques ou quoi que ce soit, car je veux rester maîtresse de moi-même. Je ne retourne pas dans la salle, Célia reste avec moi. Je ne veux plus, je ne peux plus entendre Margaux.

À la pause, Margaux me dit que le président lui a proposé une suspension au moment de mon cri, mais qu'elle a refusé car elle voulait finir.

« Tu m'as fait peur... Tu as crié si fort, si longtemps, si tristement, pourquoi d'un coup tu as craqué ?

— C'est la manière dont tu as récité les violences sexuelles comme une liste de courses. Jusqu'à maintenant je pensais que j'avais mal parce que j'étais petite et que mon vagin était trop étroit et que ses doigts étaient trop gros. J'ai compris aujourd'hui que ce n'était pas ma faute, mais la sienne. Il nous a violées avec violence, avec barbarie. »

Margaux me prend dans ses bras. À ce moment-là c'est elle la grande sœur, alors que je mesure plus d'une tête de plus qu'elle et qu'elle ne fait pas le tour de mon torse. Est-ce qu'un jour les gens pourront comprendre ce qui nous lie ?

La suspension du déjeuner est une libération. Il reste deux jours, on est toutes passées à la barre, on se dit que le plus dur est sûrement derrière nous. En tous les cas on approche de l'épilogue. Quelle que soit la fin, qu'elle soit à la hauteur de notre souffrance ou non, ça sera la fin et c'est déjà une victoire.

L'après-midi, les parents de Margaux sont appelés à la barre. Son père est l'ombre de lui-même, Margaux lui a fait lire sa déposition hier, il ne savait rien de ce qui lui était arrivé avant. Dans sa voix, on entend davantage de la déception et de la tristesse, il n'y a pas de haine comme dans les paroles de mes parents ou ceux des autres. Juste un père et un ami trahi par celui dont il pensait qu'il voulait le bien de sa fille. À l'évocation de cette amitié perdue, l'autre se met à pleurer. Quelques minutes après, la mère de Margaux s'adresse directement à lui. « Quand j'ai eu mon cancer, je t'ai dit : "Je te confie ma fille, je te confie Margaux." Et tu as répondu : "Margaux est comme ma fille." »

Un peu plus tard, après une nouvelle suspension qui nous paraît durer seulement une minute, les garçons sont appelés à la barre. Alexandre arrive. Il est grand, mince, a les cheveux bouclés et une barbe naissante. Sa démarche ne laisse aucune place à la peur. Son image se superpose avec celle que je garde de lui, celle d'un garçon maigre et rasé qui ne pesait pas lourd face à lui. Le temps a passé, aujourd'hui les enfants sont devenus grands.

Alexandre s'exprime bien, il est brillant, il l'a toujours été. Ce qui m'apparaît essentiel dans ses paroles, c'est son recul entre ce qu'il a vécu et les valeurs qu'il véhicule aujourd'hui en tant qu'entraîneur de tennis BE2 et directeur sportif. Sa conclusion est la suivante : il n'a pas vécu de violences sexuelles, son expérience n'est pas comparable à la nôtre, mais avec son regard d'adulte, de futur papa et d'entraîneur, il sait qu'il a été victime de violences psychologiques et physiques.

En partant, l'autre dit à Alexandre :

« Humour, Alexandre, humour…

— Désolé, mais on n'a pas le même humour. »

C'est le tour de Ludwig. On voit tout de suite qu'il est apeuré, il se faufile à pas de loup jusqu'à la barre sans oser le regarder. Il est terrorisé…

À trente-deux ans, Ludwig parle comme un ado. Le rythme, les mots, la structure des phrases. Il dit qu'il est heureux d'être là aujourd'hui grâce à nous, de pouvoir raconter ce qu'il a vécu. Le début de son audition m'interpelle. Je me suis demandé, depuis le jour où nous avons eu la liste des témoins, comment il se positionnerait, lui qui a été son fidèle serviteur pendant plus de vingt ans. Je comprends que ce moment risque d'être l'un des plus importants du procès.

Il l'a connu à l'âge de trois ans. Il était son entraîneur, l'ami de ses parents, presque son parrain. Il l'admirait et voulait lui ressembler, lui qui était si gentil même s'il lui arrivait aussi d'être très méchant. Il lui disait qu'il était son fils spirituel. Alors qu'il avait sept ans, ses parents avaient été convoqués parce qu'il hurlait, dans la cour de récréation : « Je vais te sodomiser, je vais te sodomiser ! » Il ne savait pas ce que cela signifiait, mais c'était ce que l'autre lui répétait tout le temps. À huit ans, il n'a plus voulu s'entraîner car l'autre le rabaissait, lui envoyait des balles de toutes ses forces avec sa raquette, lui laissant de nombreux bleus. Il avait cassé les cordes de sa raquette avec des ciseaux pour manquer l'entraînement. Il avait volontairement marché sur des clous pour ne pas pouvoir jouer pendant une semaine. Il avait peur que l'autre le frappe, à tel point qu'il en faisait des cauchemars.

On s'effondre toutes les quatre. Ludwig se retourne vers nous et se met aussi à pleurer :

« Je suis désolé, les filles… »

À ce moment-là, il devient la cinquième victime. Il y en a eu plein d'autres mais lui, même s'il n'a pas vécu de violences sexuelles, il a vécu les mêmes violences psychologiques. On fusionne tous les cinq.

Adulte, il enchaîne les dépressions, n'a pas confiance en lui, ne se confie à personne, a trop bien appris à garder le silence. Il passe des journées au fond de son lit, incapable de s'adapter au monde.

« Il m'a détruit. Aujourd'hui j'ai quasiment l'impression d'être handicapé à cause de lui. Il m'a construit de mes trois à vingt-quatre ans, il était mon père et mon repère. J'ai trente-deux ans et je dois tout réapprendre… »

Sa copine est présente, en larmes. Je comprends que ce procès dépasse largement nos quatre personnes, nos familles et nos proches. Nous sommes quatre sur ce banc, mais tous les gens qu'il a croisés dans sa vie pourraient y être. Il a tout détruit sur son passage. Après son témoignage, Ludwig reste dans la salle. Il a besoin d'entendre.

Une femme de quarante-cinq ans est appelée à la barre. Il est déjà 19 heures, cette journée est sans fin. J'apprends par Didier que c'est la mère d'un joueur de Levallois qui a eu une brève histoire avec l'autre. Elle se présente, elle est directrice dans le domaine de la santé. Elle a rencontré Andrew Geddes lors d'une soirée au club de tennis. Elle était divorcée et Andrew l'a draguée.

Ils partent en week-end au Touquet avec sa voiture à elle, elle est évidemment consentante mais elle se sent rapidement mal à l'aise, oppressée durant la journée. Quelque chose la dérange, elle dit qu'elle veut faire demi-tour. Il négocie, mais ils finissent par rentrer. Durant le trajet il lui demande de lui faire une fellation. Elle refuse, il insiste. Ils arrivent en bas de chez lui, mais il ne veut pas sortir de la voiture tant qu'elle ne lui aura pas fait de fellation.

J'ai l'impression d'être extérieure à ce qui se joue. Parce que je ne la connais pas, que c'est une adulte qui raconte des faits lorsqu'elle était adulte, je me demande où on va en venir. C'est l'une des premières fois depuis le procès que j'ai à peu près le même degré de connaissance que les jurés.

Puis elle conclut : « Il m'aura fallu deux heures pour échapper à cette fellation. Des dizaines de fois j'ai failli céder pour avoir la paix, tellement je me sentais coincée. J'ai quarante-cinq ans, je suis cadre, dirigeante, j'ai de l'expérience avec les hommes, et il m'a fallu deux heures. Je pense qu'une jeune fille de douze ou quinze ans n'avait aucune chance de s'en sortir. La seule possibilité, c'était de céder. »

Après son départ, le Président fait une dernière lecture avant d'appeler l'autre à la barre. Il est 19 h 30.

« Voici l'audition d'Alexia C. qui pourra éclairer la cour et les jurés sur la personnalité de M. Geddes, son rapport aux femmes et au consentement. »

Margaux m'explique que c'est une jeune fille du tennis de Levallois, qui a à peine la vingtaine. « Elle est hyper belle Alexia », ajoute-t-elle. Un jour qu'il lui propose de la ramener chez elle, elle accepte et il devient lourd, il la drague, elle n'est pas du tout intéressée mais il est très insistant. Il veut rentrer chez elle mais elle refuse. Elle doit négocier, cela dure des plombes, et elle finit par fermer la porte devant lui. Il sonne à l'interphone pendant des minutes entières, puis il la harcèle téléphoniquement des semaines durant. Une nuit, il sonne à nouveau à son interphone, il ne veut pas partir, elle le menace d'appeler les policiers. Le lendemain, elle dépose une main courante au commissariat pour harcèlement.

Il arrive épuisé à la barre, il se tient lamentablement. Il change tous les jours de style. Avec lunettes, sans lunettes, pull, col roulé, veste de costard, un coup des bottines, un coup des chaussures en cuir…

« Je voulais dire que cette journée a été terrible pour moi. Les voir comme ça, les parents de Margaux, ça m'a fait beaucoup de peine. Je suis désolé, vraiment, je tiens à m'excuser auprès d'eux. C'étaient des amis. Je tiens aussi évidemment à m'excuser auprès de Margaux, enfin Mlle W., je comprends en l'écoutant qu'elle n'était pas consentante mais je ne le percevais pas comme ça. En ce qui concerne Alexandre, il n'avait pas compris que c'était de l'humour. Peut-être qu'effectivement je n'aurais pas dû. Ludwig, il était comme mon fils, ça me fait mal de l'entendre dire cela de notre relation. »

Le président le coupe :

« Il était comme votre fils, Mlle W. était comme votre fille, Mlle Cauchy était comme votre fille. Ça fait beaucoup d'enfants qui étaient comme vos enfants sans être vos enfants…

— Oui, parce que je n'avais pas d'enfant et que c'était une souffrance. »

L'assesseure parle pour la première fois :

« Monsieur Geddes, avez-vous conscience de l'escalade dans la violence envers ces jeunes filles ? Ce qui nous a été rapporté depuis cinq jours ? On se croirait dans un catalogue de films porno.

— J'ai conscience que les pratiques sexuelles qui sont les miennes pouvaient être en décalage compte tenu de leur âge et de leur immaturité.

— Monsieur Geddes, alors que c'est arrivé en 1999, en 2001, en 2003, pourquoi, lorsque ces pulsions avec des jeunes filles sont revenues, pourquoi n'arrivez-vous pas à vous maîtriser ?

— J'imagine que c'était plus fort que moi...

— Si vous en aviez conscience, pourquoi n'avoir pas demandé à vous faire soigner ?

— ...

— Monsieur Geddes, enfin, ne dites pas que vous ne saviez pas, que vous n'étiez pas mis en garde, que vous vous pensiez dans votre bon droit. (Elle reprend ses notes et chausse ses lunettes.) Le père d'Angélique Cauchy a dit : "Si un jour quelqu'un vous touche, je n'attendrai pas que justice soit faite, je lui mettrai une balle entre les deux yeux, quitte à prendre vingt ans de taule..." Il était policier, on l'a vu, ça n'a pas l'air d'être quelqu'un qui plaisante beaucoup. La mère d'Astrid vous dit : "Si tu n'arrêtes pas, je vais voir la police." Le père de Mathilde vous menace de la même chose. Le père de Margaux vous dit : "Tu arrêtes ça tout de suite, elle est trop jeune." Vous avez été prévenu et plus d'une fois. Qu'est-ce qui vous aurait arrêté, monsieur Geddes, je vous le demande ?

— Rien, rien ne m'aurait arrêté. À part la prison.

— Pas d'autre question. »

L'avocate générale enchaîne, c'est un match de boxe, il est dans les cordes, il encaisse les coups mais ne se protège plus. J'ai l'impression qu'il attend le KO. Elle l'interroge sur la façon dont il a harcelé Margaux et Astrid.

« Je ne supporte pas d'être abandonné, se justifie-t-il.

— Elles ne vous abandonnent pas, elles vous fuient parce que vous êtes violent. Physiquement, psychologiquement et sexuellement.

— Je n'ai pas la même opinion que vous mais je la respecte.

— Bien. Et Ludwig qui se mutile pour ne plus s'entraîner avec vous ? Qui fait de graves dépressions une fois adulte ? Avez-vous conscience d'avoir aussi violenté psychologiquement les autres jeunes que vous avez entraînés ?

— Je voulais les pousser à leurs limites... »

La deuxième avocate de Margaux se lève et laisse apparaître son ventre de femme enceinte qui était jusque-là dissimulé derrière la table. C'est la première fois qu'il va répondre à une avocate femme.

« Monsieur Geddes, si on est ensemble, que vous me proposez un cinéma et que je vous réponds que je suis un peu fatiguée et que j'ai du travail, que comprenez-vous ?

— Bah, que vous n'avez pas trop envie d'y aller.

— Très bien, vous comprenez le non implicite, c'était juste pour savoir. Donc vous compreniez que Mme V. n'avait pas envie de vous faire une fellation ?

— Oui, mais elle avait dit qu'elle adorait ça, que c'était ce qu'elle préférait le plus au monde. Donc je voulais essayer... »

La salle est sous le choc.

« Ce qu'elle préférait le plus au monde ? C'est affligeant.

— Ce n'est pas la peine de prendre cet air-là...

— Je ne prends aucun air, monsieur Geddes, je répète et reformule ce que vous dites. Je vais vous prendre un nouvel exemple : si on est au restaurant, au moment de regarder la carte, je vous dis que j'adore les desserts, vraiment c'est ce que j'aime le plus au monde et tout me donne envie ; le repas passe et finalement après le plat je vous dis que je n'ai plus faim. Vous faites quoi, monsieur Geddes ? Vous me gavez de dessert ?

— Ça n'a rien à voir...

— Ça a tout à voir, cela s'appelle le consentement. Vous comprenez l'absence de consentement, monsieur Geddes, qu'il soit verbal ou physique. Mais vous ne l'acceptez pas, vous outrepassez leur non. Vous violez, monsieur Geddes. Combien d'autres encore avez-vous violées ? Vous avez violé toute votre vie. Toutes les femmes que vous avez croisées dans votre vie, vous avez tenté ou vous les avez violées. »

— Il y a une fille avec qui je n'ai pas été comme ça, où il n'y a pas eu de violences. La relation était apaisée et la séparation s'est bien passée. »

Le juge répond :

« Une en trente ans, une seule dans toute votre vie... C'est quand même peu.

— Oui c'est peu je vous l'accorde.

— Avez-vous un problème avec les femmes ?

— Sans doute, peut-être à cause de l'abandon de ma mère. »

On se regarde avec Astrid. Son explication me met mal à l'aise, parce qu'il est possible qu'il ait développé une haine envers sa mère, lui provoquant un trauma. Pour autant, cela ne peut pas justifier le mal qu'il a fait. Sinon, tous les enfants abandonnés seraient des criminels, tous les enfants violés deviendraient violeurs. Non, parce qu'il y a un libre arbitre, une connaissance du bien et du mal, une résilience. J'accepte que cela soit un facteur, mais ça n'explique pas tout.

Cette journée m'a vidée de l'énergie qui me restait. Je ne pense qu'à appeler Perrine, entendre sa voix et aller me coucher.

Le lendemain, les agents de sécurité me demandent comment je vais à mon arrivée. Ils ne me demandent plus la convocation. Ils m'ont vue hier après mon « cri », je suis connue dans tout le palais de justice apparemment. Ils savent que c'est pour la cour d'assises.

C'est le premier jour où aucune de nous quatre n'est à la barre, et le dernier avant le verdict. On pense avoir fait le plus gros, d'autant qu'aujourd'hui il y aura beaucoup de lectures. On va entendre tous ceux qui n'ont pas été présents au procès alors qu'ils auraient dû l'être. Mais je me méfie des jours plus calmes : on n'est jamais à l'abri de révélations.

« La cour. » L'être humain s'habitue à tout, même à ce qui le met dans un stress intense. La cour arrive, j'ai l'impression que c'est mon monde maintenant.

Le juge retire ses lunettes, les pose, et annonce qu'il va faire lecture de deux auditions importantes avant d'entendre le psychiatre qui a expertisé l'autre.

« Je commence par la lecture d'Audrey S. "En mai 2014, ma grand-mère l'a appris dans les médias.

Elle a appelé ma mère, qui m'a ensuite contactée pour me dire ce qu'il se passait. Je n'ai pas été plus étonnée que cela, mais cela m'a fait de la peine pour ma mère et ma grand-mère qui ont compris que j'avais été avec un tel homme pendant plusieurs années dans ma jeunesse..." »

Elle raconte qu'elle l'a rencontré en boîte de nuit pendant l'été 1994, à La Baule. Elle précise : « J'avais quinze ans et demi. » Il lui ment sur son âge, lui dit qu'il en a vingt et un. Puis, quelques jours plus tard, qu'il en a vingt-cinq. Finalement, il lui avoue qu'il en a vingt-huit.

Elle raconte sa première fois quelques semaines plus tard, dans un buisson derrière le club de tennis. Sans préliminaires, de façon brutale, il lui a enlevé un pan de pantalon et l'a prise comme ça.

Je vois bien qu'on est arrivé à saturation de tout ça. D'entendre chaque fois la même violence. Peut-être plus que les autres, mon cerveau s'allume et s'éteint. S'allume quand il comprend que je ne suis pas la première, s'éteint quand il entend la description des violences sexuelles. Se rallume quand il fait le lien avec cette Audrey dont il me parlait – mais qui avait dix-huit ou vingt ans dans sa version –, s'éteint à nouveau quand je comprends que c'est toujours le même mécanisme.

Son histoire est un mélange des quatre nôtres. Le ton neutre du juge rend cela plus glaçant encore. Je me demande pour quelle raison elle n'est pas là. Et plus l'histoire avance, plus on s'enfonce dans le sordide. Son témoignage illumine ces six jours de procès, je comprends pourquoi le juge l'a gardé pour aujourd'hui. La construction de son procès est tellement intelligente…

La lecture dure longtemps. Elle détaille leurs pratiques sexuelles, la manière dont il la forçait à faire des choses dont elle n'a pas envie, sans employer la violence physique. Comment il entrait dans son esprit pour lui faire croire que c'était elle la méchante. Puis la violence physique est arrivée, il l'a giflée très violemment alors qu'il avait pris de l'héroïne.

Je ne sais plus par où penser. Il a frappé Audrey, Astrid et Mathilde. Pourquoi pas moi ? Margaux je ne sais pas, je n'ai pas entendu la fin de son témoignage. Est-ce possible que ce soit arrivé mais que mon cerveau l'ait effacé ? Comment savoir ?

Elle raconte ensuite que quand elle l'a quitté, elle est partie à Londres où elle habite toujours. Je regarde Mathilde, qui a fui elle aussi, aux États-Unis, au Brésil puis en Suisse. C'était en 1999, il lui a dit avoir une nouvelle petite amie, plus jeune qu'elle. C'était moi.

La lecture se conclut ainsi : « Je sais que les faits que je peux lui reprocher sont prescrits, mais je voulais apporter mon témoignage dans cette procédure car je sais que son mode de fonctionnement est pathologique. »

Trois pensées me traversent. La première : vingt ans après, il arrive encore à me détruire. Ce témoignage était la pièce manquante du puzzle, le « juste avant moi ». La seconde : c'est à cause de la loi qu'elle ne peut pas être assise à côté de nous en tant que partie civile, alors qu'elle est victime. Elle n'est même pas présente aujourd'hui parce qu'elle a fui sur un bateau pour une croisière d'un an pour ne pas pouvoir être contactée pour le procès. La réalité c'est ça : trente ans après, des femmes fuient en bateau pour ne pas avoir à le recroiser. Et c'est cette absente qui va le faire condamner. Parce que je n'ai plus aucun doute, il sera condamné, peut-être même qu'il peut prendre vingt ans. Et la dernière : en comprenant que je ne suis pas la première, à cet instant je me sens un peu moins coupable de mon silence, de ne pas avoir sauvé les filles. Comment savoir combien il y en a eu avant moi ?

Je n'ai pas besoin d'attendre longtemps pour avoir ma réponse.

« Je vais maintenant faire lecture d'une deuxième audition, celle d'Aleed. »

C'est encore la même histoire. Une jeune fille d'origine néerlandaise qu'il rencontre à Saint-Nazaire, il a vingt-cinq ans et elle en a seize. Il lui fait vivre le même enfer, les mêmes sévices psychologiques et sexuels. C'est peut-être elle, la première victime.

Je le regarde pour voir sa réaction, mais il est impassible. S'interroge-t-il sur la façon dont il agit avec les femmes ? A-t-il conscience du mal qu'il fait ? A-t-il des remords ?

Le juge propose une suspension avant de faire passer à la barre les différents psychiatres des parties civiles et de l'accusé.

Je me demande si en prison il a reçu un centième du mal qu'il a fait. Je ne sais pas si je le souhaite. J'en parle avec les filles, je leur dis que c'est tout de même un mauvais sentiment. Au contraire, me répondent-elles, c'est très sain et c'est plutôt normal. Je médite sur cette phrase devant le distributeur. J'espère qu'un jour je n'aurai plus de haine.

Je me rends compte que je suis aussi fatiguée nerveusement que lors des passages des filles. Cette journée que je pensais plus calme ne l'est pas du tout. Plus le procès avance et plus je pense qu'il va prendre une grosse peine. Quelque part cela me conforte et me réjouit, mais pas tant dans un esprit de vengeance que dans la prise en compte par la société de notre degré de souffrance, ainsi qu'une garantie de sécurité pour tout le monde pour une durée plus longue. Je commence à m'y préparer, parce que je sais que si la peine est lourde, il fera appel.

Je retourne sur mon banc, au milieu des filles. La psychiatre qui a expertisé Astrid est là, les nôtres ne viendront pas, le juge en fera lecture.

Leurs témoignages disent sensiblement la même chose : nous n'avons aucune tendance à l'affabulation, nous étions vulnérables du fait de notre âge et de l'autorité qu'il avait sur nous. La psychiatre d'Astrid explique également aux jurés les traumas pérennes que subissent les victimes de viols de ce type, à cet âge et pendant une période aussi longue.

Le psychiatre qui l'a expertisé arrive :

« Monsieur Geddes a été examiné par mes soins en 2014. Suite à sa garde à vue, il explique des relations compliquées dues à une peur de l'abandon et une jalousie qu'il admet être excessive. Je n'ai pas relevé de penchants pédophiles ni autres maladies mentales ou comportements sexuels déviants. »

L'avocat de Margaux nous a prévenues, les psychiatres qui font les expertises ne sont pas toujours bons. Ils ne connaissent souvent rien de l'accusé. Il poursuit :

« Je le juge donc responsable de ses actes, mais il n'avait pas conscience de l'absence de consentement des victimes à l'époque, selon ce qu'il m'a rapporté. »

Les avocats le découpent à la serpe, l'avocate générale aussi. Le psychiatre commence à suer, il bégaye :

« Ce rapport a été rédigé suite à mon entretien avec l'accusé, je ne sais que ce qu'il a bien voulu me dire… »

David demande :

« Soit un rendez-vous de combien de temps pour cerner son profil ?

— Trente minutes.

— Trente minutes et vous pouvez dire qu'il n'a pas de comportements sexuels déviants ? Docteur, connaissez-vous l'affaire ?

— Seulement ce que l'accusé m'a raconté.

— Vous a-t-il dit qu'il a enfoncé une cuillère en bois dans le vagin d'une jeune fille ?

— Non…

— Qu'il a pénétré sans préliminaires une ado de quinze ans sur le tapis du salon de ses parents ?

— Non…

— Qu'il a uriné dans la bouche de l'une d'entre elles ?

— Non…

— Qu'il pénétrait si violemment et fréquemment une des victimes que, sans aucune expérience sexuelle,

elle le suppliait de la sodomiser pour qu'elle ait moins mal ?

— Non… »

Il va tomber raide, Didier prend le relais.

« Docteur, vous dites qu'il n'est pas pédophile. C'est-à-dire ?

— Au sens psychiatrique du terme, M. Geddes ne paraissait pas attiré sexuellement par des jeunes filles non pubères.

— Saviez-vous qu'il y avait dans les victimes une fille qui avait douze ans au début des faits, qui n'était pas réglée, qui dormait avec des pyjamas en pilou ? Pour vous, c'est la définition d'une adolescente pubère ? »

« Nous appelons à la barre Joel K. »

Je ne connais pas ce type, c'est l'avocat de l'autre qui l'a fait ajouter à la liste des témoins à comparaître à la barre. J'ai l'impression de voir une tortue arriver, tête rentrée, dos voûté, sweat-shirt froissé et pantalon trop court, gros sac sur le dos.

« Je m'appelle Joel K., fils de Mme… née… et de M…, je suis né le… à…, j'habite au… à côté de… et entre… et… J'ai fait mes études au lycée Jean-Jacques Rousseau de Sarcelles, puis en prépa à… suivi de Polytechnique de 1993 à 1997, de 1998 à… j'ai travaillé à… puis de… à… »

On s'observe tous, des jurés aux avocats, du public au président. On vit un moment hors norme, presque burlesque. Mathilde éclate de rire et sort de la salle. J'ai un rictus, c'est contagieux, et certains jurés se cachent dans leur col ou leur écharpe. Je me mords la joue pour ne pas rire. Personne n'aurait pu imaginer une scène pareille dans une cour d'assises. Après huit jours d'intenses témoignages, ça nous fait du bien, un peu de légèreté.

L'autre, en revanche, a le regard noir. S'il pouvait le tuer sur-le-champ il le ferait. Le pauvre Joel est dos à lui, il ne voit pas qu'il l'observe.

« Merci pour ce CV très complet, monsieur K. Pouvons-nous parler de M. Geddes ?

— Oui bien sûr, je le connais depuis presque vingt ans. Il a toujours été très gentil avec moi, je peux dire qu'on est amis. Quand j'ai appris ce qui s'était passé, j'ai été très surpris. Plusieurs filles, avec autant de viols, ça me paraît… Parce que c'était pas un bandit, il était pas violent, il était prof de tennis.

— Donc vous êtes amis et vous vous voyez régulièrement depuis presque vingt ans ?

— Non, depuis quelques années, on ne s'est pas trop vus. Enfin je suis venu le voir au parloir, mais avant ça non, on peut pas dire qu'on se voyait souvent. Mais c'était toujours très cordial et amical.

— Vous mangiez ensemble, vous partiez en vacances ensemble, vous alliez chez lui, vous connaissiez sa famille ?

— Non. On a déjà fait un restaurant ensemble avec Mathilde, que je connais aussi. C'est la seule que je connais, les autres filles jamais entendu parler. Ça aussi c'est bizarre, quand même, que je ne les connaisse pas alors qu'elles disent avoir été violées plusieurs fois par Andrew… »

Astrid, Margaux et moi sommes captivées par cet homme qui débarque en procès de cour d'assises et parle au président de la cour comme s'il était au café du coin.

« Vous ne connaissez donc pas les autres victimes ? En ayant côtoyé M. Geddes ?

— Non, juste Mathilde que j'ai vue une ou deux fois. Il m'avait contacté pour que je lui donne des cours de maths quand elle était au lycée, et pour discuter de son orientation. Il se préoccupait de sa scolarité, cela montre quand même qu'il n'est pas aussi méchant qu'elles veulent nous laisser penser. »

Les avocats sont ahuris, les jurés le regardent comme s'il s'agissait d'un extraterrestre.

« Quand on s'est vus, je peux vous garantir qu'il ne s'est strictement rien passé de louche ou de bizarre, il n'a pas agressé Mathilde G., ne l'a pas embrassée ou autre chose qui pouvait laisser entendre quoi que ce soit.

— Il n'a pas agressé Mlle G. durant l'heure où vous avez déjeuné ensemble, ce qui selon vous montre qu'il avait un comportement adapté avec elle. D'accord, et dites-moi, comment était Mathilde et comment le déjeuner s'est-il terminé ?

— Eh bien, elle ne parlait pas ou très peu. Elle était très timide je suppose, mais c'est plutôt normal, j'ai pensé qu'elle était impressionnée par moi. J'étais en train de lui donner des conseils donc elle écoutait, c'était une chance pour elle. Et à la fin, je suis rentré de mon côté et ils sont rentrés du leur.

— Ils sont partis ensemble ?

— Oui, enfin, il ne lui donnait pas la main ou ne la forçait pas à venir avec lui. Je suppose qu'il allait la ramener.

— Très bien, et Angélique, ça vous dit quelque chose ?

— Non, pas du tout.

— Vous ne pourriez pas nous la montrer ?

— Non, je ne connais pas cette personne. Mais elle ne devait pas très bien connaître Andrew, sinon je l'aurais rencontrée. J'ai lu qu'elle dit avoir été violée 400 fois. Ça me paraît... Apparemment c'était une future championne, je crois qu'il ne faut pas qu'elle fasse payer son échec à son entraîneur. Et puis c'était une histoire de jeunesse, il faut passer à autre chose.

— Astrid ?

— Non plus.

— Margaux ?

— Non plus. Je trouve bizarre que ces filles aient parlé aussi tard... Enfin, je veux dire, si ça leur est vraiment arrivé.

— Vous avez des enfants, monsieur K ?

— Non. (Il rit.) Non merci, mais j'ai des amis qui en ont. J'en croise quelquefois...

— Vous ne connaissez donc pas bien les enfants.

— Non, ça ne m'intéresse pas vraiment, mais je ne vois pas le rapport.

— Maître, des questions ? demande le président en se tournant vers l'avocat de l'autre.

— Non, monsieur le président, pas de questions. »

Nous partons déjeuner et, quarante-cinq minutes plus tard, nous revoilà aux mêmes places. Demain, à cette heure, peut-être que les jurés seront déjà en train de délibérer. Plusieurs témoins sont entendus, qui décrivent une nouvelle fois le caractère de l'autre, son arrogance, son insistance et sa violence.

Puis, enfin, c'est le tour de Ségolène. On attendait toutes ce moment. Six ans qu'on se demande ce qu'elle pense, ce qu'elle a vécu et ce qu'elle va dire. Elle ne nous a jamais envoyé aucun message, aucune marque de soutien, même pas à Margaux, dont elle était pourtant l'entraîneuse et l'amie des parents.

Pendant son témoignage, elle me fait penser à Maman. Elle est courbée, molle, on n'entend pas son nom lorsqu'elle se présente. Plus elle parle et plus j'ai de l'empathie pour celle à qui j'en voulais de ne pas avoir réagi à notre souffrance. Je comprends en l'écoutant qu'elle en est tout bonnement incapable, elle aussi est détruite.

Elle raconte une vie parfaite avec lui, qu'il était gentil, peut-être triste et colérique parfois mais bon, comme tout le monde… Sept ans avec lui et elle nous sort deux phrases totalement à la rue. Même le juge bouge sur son siège, ça ne va pas être facile pour lui de la faire parler.

« Une vie parfaite, ce n'est pas ce que vous avez dit lors de votre audition.

— …

— Je vous aide, vous avez dit : “Il s'énervait très souvent, il était jaloux, possessif, il n'aimait pas que je sorte avec des copines.”

— Non mais c'est vrai que parfois je voulais sortir avec des copines et que j'allais le laisser seul, donc…

— Donc vous ne sortiez pas. Il s'énervait souvent ? Cela se traduisait comment ?

— Seulement si je l'avais énervé, sinon non…

— C'était donc votre faute ?
— Il était triste, donc oui.
— A-t-il déjà été violent en votre présence ou envers vous ?
— …
— Lors de la perquisition, les policiers ont constaté des trous dans les murs et sur la porte de la cuisine. Comment est-ce arrivé ?
— Il a mis un coup de poing dans la porte de la cuisine une fois, mais il venait de perdre sa maman quelques mois plus tôt.
— Et les autres ?
— Je ne me souviens plus.
— Vous déclarez : "Nous venions de remporter le titre de championnes du monde des +35 ans à San Diego et nous voulions le fêter avec mes partenaires. Elles m'attendaient en bas de l'hôtel, il était venu avec nous et il ne voulait pas que je sorte, il voulait que je reste dans la chambre…" Que s'est-il passé ?
— Il s'est énervé et m'a mis une petite gifle, mais c'était la première et la seule fois.
— Je continue de vous citer : "Pour une fois je ne voulais pas l'écouter. J'allais mettre ma main sur la poignée pour ouvrir la porte de la chambre lorsqu'il m'a pris le bras et m'a giflée. Je suis tombée sur le lit." Ça ne ressemble pas à une petite gifle, ça.
— J'ai dû perdre l'équilibre… »
Elle se retourne, le regarde, on lit la peur dans ses yeux à elle et la domination absolue dans ses yeux à lui. C'est une démonstration en direct de ce qu'est l'emprise, pour le dernier après-midi du procès.
« Vous pouvez parler sans crainte, vous savez…

— Oui, je sais…

— Comment se comportait-il avec les jeunes au club ? Vous travailliez ensemble, c'est ça ?

— Oui, j'étais entraîneuse des filles et lui entraîneur des garçons.

— Directeur de la compétition », la coupe l'autre.

Elle se retourne :

« Euh oui, pardon, directeur de la compétition. »

Cette scène, je ne peux pas croire qu'elle vient d'avoir lieu. Certains des jurés ont des balles à la place des yeux.

« Entraîneur des garçons, directeur de la compétition, peu importe, reprend le juge. Comment se comportait-il ? Était-il violent verbalement, physiquement ? »

L'autre est fou de ce que vient de dire le juge, il ne vit que pour son statut social.

« Ça se passait bien.

— Une main fracturée en tapant dans une porte sur son lieu de travail ?

— Ça n'est arrivé qu'une seule fois.

— Une fois de trop, madame. »

Après quelques questions supplémentaires, Didier prend la parole. Comme elle est convaincue qu'il nous a violées parce que nous l'avons cherché – c'est ce qu'il lui disait –, il s'évertue à lui prouver le contraire, lui disant par exemple qu'il a lui-même admis que je n'avais pas voulu ce type de relation avec lui, que je voyais comme un père. Il veut lui faire admettre que ce n'est pas notre faute, ni la sienne, mais toujours celle de l'accusé.

Il n'y aura pas d'autres questions. Je m'attends à ce qu'elle s'enfuie, qu'elle coure jusqu'à la porte, mais non, elle repart aussi lentement qu'elle est arrivée et va s'asseoir juste derrière lui. Il n'y a jamais eu personne de son côté des bancs. La voir s'installer là-bas, les jambes repliées et la tête baissée, me fait l'effet d'une bombe. Lui se complaît dans son pouvoir sans se dire que c'est certainement ce qui va sceller son sort...

Après elles, ce sont les deux sœurs de l'autre qui sont entendues. La première ne le défend pas, mais ne l'enfonce pas non plus. Elle raconte qu'il était le préféré de sa grand-mère, mais qu'elle l'a peu vu une fois adulte. Elle s'assoit ensuite derrière lui à son tour. Il est satisfait à la fois de ce qu'elle a dit et de son comportement.

Sur son autre sœur, il a plus d'emprise. Elle n'ose même pas le regarder. Elle présente son frère comme quelqu'un qui vous pousse à vous dépasser, à faire les choses que vous n'osez pas. Quand le juge lui demande de préciser, elle raconte un souvenir de quand elle avait neuf ans. À l'époque, elle avait très peur du vide. Il l'avait amenée à la piscine et fait monter sur le plongeoir de dix mètres. Tétanisée de peur, elle refusait de sauter. Il lui disait de le faire alors qu'elle était en larmes, incapable de bouger. Le temps a passé et elle a fini par comprendre qu'il ne la lâcherait pas. Elle est restée deux heures sur ce plongeoir...

« Et à la fin, vous avez fait quoi ? » demande le juge.

Toute la salle retient sa respiration.

« J'ai fini par sauter… »

Puis elle aussi va s'asseoir derrière lui. Il fait oui de la tête, il a l'air fier.

« Monsieur Geddes, veuillez venir pour la dernière fois à la barre. Avez-vous quelque chose à dire ?

— Oui, comme l'ont dit mes sœurs, c'est vrai j'étais le roi, le préféré, on me cédait tout et peut-être que c'est pour ça. Et aussi parce que ma cousine de dix-neuf ans a eu une relation avec moi lorsque j'avais treize ans, mais j'étais consentant et je ne veux pas qu'on en parle et qu'on pense que je cherche des excuses… »

Qu'est-ce que c'est, ça encore ? Ça sort d'où ?

Il reprend :

« J'ai beaucoup souffert de ne pas vivre dans ma chambre chez Maman avec mes sœurs, il y avait mes posters du PSG mais je n'y dormais presque jamais. »

Je me demande si sa mère ne voulait pas aussi protéger ses filles de lui. À ce moment-là, Didier fait non de la tête et l'autre pète un plomb :

« Maître L., arrêtez de critiquer le PSG à chaque fois, c'est insupportable ! » hurle-t-il.

Sa réaction est tellement disproportionnée que tout le monde reste saisi, et Didier, sur un ton aussi sec, commente :

« À voir votre réaction dans une cour d'assises pour une histoire de poster du PSG, on peut imaginer la violence qui était la vôtre lorsque vous étiez seul avec des jeunes mineures et que vous abusiez de votre autorité. Et la peur qu'elles devaient ressentir...

— Monsieur Geddes, dit le président. Ici, vous répondez aux questions. Aujourd'hui, on a entendu les auditions de femmes qui auraient pu déposer plainte pour les mêmes chefs d'accusation, de 1990 à 2014. »

L'assesseure d'hier finit la phrase du président :

« Vous ne vous êtes jamais dit qu'il fallait vous faire soigner, prendre des médicaments, penser à une castration chimique, je ne sais pas ?

— Non. »

Un juré prend la parole, il pète un plomb :

« Mais ces parents vous confiaient leurs gamines ! Et vous les preniez pour des actrices porno... Mais pourquoi ? Pourquoi autant de fois ? Pourquoi avec des gamines alors que vous aviez des petites amies de votre âge ? Vous aviez Mme D., Mme B., apparemment elles auraient été ravies, elles, d'avoir des relations sexuelles avec vous... Pourquoi, avec elles, il ne se passait rien, et avec les gamines vous n'aviez aucun problème de libido, vous aviez des idées, des comportements sexuels divers et variés ? C'étaient des gosses ! »

L'ensemble de la salle change d'atmosphère. Il a lancé ça avec un tel sentiment d'urgence, d'une façon si soudaine, lui qui avait jusque-là montré le moins d'émotions possible... Lui un citoyen lambda, qui reprendra sa vie demain soir et dont je me souviendrai toute ma vie. Il a crié pour l'ensemble des jurés, pour la société entière. C'est la première fois qu'un inconnu comprend et le confronte, pour nous protéger. C'est ce qui aurait dû être fait il y a vingt ans par tous ceux qui nous entouraient à l'époque. Aujourd'hui, la société est prête à entendre, à réagir et à agir. À ce moment précis, je sais que je vais dédier le reste de ma vie à essayer de sauver les enfants de ce fléau.

« Sûrement parce que c'est ça qui m'excite…

— Leur innocence, leur inexpérience, leur soumission, d'être le premier, de braver l'interdit ? reprend le président.

— Oui, sûrement. Le pouvoir absolu que j'avais sur elles. »

Le juge qui, au début des débats, il y a dix jours, paraissait docile et fin, est en train de l'acculer dans le coin du ring. Jour après jour, il a tissé une toile pour l'amener à cet endroit.

« Je vous pose la question une dernière fois. Plaidez-vous coupable de viols sur mineures sur qui vous aviez autorité ?

— Je sais qu'elles n'étaient pas consentantes, j'en ai conscience maintenant, mais à l'époque je ne voulais pas voir. Je ne sais pas comment vous le dire autrement monsieur le président, je n'avais pas la maturité pour comprendre leur non.

— Mais vous leur disiez que vous iriez en prison si elles parlaient, vous saviez donc que c'était interdit par la loi. Pourquoi ?

— Parce qu'elles étaient jeunes… Mais je pensais qu'elles étaient amoureuses.

— Bien, est-ce que vous voulez dire une dernière chose ?

— J'aimerais leur dire que je suis désolé du mal que je leur ai fait et que j'espère qu'elles pourront avoir des vies heureuses. Je n'ai pas envie de retourner en prison, ici personne ne sait ce que c'est mais c'est très dur. Et si j'y retourne, j'espère qu'à ma sortie je pourrai continuer à entraîner parce que c'est ma passion. »

Suspension.

Je vois Didier dans un état de fébrilité que je ne lui connais pas. Il est tête baissée, mains dans le dos, il fait les cent pas dans l'immense salle des pas perdus avec sa robe noire et blanche. Mathilde me dit que son avocat est parti vomir, il vomit toujours avant une plaidoirie en cour d'assises.

J'ai en tête l'image des films américains avec des plaidoiries théâtrales.

L'avocat de la FFT commence, il décrit son état depuis dix jours, à quel point ce procès l'a atteint, en tant qu'avocat, en tant que père et en tant qu'homme. Il est là pour défendre la FFT mais il n'y a pas que l'image de la FFT qui est abîmée, il y a surtout quatre belles jeunes filles qui le sont… Il reste dans la retenue mais son plaidoyer est sincère et élégant.

Viens le tour de Didier. Dès son premier geste, cette main qui attrape ses notes, je sens qu'un autre style de plaidoirie va avoir lieu sous mes yeux. Je veux que chaque mot claque et résonne sur les murs, dans les oreilles et dans les cœurs des personnes présentes. J'attends ce moment comme la consécration de ma justice, peut-être plus que le verdict lui-même.

« Angélique était une enfant, il ne peut pas nous faire croire qu'il n'avait pas vu, qu'il ne savait pas qu'elle n'avait pas envie. Angélique dormait en pyjama en pilou, elle avait des bagues aux dents, pas des bagues aux doigts. »

Il hurle presque, il fait des grands gestes avec ses manches, on est dans les films que j'imaginais.

« Et puis j'ai entendu, comme vous tous, comme tout le tribunal, ce cri de bête qui nous a glacés. Sa voix me hante depuis des jours, ce râle d'une fillette qui agonise, ce râle qu'on ne peut entendre qu'à un moment, celui où vous décrochez votre téléphone et où l'on vous apprend que votre enfant est mort. C'est ça qu'on a tous entendu. »

Lorsqu'il retourne s'asseoir, l'avocat de Mathilde se lève et je réalise à quel point nous sommes nombreuses. La répétition des plaidoiries ajoute à la gravité des faits. Et demain, ça sera fini.

Dernière nuit, dernier petit-déjeuner, dernier trajet vers le tribunal de Nanterre.

L'avocate générale se lève. Dans son réquisitoire il y a évidemment de la magistrate, mais il y a aussi de la femme. C'est finalement ce qui ressort de ce procès : nous avons touché les gens au plus profond d'eux.

« Le passage de Mme Cauchy à la barre m'a empêché de dormir pendant une semaine, pourtant c'est mon quotidien, les crimes sur mineurs. Et la phrase de Mme G., “la nuit je rêve que j'aboie”, cette phrase me hante. »

C'est un mélange de force et de finesse avant de donner ses réquisitions. Je serre mes mains l'une contre l'autre, son avis a de l'importance, en tant que représentante de la société et que possible baromètre du verdict. Quinze ans de réclusion criminelle.

Un murmure, une suspension. Nos avocats se lèvent et s'approchent en meute :

« Quinze ans c'est beaucoup, j'aurais pensé qu'elle en demanderait douze », dit Didier.

Moi j'aimerais encore plus parce que je trouve que cela serait juste.

Je n'ai pas envie de revenir dans cette salle pour la plaidoirie de ses avocats. Leur défense est arrogante, offensante ou mielleuse. Je sais d'avance que je vais être révulsée.

L'associée de l'avocat principal, sa femme, commence. Elle parle de sa « relation » avec Mathilde puis Astrid. Je me questionne sur l'ordre : pourquoi pas moi en premier alors que je suis la plus ancienne dans les faits ? Puis l'avocat reprend la parole et charge la culpabilité sur Margaux, sur son consentement indiscutable selon lui, avant de parler de moi. Il a gardé ma partie pour la fin, il ne sait pas trop comment s'en dépatouiller et ça se ressent. Il parle du laxisme, de la complaisance de mes parents, de leur responsabilité. Je suis au bord d'exploser, et lorsque j'entends : « Il était plutôt comme son grand frère et son père », mon cerveau vrille et je hurle dans la salle. Je n'ai pas eu le temps de me maîtriser, de sentir monter ma rage, ma haine, je n'ai pas su. Le président de la FFT assis devant moi doit avoir des acouphènes… Didier m'accompagne dehors, Célia et Sarah nous suivent, les parents de Margaux aussi. Là, nous reprenons vie, son père me serre dans ses bras et sa mère répète en boucle : « Mais quelle ordure, quelle ordure. »

Le petit avocat s'est glacé. Le silence qui a suivi a fait dérailler sa plaidoirie. Cinq minutes après, tout le monde sort et Margaux me rejoint :

« Il a été déstabilisé par ton cri, il n'a pas réussi à reprendre clairement le fil de sa plaidoirie, il est allé trop loin et ça s'est retourné contre lui. »

J'entre dans la salle vide pour récupérer mon sac et mon manteau. Les jurés ont disparu, le greffier, l'huissier, l'avocate générale et lui aussi. Il n'y a plus personne. J'aurais voulu capter un dernier de leurs regards, y lire une information, leur hurler sans parler que j'ai besoin d'être reconnue victime. Les supplier pour les filles aussi, mais ils sont partis. L'autre ne sortira pas du tribunal, le juge a demandé son placement en attente du verdict. Il ne reverra peut-être jamais l'air libre, ou pas avant longtemps du moins. Et s'il mourait pendant sa détention ? Comment le vivrais-je ? Et quand il ressortira, que ressentirai-je ?

Dans la brasserie, l'ambiance est étrange. On est une vingtaine, on dirait une drôle de réunion de famille. Tout le monde cherche à deviner quel sera le prénom de mon fils. Personne n'a trouvé jusqu'à maintenant. Le frère de Margaux dit un prénom court qui commence par un M. C'est celui qui aura été le plus près. L'attente est parfois longue et irrespirable, parfois douce et joyeuse. La mère d'Astrid me fait beaucoup rire. Papa et Maman ne viendront pas, et toi non plus. Eux, je leur ai dit de ne pas venir, j'ai trop peur de leur réaction, je ne peux pas être concentrée sur quelqu'un d'autre, sur autre chose.

Mais toi ma sœur, pourquoi tu ne viens pas ? Je ne te l'ai pas demandé, c'est vrai. Je suis tellement vidée par toutes ces journées que je n'ai pas la force. Mais j'aurais aimé que tu sois là, à côté de moi, que tu me soutiennes par tes regards, par ta main sur mon bras. J'aurais aimé que tu sois derrière moi au moment du verdict pour pouvoir pleurer dans tes bras. Je vais l'imaginer, ça sera un peu comme si c'était arrivé.

À côté de nous, il y a des gens du tennis que je connais de vue. Que font-ils là ? Venir uniquement pour le verdict... Je trouve cela obscène. Je suis contente d'avoir abandonné ce milieu pourri quand j'ai rencontré Perrine.

Ça fait trois heures que les jurés délibèrent. Je demande aux avocats s'ils ont une idée du temps que cela va prendre, mais ma question n'a aucun sens, ils ne peuvent pas savoir. On recommande des boissons, on discute de tout et de rien, avec parfois des moments de silence et de stress. Quand les avocats reçoivent un appel du tribunal, cela fait quatre heures et demie qu'on attend. Le verdict sera rendu dans une heure. J'ai une montée d'adrénaline, mon cœur s'emballe, il faut que je souffle. On quitte cette brasserie dans laquelle j'espère qu'on ne remettra jamais les pieds. Il n'y a plus personne dans le tribunal, il fait déjà nuit et nous sommes la dernière affaire.

Véronique est là, elle nous avait dit qu'elle viendrait pour le verdict. J'entre une dernière fois dans cette salle d'audience en tant que partie civile. Comment vais-je en ressortir ?

L'air a disparu. Je transpire et je frissonne en même temps, mes mains sont moites, elles glissent sur la surface dure du bois du banc. Mes oreilles bourdonnent, je ne sais pas si mon cœur bat trop vite ou s'il s'est complètement arrêté. Mes doigts blanchissent tellement je m'accroche. Mes sœurs d'infortune sont à mes côtés, en rang d'oignons, comme sur une photo de classe. Une photo qui figera à jamais notre statut ou non de victimes.

« La cour. »

Je les regarde entrer dans leurs habits rouges, noirs et blancs, puis les jurés, ces hommes et femmes, citoyens, qui décident, au nom de la justice de mon pays, du peuple français… Tout ce protocole ajoute un air théâtral à ce moment solennel. L'avocate de Margaux m'a préparée, un verdict dure longtemps, le juge relit les faits reprochés et les peines encourues, puis les articles du Code pénal. L'accusé répond à chaque question de chaque chef d'accusation, il y a en a dix-huit dans notre cas. Six pour moi et quatre pour chacune des autres, parce qu'il y a une circonstance aggravante me concernant.

Malgré tous ces préparatifs, je suis prise de vitesse. Le président de la cour d'assises l'annonce d'un coup. Ai-je bien entendu ? Je regarde autour de moi. Est-ce que je rêve ?

« Coupable de tous les chefs d'accusation à la majorité du jury. » Mon cerveau n'a pas le temps de réfléchir que la peine tombe comme un couperet : dix-huit ans de réclusion criminelle.

Je sens tout à coup mes épaules s'alléger, mais cette sensation ne dure que l'espace d'un instant. Tout de suite je relève la tête, je le regarde et je me dis : « Un homme va aller en prison. » C'est terrible, pourquoi en est-on arrivé là ? Puis je me rappelle que ce n'est pas du tout fini. Je sais bien qu'il va faire appel et que tout va être remis en jeu. Que ce n'était que le premier set du plus long match de ma vie.

Nous pleurons dans les bras les unes des autres, dans les bras de nos proches mais aussi des familles des autres victimes. Car nous ne sommes plus qu'une grande famille, unie par nos douleurs et nos soulagements. Je n'ose pas être heureuse, parce que je pense et je vois ses sœurs. Leur frère part en prison, ça ne peut pas être joyeux. Alors que je retombe dans la culpabilité que je ressens si souvent, il a un geste de violence. Il tape fort sur la vitre en verre avec sa main, et je déculpabilise. Il le faut. Il faut qu'il aille en prison pour garantir la sécurité des enfants, des femmes, de la société.

Les jurés ont disparu d'un coup. « Ils partent dès l'annonce du verdict, leur rôle s'arrête là », m'avait prévenue l'avocate de Margaux. Je n'ai pas pu leur exprimer ma gratitude, leur dire au revoir. Et eux, comment vont-ils vivre après avoir vécu près de nous durant douze heures par jour ? J'aimerais un jour pouvoir leur dire à quel point ils ont été importants dans ma vie, à quel point cela répare d'obtenir un tel verdict.

Une fois sortie du tribunal, je vais voir la capitaine. Je ne parle pas, je n'en ai pas besoin. Nos yeux disent tout. Les filles me rejoignent et toutes les quatre, on l'enlace, dans le noir de cette nuit de janvier 2020, devant le tribunal de Nanterre. Ce moment est l'un des plus beaux de ma vie. Je suis la dernière qui reste près d'elle et je finis par demander :

« Où va-t-il aller cette nuit ?

— À la prison de Nanterre, en attente de son transfert. Pense à toi, vis. »

Je ferme les yeux un instant, les rouvre, la regarde et acquiesce. Je peux vivre.

Perrine m'a répondu. Elle est si heureuse… Elle a vécu ce verdict seule, devant son téléphone à attendre qu'il vibre. J'aurais tant aimé qu'elle soit là, j'aurais tant aimé partager ces premiers moments de liberté avec elle, mais le principal c'est que Milo ait attendu. Que l'autre ne m'ait pas volé le moment où je vais devenir Maman.

Avec les quelques personnes qui restent, dont Margaux et ses parents, on part dîner dans un restaurant italien. Nous n'avons pas fini notre plat que nous recevons un article de presse qui parle du verdict et de sa volonté de faire appel. Quelques minutes plus tard, Didier m'écrit : il a fait valoir son droit à l'appel, comme on pouvait s'en douter.

Même si une infime partie de moi gardait l'espoir que ça pouvait enfin se terminer, ma raison m'avait préparée à cette éventualité : le match n'est pas fini. Mais nous avons l'ascendant, je dois m'accrocher à ça. D'après Didier, il faudra certainement attendre un an avant le procès en appel.

Il me faut du temps pour retrouver mon quotidien et quitter cette cour d'assises. Ces deux procès sont comme deux étaux entre lesquels je suis coincée. J'ai du mal à vivre uniquement dans le présent.

Cela fait trente-six heures que Perrine a des contractions. C'est d'un autre type que le verdict, mais en trois semaines je n'aurais jamais vécu autant d'attente insoutenable. Au bout, deux délivrances. Au bout, la vie !

Mon fils est enfin là. Sa petite tête n'est pas encore sortie, je ne vois que ses nombreux cheveux noirs. Perrine voit Milo à travers mon regard. Merci, petite Angélique, de t'être battue et d'avoir choisi la vie. La nuit a été longue, mais Milo naît à 4 h 53. Je le tiens dans mes bras. Perrine nous regarde, je l'aime tellement, je nous aime tellement. Ma famille, celle que j'ai construite malgré tout ce que j'ai traversé. J'y suis arrivée.

Une pandémie nous tombe dessus. Le monde s'arrête presque de tourner, et pourtant ce moment est celui où je me sens le plus en liberté. Je suis dehors, il est enfermé. Je suis entourée des deux personnes que j'aime le plus au monde, il est seul. J'oscille entre bonheur absolu du présent et angoisse du futur proche. Je ressens malgré tout cette épée de Damoclès : va-t-il sortir ? J'entends à la télé que les conditions dans les prisons amènent la justice à libérer des prisonniers. Combien de temps vais-je devoir attendre l'appel ?

Je m'en veux de ne pas être capable d'être en paix avec Milo et Perrine. Ce sont des moments que je ne pourrai pas rattraper, il faut que je les vive, que j'en profite, qu'ils restent gravés.

Début juin, premier mail de Didier. Il a fait une demande de libération pour raisons sanitaires qui a été acceptée par le juge. Il est donc libéré en attente de l'appel, placé sous contrôle judiciaire. Cela ne fait même pas cinq mois qu'il est en prison. Il a pris dix-huit ans et il est dehors, en liberté. Et s'il s'enfuyait pour éviter ce deuxième procès ? Et si je le croisais ? La nuit, je fais à nouveau des cauchemars.

Deuxième mail de Didier. Il a reçu la date et le lieu du procès en appel, ça sera la cour d'appel de Versailles, du 6 au 14 janvier. J'ai repris le travail, je vais devoir prévenir mon chef d'établissement que je serai absente. C'est chaque fois une violence de devoir expliquer. La question se pose à nouveau : est-ce que Perrine et Milo viennent avec moi ? Milo n'aura même pas un an… Que fera-t-on de lui toute la journée ? Je suis fébrile, mais j'irai seule.

Mathilde ne viendra pas non plus, car elle est enceinte de huit mois. Son annonce est un coup de massue, on ne sera pas en bloc, on sera plus vulnérables. De toute façon, tout sera différent, cela ne sera jamais le même procès. Dans les médias, l'avocat de l'autre a dit que sa peine était une sanction pour tous les agresseurs, qu'il payait pour les autres, qu'il était le bouc émissaire.

Le 5 janvier, je quitte ma famille, mon Pays basque, ma vie, pour prendre ce train. Je m'éloigne de Perrine et de Milo dans sa poussette, et c'est encore plus dur que l'an dernier. Je ne sentirai pas l'odeur de mon fils le matin au réveil, le soir au coucher, ni sa chaleur dans mes bras. Je saigne du nez, je m'en mets partout, la pression est à nouveau trop forte pour moi.

Ces dix jours dans ce tribunal sont une horreur absolue. Mes sens sont en alerte constante, le froid qui gèle mes extrémités, les pavés glissants de la cour centrale, la salle d'attente minuscule à l'entrée de la cour d'appel, lui qui cette fois-ci se tient en face de moi, si proche, si identique. Mais moi si différente, aujourd'hui mère, victime reconnue par la justice. J'ai tout à perdre.

Plus les jours passent et plus je m'aperçois qu'il y a des choses immuables : son arrogance, son manque d'empathie, sa perversité, ma solitude familiale, même si ma famille de procès s'est reconstituée. Notre clan, notre meute est de nouveau unie. Mon corps a du mal à faire face, la soif de comprendre que je ressentais au premier procès a laissé place à la peur de revivre ce qui m'a meurtrie. Je saigne du nez constamment, j'ai un mal de crâne qui me donne envie de me taper la tête contre le dossier en bois devant moi.

Les jurés ont des masques, Covid oblige, et ce bout de tissu crée une frontière qui m'empêche d'entrer en connexion avec eux, de voir leurs réactions. Mon petit juge n'est plus là, il a laissé place à un juge qui fait davantage boucher et qui m'inspire au premier abord moins confiance. J'essaye de m'accrocher à des repères qui n'existent plus.

Le procès n'est pas construit de la même façon, mes parents témoignent avant moi. Les jurés ne sont pas préparés à les voir, à comprendre l'état dans lequel se trouve ma mère. Elle s'évanouit durant son passage à la barre tant les questions sont difficiles.

Le juge m'interrompt alors que mon témoignage n'est pas terminé. Il décide que c'en est trop, pour lui, pour les jurés, pour tout le monde. Je le vis très mal, mais Didier et Véronique m'expliquent que c'était préférable, que le juge a senti qu'il perdait les jurés. Que ces derniers, sonnés, risquaient de se renfermer face à tant de violences. Qu'il fallait terminer par ces mots :

« J'ai deux angoisses, la première c'est que le jour où je vais mourir, tout le bien que j'ai fait sur terre ne compense pas le fait que je ne les ai pas sauvées. La seconde, c'est que le jour où je fermerai les yeux pour la dernière fois, le dernier visage que je vois soit le sien et pas celui de mon fils. J'ai tellement peur que le mal l'emporte sur le bien. »

Durant les cinq heures que dure le délibéré, notre meute n'a pas la force de chercher une brasserie glauque comme l'an dernier, nous restons dans la cafétéria du tribunal de Versailles, dans le box à côté de ses sœurs et Ségolène.

Mais aujourd'hui, ce qui m'importe, c'est que j'attends ce verdict avec vous, Papa, Maman, Perrine et toi. Je vous ai écrit hier à tous les quatre. Cela m'a coûté, mais je vous ai demandé d'être présents aujourd'hui. Parce que c'est la fin de notre histoire. Nous devons tourner cette page ensemble si je veux avoir l'espoir de réparer un jour les liens qu'il a détruits.

Maman est partie chercher un livre pour Milo à la bibliothèque du tribunal. Je m'étonne encore de sa déconnexion. Papa ne sait pas comment me parler, mais il est touchant dans sa carapace. On ne s'adresse pas la parole de l'après-midi, il y a trop de non-dits, trop de souffrances, trop de pudeur, de rancœur sûrement aussi. Mais je sais que cet instant est celui d'un nouveau départ.

Je vous regarde une dernière fois, vous ma famille, vous les filles, vous les jurés. Dans un instant, le futur que j'ai espéré si fort deviendra peut-être mon présent.

« À la première question, M. Geddes est-il coupable d'agressions sexuelles sur la personne d'Angélique Cauchy entre 1999 et 2001 dans les départements du Val-d'Oise, Hauts-de-Seine, Yvelines, Paris et Loire-Atlantique notamment, la réponse est oui à la majorité des jurés. »

Je lève les yeux au ciel au moment où j'entends ce « oui », et quasi simultanément je ressens la pression de la main de Margaux dans la mienne.

« À la deuxième question, M. Geddes est-il coupable d'agressions sexuelles ayant autorité sur la personne d'Angélique Cauchy entre 1999 et 2001 dans les départements [...], la réponse est oui à la majorité des jurés.

À la question, M. Geddes est-il coupable d'agressions sexuelles sur mineur de 15 ans sur la personne d'Angélique Cauchy entre 1999 et 2001 dans les départements [...], la réponse est oui à la majorité des jurés.

À la question, M. Geddes est-il coupable de viols sur la personne d'Angélique Cauchy entre 1999 et 2001 dans les départements [...], la réponse est oui à la majorité des jurés. »

Je ferme les yeux et mes larmes coulent toutes seules, je ne lâcherai pas la main de Margaux et je ne lâcherai pas ce banc. Tant pis, mes larmes couleront. Le président continue sa lecture :

« À la question, M. Geddes est-il coupable de viols ayant autorité sur la personne d'Angélique Cauchy entre 1999 et 2001 dans les départements [...], la réponse est oui à la majorité des jurés.

À la question, M. Geddes est-il coupable de viols sur mineur de moins de 15 ans sur la personne d'Angélique Cauchy entre 1999 et 2001 dans les départements [...], la réponse est oui à la majorité des jurés. »

Je pense à Papa, Maman et toi. J'étais une enfant et la justice vient de reconnaître que j'ai été violée. Il fallait que vous l'entendiez, aussi dur cela soit-il. De mon côté, la pression n'est pas retombée, au contraire. Maintenant j'ai peur des réponses pour les filles, parce qu'on ne peut pas être différenciées. Je ne pourrais pas être satisfaite si ce n'était pas le cas, je me sentirais sale, honteuse d'être la seule victime aux yeux de la loi.

Nos mains sont plus serrées que jamais, mais on en voit le bout. Chaque oui est une délivrance pour nous et un coup de massue pour lui. La honte change de camp, le pouvoir aussi, et la justice répare.

Il est reconnu coupable de chacun des chefs d'accusation, sans exception.

Je n'arriverais pas à te décrire ce que j'ai ressenti. Comme un sentiment de liberté, de paix avant de pouvoir revivre.

« Après délibéré, les jurés condamnent M. Geddes à une peine de dix-huit années de réclusion criminelle assortie de cinq années de suivi socio-judiciaire, interdiction d'exercer une profession en contact avec des mineurs, tout contact avec les victimes sera puni de quatre années de réclusion criminelle. »

C'est le soulagement. Deux procès, peine identique. Et nous l'entendons dire tout haut :

« Tout ça pour ça... »

Oui, tout ça pour ça. Toute cette souffrance, toute cette attente pour une même fin. Mais il fallait aller au bout du processus, pour enfin se donner le droit de se reconstruire.

Je n'ai pas le temps de tourner la tête que les jurés sont déjà partis, disparus, évaporés. Reprenez votre vie, merci de nous avoir rendu la nôtre.

Pendant que le policier le menotte devant nous, j'embrasse Perrine, Papa, Maman, Consu, Pierre, et puis toi petite sœur. Tu pleures toutes les larmes de ton corps, tu me serres fort et je m'effondre. Je ne t'ai jamais vue comme ça, et entre deux gros sanglots, tu me dis : « Il t'a détruite, grande sœur », comme si tu avais réalisé en entendant le verdict, « viol », « agression sexuelle », « autorité », « mineur de 15 ans ». Parce qu'en fait tu ne savais rien, je ne te l'ai jamais raconté, tu ne me l'as jamais demandé. C'est resté là, entre nous, pendant vingt ans.

De longues minutes passent durant lesquelles je ne sais pas ce que font les autres. Il n'y a que toi et moi, deux sœurs unies dans un même drame. J'aurais tellement voulu te le dire lorsque c'est arrivé, que tu me prennes dans tes bras comme maintenant. Mais je ne voulais pas te faire de peine, risquer qu'on parte en foyer si on le disait à nos parents parce que Papa aurait pu faire une bêtise. Lorsque j'en parle aux gens, souvent ils réagissent comme ça : « Si ça arrive à mon enfant, je le tue de mes mains. » Il ne faut pas, surtout pas. Parce que ce genre de phrases emmure les enfants dans un silence insoutenable.

Je sais que tu penses que je t'ai abandonnée à douze ans, tu me l'as dit dans un très long mail. Mais je ne pouvais pas te confier cet horrible secret et te demander de le garder pour toi, ç'aurait été un poids trop lourd. Comme une cellule cancéreuse qui se serait propagée dans tout ton corps. Mais j'espère que cette fin synonyme de nouveau départ en sera aussi un pour notre relation.

Lorsque je relève la tête, il est en train de monter les quelques marches pour disparaître. Je ne le reverrai plus, peut-être jamais. Mais le juge le rappelle, l'audience civile n'a pas encore eu lieu. Tout le monde se rassoit. Nos avocats sont appelés à la barre, ils marmonnent ensemble, je n'y comprends rien, les filles non plus. Nos avocats ne nous en ont pas vraiment parlé… Ils demandent à avoir cinq minutes entre eux pour décider. Mais décider de quoi ?

Le public marmonne, l'autre marmonne, nous marmonnons aussi entre nous. Puis nos avocats reviennent et celui de la FFT se lève. Il annonce que la Fédération renonce à ses dommages et intérêts au titre des préjudices qu'elle a subis et ne demande qu'un euro symbolique.

C'est donc ça… Ils ont discuté des dommages et intérêts. Mais l'autre n'a rien, on le sait, il ne donnera pas un centime.

Nos avocats enchaînent et demandent soit 300 000 € pour chacune d'entre nous, soit qu'on soit expertisées pour que la CIVI (la Commission d'indemnisation des victimes d'infractions) décide de nos dommages et intérêts.

Et là, l'autre rigole. « Eh ouais, d'accord, n'importe quoi ! » Je crois que ma dernière once d'empathie à son égard me quitte à cet instant-là. Je m'en veux de culpabiliser pour lui, qu'il aille au diable !

Le président et ses assesseurs se retirent pour délibérer et reviennent une dizaine de minutes plus tard :

« Il a été décidé que M. Geddes indemnise Mathilde, Astrid et Margaux à hauteur de 25 000 € et Mlle Cauchy à hauteur de 30 000 €. Et que le tribunal ordonne une expertise psychiatrique et saisisse la CIVI afin d'évaluer le montant des indemnisations. »

Alors, ça ne sera jamais fini. Je dois apprendre à vivre avec, à le dépasser, à m'en servir comme d'une force. Mais cette fois-ci, il part pour de bon. Et je n'ai aucun remords à le voir quitter son dernier lieu de liberté.

Je regarde une dernière fois l'estrade, les chaises vides des jurés et des magistrats. On ne ressort pas indemne d'un procès aux assises, je le sais. Quelques mois plus tôt, quand j'ai appris qu'il était sorti de prison, j'ai pété un plomb et pour la première fois je me suis fait peur. J'ai vu la violence cachée au fond de moi, et Perrine l'a vue aussi. J'ai secoué l'étendoir dans tous les sens comme un vulgaire chiffon et j'ai hurlé à la mort parce qu'elle buvait un verre pour la fête de la musique avec les voisins, par balcon interposé. J'étais mal, j'étais seule, et j'avais l'impression qu'elle me laissait dans ma souffrance. J'ai perdu pied, mais je me suis juré de ne plus jamais lui faire peur, et par-dessous tout que mon fils ne verrait jamais ça.

J'espère que j'aurai la force de continuer encore à me battre. Je compte les pas qui me séparent de l'extérieur de la salle d'audience. Je suis libre, il ne l'est plus. Je respire.

Épilogue

Deux ans et demi ont passé. On est le 19 septembre, je roule à travers la France pour me rendre avec ma petite famille à ton mariage.

Durant ces longs mois, j'attends l'expertise psychiatrique, je stresse de devoir encore une fois raconter tout cela dans le cadre de la procédure. L'expertise a lieu à Chartres, l'autre bout du pays pour moi. Cela dure sept heures et il me faut cinq semaines d'arrêt pour m'en remettre. Je vis ensuite les allers-retours entre l'avocat et le fonds de garantie, ponctués par des batailles de chiffonnier pour augmenter ou baisser les pourcentages des différents types de préjudices (sexuel, d'agrément, professionnel, temporaire, définitif).

Je mène de longues recherches infructueuses pour commencer mes soins psychologiques, mais les centres spécialisés auprès des victimes de violences sexuelles me refusent, faute de place. Cette errance médicale et le procès civil me torturent… Puis arrive l'« offre » indécente du fonds de garantie, justifiée par l'inscription, sur mon compte LinkedIn, de mon poste d'entraîneuse et joueuse de tennis, qui prouve supposément que je n'ai pas de traumatisme lié à ce sport. C'est un uppercut, j'ai cru que j'allais sombrer à ce moment-là. Il est violent, ce sentiment de devoir encore et toujours se justifier de son statut de victime alors même que la justice l'a reconnu. Lire « LinkedIn » comme argument alors qu'il y a cinquante pages de dossiers médicaux (expertise psychiatrique, gynécologique, dossier de handicap, documents de la FFT), j'hésite à accepter pour que ça cesse. Mais je n'ai jamais abandonné. Je ne me suis pas battue neuf ans pour arrêter maintenant.

Je demande à la CIVI d'étudier le dossier, des mois s'écoulent de nouveau, plus encore car le dossier a été momentanément « perdu ». Il y a une audience début février. Je suis à bout, je vais mal, je ne dors pas à cause de cette machine qui me broie. Je décide de consulter un psychiatre libéral, tant pis si je paye, si on ne peut plus partir en vacances et si je prive ma famille de beaux moments. Je veux surtout l'empêcher d'en vivre de mauvais à cause de moi. Le psychiatre me propose des antidépresseurs, que je refuse. Je ne veux pas que mes émotions ou mes facultés intellectuelles soient annihilées. Je préfère souffrir mais rester moi. Il finit par me convaincre, et je suis restée moi. L'antidépresseur agit comme un pansement sur mes plaies le temps qu'elles cicatrisent. J'ai commencé le 17 février, le jour de l'anniversaire de Milo, ma manie des dates… Les médicaments doivent aussi m'aider pour mes TOC de comptage.

Finalement, le verdict tombe le jour de mon anniversaire. Je me sens légère, c'est la fin du combat. Je suis fière d'avoir tout donné et d'avoir vaincu. Mais je dois encore attendre, car le fonds de garantie dispose d'un mois pour faire appel. J'attends, mais il ne se passe rien. Et le 2 mai, le jour de ton anniversaire, le délai est passé, je reçois un document officiel du non-recours en appel.

Le 9 mai, jour de son anniversaire, je reçois l'argent sur mon compte. Je regarde le ciel et je me dis que le destin est quand même fou.

À défaut d'avoir pu vivre la vie que j'aurais dû avoir de mes douze à trente-six ans, je vais pouvoir mettre un peu à l'abri mon fils et ma femme.

Je suis sur une chaise dans une prairie, au milieu des invités. Vous êtes assises sur un ballot de foin toutes les deux, en tenues de mariées. Milo se tient occupé en réunissant tous les petits tubes à bulles prévus pour les convives afin de se faire, dit-il, « une réserve ». J'écoute les discours émouvants des témoins. Je ne suis pas témoin de ton mariage, tu n'as pas été témoin du mien il y a deux ans. C'étaient Astrid et Margaux, mes sœurs de cœur. Mais ç'aurait dû être toi, comme j'aurais dû être la tienne. La vie en a décidé autrement.

Depuis quelque temps, j'ai la force d'aller de l'avant, de vouloir réparer. La fin de la procédure, le début de ma thérapie, l'annonce de ta grossesse… Je ne sais pas, mais je veux qu'on redevienne sœurs. Aurélie, ta belle-sœur, m'appelle. C'est à moi de te faire une déclaration.

Ces quelques pas qui me séparent de toi. Je les compte, il y en a treize, comme ceux qui me séparaient de sa chambre à La Baule. Mais cette fois, j'ouvre la porte du bonheur.

Remerciements

Je tenais d'abord à remercier celle qui m'a redonné goût à la vie, celle aux côtés de qui je me reconstruis chaque jour. Celle qui a fait du rêve de ma vie une réalité, ce rêve de devenir Maman. Celle qui connaît aussi bien les côtés sombres que les côtés lumineux de mon existence. Ma femme, Perrine.

Merci aussi à celle qui a su écouter ma parole, me croire et permettre aux autres enfants d'être protégés. Véronique, mon héroïne.

Ce long parcours judiciaire a été possible parce que j'y ai rencontré trois incroyables femmes, trois Warriors, aujourd'hui mes sœurs de cœur, Mathilde, Astrid et Margaux.

Merci à mes parents d'avoir été aimants, d'avoir été eux, avec leurs forces et leurs faiblesses.

Merci à ma famille, mes amis et toutes les personnes que j'ai croisées dans ma vie, qui ne sont pas forcément dans le livre mais qui sont dans mon cœur et dans ma tête. Vous avez participé à mon épanouissement. Merci aussi à tous ceux qui n'ont pas été bienveillants mais grâce à qui je suis devenue plus forte et sûrement une meilleure personne.

Merci à Amélie, au Ministère et à toutes les instances publiques qui mettent en œuvre au quotidien des actions pour faire évoluer les mentalités. C'est coûteux, cela prend du temps, mais la sécurité des enfants n'a pas de prix.

Merci à la FFT d'avoir été présente durant ces années de procédure et d'œuvrer aujourd'hui pour changer les choses. Il reste beaucoup à faire et cela sera sans doute l'objet d'un autre livre.

Merci à Elisabeth pour ton engagement total dans la lutte contre les violences, pour ton soutien indéfectible à mon égard et auprès de l'Association Rebond que je préside. Merci à Engie pour son partenariat et son envie d'améliorer le monde. Les entreprises aussi ont un rôle à jouer contre ce fléau sociétal.

Merci à Jean-Mi, mon binôme de Padel, binôme de vie, un autre de mes anges gardiens, qui m'a présenté à sa nièce Amandine.

Merci donc à toi Amandine, de m'avoir mis en relation avec Paloma et d'avoir ainsi lancé cette aventure folle que d'écrire ce livre.

Merci à toi, Alma, de m'avoir lu à n'importe quelle heure du jour et de la nuit, de m'avoir fait croire en moi, en ma capacité à écrire ce livre.

Merci à mon éditrice Paloma, le destin m'a fait te rencontrer, j'ai su que tu serais celle qui me guiderait dans cette aventure. Merci à Guillaume pour son sens de l'analyse, pour sa compréhension des émotions, pour sa sensibilité, et à Lucie, pour son sourire réservé dans ce bureau des éditions Stock.

Merci aux éditions Stock et à l'ensemble des personnes qui la composent d'avoir voulu, osé, porter ce sujet pour participer à mieux protéger les enfants. Et d'avoir cru en moi à chaque instant.

Merci à mes élèves, tous mes élèves, mes milliers d'élèves… Pendant que je vous aidais à vous construire, vous m'aidiez sans le savoir à me reconstruire. Ce livre est pour vous.

Merci à toi, ma sœur, je t'ai protégée, trop peut-être, mal peut-être aussi parfois. Mais je refuse aujourd'hui que mon passé me vole une seconde de plus à tes côtés. Ce livre, je l'ai écrit pour que l'on redevienne celles que l'on était.

Merci à vous, les lecteurs, qui je l'espère serez des relais, des témoins, des acteurs dans la protection des enfants.

Merci à toi, à 12 ans, d'avoir choisi la vie et de m'avoir permis de rencontrer mon fils.

Enfin merci à Milo, mon fils, mon étoile qui fait de ma vie une journée permanente. Grâce à toi je n'ai plus de nuits noires. Mon combat aujourd'hui je te le dois, à toi, à Adèle et à tous les enfants du monde.

rebond

Astrid, Mathilde, Margaux et moi avons créé l'Association Rebond début 2017, pour que ce qui nous est arrivé n'arrive plus. Pour participer à un monde sportif plus sécurisant et bienveillant envers les mineurs. Un enfant sur sept est victime de violences avant sa majorité dans le sport. Ce chiffre vertigineux en fait un fléau sociétal. Notre volonté était que quelque chose de positif sorte de notre histoire, que cela n'ait pas juste détruit nos vies mais puisse nous permettre de construire les citoyens de demain.

Le but de Rebond est à la fois :

— La prévention, à travers des ateliers de sensibilisation et de formation auprès des différents publics du milieu du sport, des dirigeants aux entraîneurs, des parents aux jeunes. Mais parce que le sport est présent dans toutes les strates de la société, nous intervenons aussi dans les entreprises, les collectivités territoriales, les écoles... pour que les adultes d'aujourd'hui ne soient plus des témoins aveugles, pour que les enfants ne soient plus des victimes silencieuses.

— L'aide et suivi des victimes, pour qu'elles ne se sentent plus seules, perdues et désemparées, mais soutenues, guidées et épaulées. Cela se traduit par une aide juridique, psychologique avec des spécialistes ainsi que de multiples projets tels que les week-ends de reconstruction, qui mêlent pratiques sportives, libération de parole et rendez-vous médicaux. Ils ont pour but de redonner confiance en soi, en l'autre, en la vie.

Pour en savoir plus :

https://www.assorebond.com/
Instagram : @assorebond
rebond.contact@gmail.com

Une partie des droits d'auteur de ce livre
est reversée à l'association Rebond.

Si un jour quelqu'un te fait du mal…
je t'écouterai,
je te croirai,
je te protégerai.

Cet ouvrage a été composé
par PCA
et achevé d'imprimer en France
par CPI BRODARD & TAUPIN (72200 La Flèche)
pour le compte des Éditions Stock
21, rue du Montparnasse, 75006 Paris
en septembre 2024

PAPIER CERTIFIÉ

Stock s'engage pour l'environnement en réduisant l'empreinte carbone de ses livres. Celle de cet exemplaire est de :
400 g éq. CO_2
Rendez-vous sur
www.editions-stock-durable.fr

Imprimé en France

Dépôt légal : octobre 2024
N° d'édition : 01 - N° d'impression : 3058020
84-07-7444/0